死亡預報公司

THEY BOTH DIE AT THE END

ADAM SILVERA

亞當・席佛拉——著　　葉旻臻——譯

獻給那些需要有人提醒他們每天都好好生活的人。
謝謝媽媽給我的所有的愛，還有西西莉亞給我的嚴厲的愛，兩者我都永遠需要。

第一部 死亡預報

「真正去生活是世上最罕有的事。大多人就只是活著，僅此而已。」

——奧斯卡・王爾德

二〇一七年九月五日

馬提奧・托雷茲

上午12點22分

「死亡預報」打電話來，給了我此生最大的警告——今天就是我的死期。不對，「警告」這詞太強烈了，因為警告指的是可以避開的事情，比如一台車對一個闖紅燈的路人按喇叭，讓他們有機會退回去；這比較像是預告。那陣一聽就知、敲鑼敲個不停、好像一個街區外的教堂鐘響似的警鈴，從我房間另一頭的手機轟炸過來。我整個人慌掉，周遭一切立刻被腦袋裡的千頭萬緒給淹沒。我敢說，史上第一位跳傘者從飛機往外縱身一躍、或是一個鋼琴家在首場演奏會上彈琴時，感覺到的就是這樣一片混亂。但我永遠無從查證就是了。

這太扯了。一分鐘前，我還在讀「倒數客」昨天的部落格文章——「末路旅客」們在那裡以即時發布的動態和相片，按時序記錄他們生前最後的幾個小時，昨天這篇寫的是一名大三學生在幫他的黃金獵犬找新家——然後我現在就要死了。

我要……不是……是。是。

我胸口一緊。我今天就要死掉了。

我一直都很怕死。我不知道為什麼，我會覺得這股害怕可以讓憾事不因為烏鴉嘴而真的發生。當然不是說永遠，但久到夠我長大吧。我爸甚至還洗腦我應該假裝自己是故事裡的主角，不管怎樣都不會遇上壞事的，死亡就更不用說，因為英雄必須活著拯救世界。但我腦中那堆聲音靜了下來，死亡預報的通報員還在電話另一頭等著告訴我，我今天會死掉，死在十八歲這年。

天啊，我真的要……

我不想接電話。我寧可跑去爸爸房間對著枕頭咒罵，因為他選錯時機讓自己搞到住進加護病房，或是往牆壁揍個一拳，因為我媽在生我的時候過世，讓我這輩子注定早夭。電話響了肯定是第十三次吧，我逃不了的，就跟我逃不了今日某一刻必定會發生的事情一樣。

我把筆電從盤坐的腳上推開，搖搖晃晃地從床上起來，感覺好暈好暈。我感覺像個喪屍，半死不活地慢吞吞走到我桌子旁邊。

來電顯示名稱是「死亡預報」，想當然。

我抖個不停，但還是按下了通話鍵。我什麼都沒說。

我不確定該說什麼。我就只是呼吸，因為我只剩不到兩萬八千口氣能用——這是沒要死掉的人每天平均呼吸的次數——不如把握機會能用就用。

「哈囉，這裡是『死亡預報』。我是安德莉亞。您在嗎，提莫希？」

提莫希。

我的名字不是提莫希。

「您打錯了，」我告訴安德莉亞。我內心平靜下來，雖然也對提莫希感到同情。

真的。「我的名字是馬提奧。」我的名字是從父親繼承來的，他希望我最終也能把它傳承下去。現在我可以了，如果我未來真有小孩的話。

她在另一頭敲打著電腦鍵盤，八成是在修改資料，或是她資料庫裡的什麼東西。「噢，非常抱歉。提莫希是我剛通話過的那位先生；他接到消息的反應不大好，可憐的傢伙。您是馬提奧．托雷茲，對嗎？」

而我最後的一絲希望，就這麼被抹滅殆盡。

「馬提奧，麻煩請確認是您本人。我今晚恐怕還有很多通電話要打。」

我總想像我的預報員－他們的正式職稱，不是我自己取的——會語帶同情，幫助我消化這個消息，甚或是沒完沒了地哀嘆說這有多悲慘，因為我還這麼年輕。老實說，她如果雀躍點，跟我講我應該好好去玩，盡可能享受這一天，因為我至少已經知道最終會發生什麼事，那樣我就不會窩在家裡盯著我永遠無法完成的一千片拼圖，或因為害怕跟真人做愛而在家自慰，那樣我感覺可能會好一些。但這位預報員讓我感覺我不該繼續浪費她的時間，因為她不像我，她的時間還有好多好多。

「好。馬提奧是我。我是馬提奧。」

「馬提奧，很遺憾要告知您，您將在接下來二十四小時內的某個時刻遭遇不測。而儘管我們無法推遲此事，您仍有機會去好好生活。」預報員接著講說人生並不總是公平的，然後列舉了幾項我今天能參加的活動。我應該對她發火一頓才對，但複誦這些因為向成千上百人通知噩耗而刻進記憶深處的句子，顯然讓她夠厭世了。她對我毫無同情。她跟我講話的同時，大概一邊在磨指甲或自己跟自己玩圈圈叉叉。

在「倒數客」上，末路旅客會發文分享他們從接到電話開始，到他們如何度過「末日」的所有一切。

基本上就是給末路旅客用的推特。我讀過一大堆末路旅客發文坦言自己問了預報員他們會怎麼死，但那些具體細節不管對誰都不會透露，這已經是基本常識，就算是前總統雷諾也一樣——四年前，他嘗試待在地堡躲過死劫，隨後遭一位特勤人員暗殺身亡。

死亡預報只能告知某人會在哪天去世，但無從得知死亡的精確時間或原因。

「……這些您都了解了嗎？」

「嗯。」

「請上『死亡預報』官網註冊，填寫您對喪禮有什麼特別的要求，以及您想在墓碑上刻的碑文。或也許您比較想要火化，那樣的話……」

我只參加過一次喪禮。我祖母在我七歲時過世，我在她的喪禮上大發脾氣，因為她都不醒來。快轉到五年後，死亡預報問世，突然間所有人都是醒著參加自己的喪禮。有機會在死前道別是很難能可貴，但拿那個時間實際去生活不是更好嗎？如果我能有把握會有人來參加我的喪禮，我的感受也許會不同吧。如果我的朋友不是這麼屈指可數的話。

「另外，提莫希，這邊謹代表死亡預報全體同仁對您的離去深表遺憾。請盡情享受這一天，好嗎？」

「我是馬提奧。」

「非常抱歉，馬提奧。我真是丟臉死了。今天忙了一整天，這些電話打起來又讓人壓力很大，而且——」

我掛上電話，這很沒禮貌，我知道。我知道。但我無法聽別人跟我講她今天壓力有多大，我有可能一小時內就要死了，或甚至是十分鐘內：我可能被喉糖給噎死；我有可能出了家門要自己做點什麼，卻還沒到戶外就跌下樓梯摔斷脖子；可能有人闖進來謀殺我。我唯一能拍胸脯排除的死因就是死於年老。

我跪倒在地上。一切都會在今天結束，而我無計可施。我無法冒險橫跨惡龍盤踞的國度，奪回能擋下死神的權杖。我不能躍上飛毯找精靈許願，換得一個完整而簡單的人生。我或許能找個瘋狂科學家把我的身體冷凍保存，但我可能會在這搞笑的實驗進行到一半就沒命。每個人都難逃一死，而對我來說，死期絕對就是今天了。

若人死後還有辦法想念誰的話，我會想念的人少到根本列不成一張清單：我盡心盡力的父親；我最好的朋友莉蒂亞，不只因為她沒有在走廊上無視我，還包括她真的坐在我對面跟我一起吃午餐，跟我在地科課同組，跟我聊她未來要當個拯救世界的環保運動者，我對她的回報，就是活在這個世界上。

就這樣。

如果有人好奇我不會想念誰，我會一個也答不出來。沒人真的虧待過我，我甚至能理解為什麼有些人不會想試著跟我交好。真的，我懂。我整個人偏執到不行。少數幾次有同學約我去參加什麼好玩的活動，比如去公園溜冰或晚上出門兜風之類的，我都會婉拒，因為我們有可能是在自掘墳墓，有可能。我猜我最會想念的，是曾有機會享受卻被我虛擲的人生，以及本可能跟同學變成好朋友的機會。我會想念因為沒去別人家過夜，而錯過跟大家一起熬夜，一整晚玩 Xbox Infinity 和桌遊來培養感情的機會，就因為我害怕過頭。

我最最最會想念的是未來的馬提奧，或許放得比較開，認真活過的馬提奧。我很難具體描繪他的模樣，但我想像未來的馬提奧會嘗試些新東西，比如跟朋友一起吸大麻，拿到汽車駕照，還有搭飛機飛去波多黎各，多了解他的家族淵源。也許他會在跟誰交往，也許他喜歡有那個人的陪伴。他大概會彈鋼琴給朋友聽，在他們面前唱歌，而且他的喪禮肯定會擠滿了人，並在他死後持續一整個週末——屋內會擠滿新來的、沒機會在他生前再擁抱他一次的人們。

未來的馬提奧會有更多的朋友讓他想念。

但我永遠不會長大成未來的馬提奧。不會有人跟我一起嗑到嗨，不會有人看我彈鋼琴，也不會有人在我拿到駕照後，坐在我爸車上的副駕座陪我。我永遠不會跟朋友吵誰能穿比較好的那雙保齡球鞋，又或誰要在玩電玩的時候當金鋼狼。

我癱倒在地板上，想起現在的狀況不是「要嘛去做點事要嘛去死」。甚至不是這樣。

是去做點事，**然後**去死。

上午12點42分

我爸爸心情不好或是對自己失望的時候，都是靠沖熱水澡來恢復冷靜。我大概十三歲的時候開始跟著這樣做，因為只要令人困惑的馬提奧思想跑出來，我就需要一大堆的馬提奧時間來理清它們。我現在沖澡，是因為我內疚於自己還期望世人——或這世上除了莉蒂亞和我爸之外的某些人——會因為我的離世而難過。因為我不甘自己在沒接到預報的那些日子裡，活得像個隱形人，我浪費了每個昨日，現在也沒有任何明天可言。

我不打算告訴任何人。除了我爸以外，但他人都還沒醒過來，所以那不算。我不想把最後一天花在納悶人們跟我感傷道別時，是不是出自真心。誰都不該把生命最後幾個小時花在猜疑他人。

不過，我必須要到外面的世界去，騙自己說今天跟其他任何一天沒有差異。我必須去醫院看我爸，並且——從我小時候到現在——第一次也是最後一次握他的手……哇，真的是最後一次。

我在心態調適好之前就會跟世界說再見了。

另外我還得去見莉蒂亞跟她一歲大的女兒佩妮。佩妮出生的時候，莉蒂亞選我當寶寶的乾爸，那真是糟透了，她期待我在她不幸身亡後負責照顧她，因為莉蒂亞的男友克里斯欽在一年多前過世了。對啦，一個十八歲又沒收入的人是要怎麼照顧一個寶寶啊？答案是：他並不會。但我應該要長得更成熟，跟佩妮講她那拯救世界的媽媽和她那老神在在的爸爸的故事，然後在我收入穩定、心理上也準備好的時候歡迎她來我家住。現在我就要從她生命裡被奪走，沒機會參與更多，只能成為相簿裡的某個傢伙，莉蒂亞也許會講些我的故事，過程中佩妮會點頭，也許會笑我的眼鏡，然後翻去看她真正認識也在乎的家人。

我對她來說連個鬼都不是。但那不影響我再去搔她癢一次，或擦掉她臉上的蔬菜泥跟豌豆，或是讓莉蒂亞休息一會，以便她專心念書準備她的GED[1]考試，或是刷個牙、梳個頭髮、小睡一下。

在那之後，我會想個方法把自己從我最好的朋友和她女兒身邊拉開，然後我得出去，去生活。

我關上蓮蓬頭，落在我身上的水跟著止住；今天不是沖一小時澡的日子。我拿起水槽旁的眼鏡戴上。我踏出浴缸，在一灘水上滑了一跤，往後倒的同時等著想看「眼前出現人生跑馬燈」的說法是否真有其事，然後我就抓住了毛巾架穩住自己。我吸氣又吐氣、吸氣又吐氣，因為像這樣死掉實在是衰到極點；會有人把我加到笨死部落格的「敗在沖澡」的動態牆上，那網站流量之高，在好多方面都讓我反胃到不行。

我必須離開這裡去生活——但首先我得活著走出這間公寓才行。

---

[1] 全稱為General Educational Development，即「普通教育發展證書」，通過檢定者等同具備美國一般高中畢業生之基本知識和技能。

上午12點56分

我給住在4F室和4A室的鄰居寫了感謝的字條，跟他們說今天是我的「末日」。4F室的艾略特在我爸爸住院的期間一直很關心我、送晚餐過來，特別是我們家瓦斯爐被搞壞——因為我嘗試做我爸的恩潘納達餡餅——的過去這一週。4A室的尚恩打算在週六的時候來修瓦斯爐，但現在沒有必要了。我爸會知道怎麼修，在我離開之後，他可能也需要什麼事情來轉移注意力。

我探進衣櫃，拿出莉蒂亞送給我當十八歲生日禮物的藍灰色法藍絨襯衫，套在白色T恤外面。我還沒穿它出門過。這就是我讓莉蒂亞今天陪在我身邊的方式。

我看了看手錶——我爸因為視力不好而買了一只會發亮的電子錶後，給了我這只他以前的錶——，時間接近凌晨一點。如果是平常時候，就算隔天上課會累得要命，我也會打電動打到深夜。至少我能在空堂的時候補眠。

我應該要更珍惜那些空堂時間。我應該多修別堂課，比方說藝術，雖然畫畫不能救我一命。（或者說，很顯然沒有什麼能救我一命，我同時想說那不是重點，但那是違心之論，不是嗎？）也許我應該加入樂團、彈鋼琴，得到一些肯定之後想辦法努力唱到副歌，然後也許跟某個很酷的傢伙合唱，還可能有勇氣一個人唱整首。可惡，如果我在劇場被選來演某個逼我突破自我的角色，說不定都還會很好玩。但沒有，我選了又一節空堂，讓我能與世隔絕地打瞌睡。

十二點五十八分。一點整一到，我就要逼自己離開這間公寓。它既是我的庇護所，也是我的監獄，而就這麼一次，我得到去吸點外頭的空氣，而不是為了從一處到另一處才在其間跋涉。我得數數那些樹木，也許把腳探進哈德遜河的同時，唱首我最愛的歌，然後就盡我所能地當個人們記憶中，那個英年早逝的年輕人。

凌晨一點了。

我不敢相信我永遠不會回到我的房間。

我打開大門門鎖，轉動門把，並將門打開。

我把字條留在鄰居門口，然後把門甩上。

我才不要走進一個會在我命不該絕時就把我殺死的世界。

魯佛斯・艾味特里歐

上午1點5分

死亡預報在我痛毆我前女友的新男友時打了電話過來。我人還壓在這傢伙身上，用兩隻腳的膝蓋固定住他的肩膀，我之所以沒繼續往他眼睛揍的原因無他，就是我口袋裡傳來的鈴聲，那震耳欲聾、所有人都——要嘛因為自身經驗和新聞，要嘛因為每齣用那音效來營造緊張效果的節目——熟悉得要命的死亡預報鈴聲。我的兄弟塔格和麥爾肯不再興奮喊打，變得默不作聲，我則等著派克這爛貨的手機也跟著響起來。但沒有，就只有我的手機。也許就是這通打來預告我要沒命的電話，恰好救了他一命。

「你得接起來，魯佛，」塔格說。他剛剛在拍攝我揍人的過程，因為他喜歡在網路上看人打架，但現在的他正盯著自己手機，好像很擔心也會有電話打給他似的。

「鬼才接。」我說。我心臟跳得猛快，甚至比我一開始撲向派克把他打趴在地的時候還要快。派克的左眼已經腫起來，右眼裡依舊只有純然的恐懼。死亡預報的鈴聲會在第三聲開始越發響亮。他無從判定我是否打算拉他跟我同歸於盡。

我也是。

我手機鈴聲停下來。

「可能是打錯了。」麥爾肯說。

我的手機再度響起。

麥爾肯沒再說話。

我不抱希望。我不懂數據資料之類的東西，但死亡預報的通知鬧烏龍實在是鮮有耳聞。我們艾昧特里歐家的人在活命這方面，運氣一向沒多好。但這麼早就去見祖先？還真是有我們的風格。

我渾身發抖，腦袋裡出現那種恐慌的嗡嗡聲，好像有人不斷在揍我，因為我不曉得我會怎麼死掉，只知道我會死。而我眼前也沒有人生片段閃現而過，倒不是說我預期晚點真的要死的時候就會有。

派克在我身下扭來扭去，我舉起拳頭叫他給我媽的安分點。

「也許他身上有武器。」麥爾肯說。他是我們這群裡的大個兒。如果我們全家搭的車飛進哈德遜河的時候，有他那樣的人在場幫我姊姊鬆開安全帶的話就好了。

在那通電話響起之前，我敢拿一切打賭派克身上沒任何武器，因為我們是在他下班途中跳出來堵他的。但我不會賠上自己的命來堵他。我扔下手機。從上到下搜過他全身，再翻過來檢查他腰帶裡是不是有摺疊小刀。我站著，繼續把他壓住。

麥爾肯把派克被塔格扔到藍色汽車底下的背包拉出來。他拉開拉鍊，把它翻過一遍，讓幾本《黑豹》和《鷹眼》的漫畫掉到地上。「沒有。」

塔格衝向派克，我完全相信他就要把派克的頭像足球一樣踹下去，但他從地上拿起我的手機，接起電話。「你找誰？」他脖子猛地抽動了一下，如眾人所料。「等等、等等。我不是他。等等。等一下。」他遞出手機。「你要我掛掉嗎，魯佛？」

我不知道。我人在這間小學的停車場裡，手邊還有個被揍到流血的派克，而且我也不需要接這通電話，確保死亡預報不是打來說我中了樂透什麼的。我又火大又茫然地從塔格手上抓過手機，我有可能會吐出來，但我爸媽跟姊姊當時都沒有吐，所以可能我也不會吧。

「看好他，」我告訴塔格和麥爾肯。他們點頭。我不知道我是怎麼成為領頭羊的。我晚他們好幾年才來到寄養家庭。

我給自己拉開些距離——好像隱私會有任何幫助似的——並確保自己不被出口標誌的光線照到。盡量不被人發現我在大半夜裡指關節上都是血。「嗯？」

「哈囉。這邊是死亡預報的維克多，想找魯佛斯·艾味——特里歐。」

他把我名字唸得七零八落，但何必糾正。沒有人會把艾味特里歐這姓氏傳承下去。

「對，是我。」

「魯佛斯，很遺憾要告知您，您將在接下來二十四小時內的某個時刻——」

「二十三個小時，」我打斷說，雙腳在這台車車尾和另一台之間來回踱步。「你們過了一點才打來。」這太扯了。其他末路旅客一個小時之前就收到通知了。

如果死亡預報早一小時打過來，我就不會在派克這大一休學仔工作的餐廳外面等著追他到這座停車場。

「是，沒錯。我很抱歉。」維克多說。

我努力閉住嘴巴，因為我不想把我的問題發洩到某個盡心辦公的傢伙身上，雖然我首先就想不透，怎麼會有人見鬼跑去應徵這份工作。我們就暫且假裝我還有未來吧——我再怎樣都絕對不會在某天起床之後說：「我覺得我想找一份上班時間從半夜到三點，除了告訴別人他們要沒命了之外，就沒其他內容的工作。」但維克多和其他人就這麼做了。我也不想聽什麼「不斷來使」的鬼話，特別當這個使者是打來告訴我，在今天結束以前，我這條命就會整個沒了。

「魯佛斯，很遺憾要告知您，您將在接下來二十四小時內的某個時刻遭遇不測。而儘管我們無能推遲此事，我來電是想告知您今天有哪些選項。首先，您還好嗎？您過了一段時間才接電話。一切都沒事吧？」

他想知道我好不好，哈，是喔。我能從他問我的時候那假掰的語氣裡聽出來，我對他來說跟他今晚必須致電的其他末路旅客一樣，沒有比較重要。這些通話也許都有受到監控，而他不想因為趕時間草草帶過而丟了工作。

「我不曉得我好不好。」我緊握手機，以免自己把它往牆上摔去，牆壁上漆著幾個在彩虹下手牽手的棕膚和白膚小孩。我回頭看了看，派克還是臉朝下貼在地上，麥爾肯和塔格則盯著我；他們最好在我們想到怎麼處置他之前，確保他乖乖待在那。「直接講我有什麼選項就是了。」好菜上桌嘍。

維克多告訴我今天的氣象預報（午後應該會下雨，然後晚點也會，如果我有活到那麼久的話）、我完全沒興趣參加的特別活動（特別是在高架公園上瑜伽課，有沒有下雨都一樣）、正式喪禮的安排，以及如果我在哪些餐廳用今天的代碼，能有最棒的末路旅客折扣。我被自己末日這天剩下的時間會怎麼發展搞得焦慮不已，後面都沒聽進去。

「你們怎麼知道的？」我插嘴說。也許這傢伙會可憐我，我就可以跟塔格和麥爾肯分享這天大謎團的秘辛。「末日。你們怎麼知道的？有什麼名單？還是水晶球？未來的日曆？」每個人都在猜死亡預報公司是怎麼會得到這驚天動地的資訊。塔格把他在網路上讀到的所有瘋狂理論都跟我講，比如死亡預報跟一群真材實料的靈媒問卜，還有一個笑死人的說法是政府把一個外星人銬在浴缸裡，逼它預報末日。

那理論整個漏洞百出，但我現在沒時間多作評論。

「很抱歉，資訊預報員也無從得知，」維克多聲稱道。「我們一樣很好奇，但我們的工作並不需要知道那一點。」又一個罐頭回應。我跟你打包票，他知道，而他如果想保住飯碗就不能說。

我去他的。「欸，維克多，有點人性吧。我不曉得你知不知道，但我十七歲。再三週就是我十八歲生日。你都不會生氣我永遠都不能念大學？結婚？生子？旅遊？我不相信。你只是在你小小的寶座上暗爽，因為你知道你還有好幾十年的人生能活，對吧？」

維克多清了清喉嚨。「你想要我有人性是吧，魯佛斯？你想要我走下寶座跟你講真的？好啊。我一個小時前剛跟一個女人結束通話，她哭個不停，因為她四歲大的女兒今天要離世了，她將不再是個母親了。她求我告訴她要怎樣救她女兒一命，但沒人有辦法。然後我還得要求青年部派一名員警過去，以免那位母親自己下手，而且——隨你信不信——這還不是我為這份工作幹過最噁心的事。魯佛斯，我很為你難過，真的。但你的死不是我的錯，而很遺憾，我今晚還有非常多這樣的電話要打。你能不能幫我個大忙，合作一下？」

靠。

後來整通電話我都乖乖配合，雖然這傢伙不該跟我說別人的事，但我滿腦子想的都是那位母親，她的女兒永遠都上不了我後面那座小學。通話結束前，維克多對我說了那句——我從近期那些，把死亡預報描繪進角色日常生活裡的電視節目和電影裡，聽到都習以為常的那句——企業名言：「謹代表死亡預報全體同仁對您的離去深表遺憾。請盡情享受這一天。」

我沒辦法告訴你是誰先掛電話的，但那不重要。

傷害已經造成——將會造成。今天就是我的末日，毫無疑問，魯佛斯的世界末日。我不知道接下來會怎麼發展。我祈禱自己不會跟我爸媽和老姊一樣溺死。唯一被我惡搞過的就只有派克，真的，所以我覺得自己不會是被槍殺，但誰曉得，擦槍走火也是時有所聞。跟死法相比，我死前在做的事重要多了，但這種渾然不知的感覺還是嚇人得很；畢竟，你這輩子就只會死一次。

也許派克會為我的死負責。

我迅速走回他們三人那頭。我揪住派克的後領把他拉起來，然後猛推到磚牆上。鮮血從他前額一處開放性傷口滑落，我真不敢相信這傢伙把我惹成這樣。他從頭到尾都不該到處嚷嚷，宣傳各種艾美再也不想要我的理由。如果那些話沒傳到我這裡，我的手就不會掐在他脖子上，讓他感覺比我還要害怕。

「你沒有『屌打』我，懂？艾美不是因為你才跟我分開，所以你現在就給我把那想法從你腦子裡扔掉。她愛我，我們情況變得有點複雜，她到最後還是會選我的。」我知道這話是真的——麥爾肯和塔格也這樣認為。我往前靠近派克，死瞪著他還安好的那隻眼睛。「最好這輩子都別再讓我見到你。」「是啦，是啦。這輩子也沒剩多長了。但這傢伙就是個他媽的蠢蛋，還可能會幹些蠢事。「你聽懂沒？」

派克點頭。

我鬆開他喉嚨，從他口袋裡抓出他的手機。

我把它用力往牆上砸，螢幕整個全毀。麥爾肯使勁一踩。

「給我他媽的滾出這裡。」

麥爾肯抓住我肩膀。「別放他走。他有那些人脈。」

派克沿著牆面下滑，緊張兮兮的，彷彿在城市高樓的某扇窗戶上攀爬一樣。

我把麥爾肯的手從我肩膀甩開。「我說給我他媽的滾出這裡。」

派克起身，左搖右晃地跑走。他一次也沒回頭看我們有沒有追上去，或停下來拿他的漫畫和背包。

「我以為你說他在幫派裡有朋友，」麥爾肯說。「他們要是來找你怎麼辦？」

「他們不是真的幫派，他在那幫派也沒人理。我沒理由怕一個會收派克進去的幫派。他就算想打電話給他們或艾美都沒辦法，我們確保了這一點。」我不想要他在我之前聯繫上艾美。那樣一來我就必須幫自己解釋，而且，我不知道，要是她發現我幹了什麼，不管今天是不是我的末日，她可能都不會想見我。

「死亡預報也沒打給他。」塔格說，他的脖子抽動了兩下。

「我沒有要殺了他。」

麥爾肯和塔格一片沉默。他們看到我對他下手的樣子，好像我完全停不下來似的。

我不停顫抖。

就算我沒那個意圖，我還是有可能殺了他。我不曉得如果我真的把他給弄死，我有沒有辦法承受這個事實。唉，真是鬼扯，我自己也知道，我只是在逞強。但我才不堅強。我家人因故離世（雖然那不是我的錯），我則存活下來，連這都讓我難以承受了。我哪可能把某人活活揍死，心裡還輕輕鬆鬆沒事的樣子。

我衝向我的腳踏車。我們把派克追到這裡，跳下腳踏車撂倒他之後，我的手把和塔格的車輪就卡在一起。「你們不能跟著我，」我說著抬起我的腳踏車。「你們明白對吧？」

「說什麼，我們跟你一塊走，只——」

「不可能，」我插嘴。「我是顆不定時炸彈，就算你們沒跟著我一起被炸死，你們也可能會被燒到——有可能是被真的火燒到。」

「你別想丟下我們，」麥爾肯說。「你去哪我們就去哪。」

塔格點頭，他的頭往右顫了一下，好像他的身體背叛了他想追隨我的本能。他又點頭一次，這次沒有抽搐。

「你們兩個真是跟影子沒兩樣。」我說。

「因為我們兩個膚色很黑？」麥爾肯問。

「因為你們老是跟著我，」我說。「死心塌地到世界末日。」

末日。

這個詞讓我們都閉起了嘴巴。我們跳上腳踏車，騎出路緣，車輪顛簸轉動。真不該在今天把我的安全頭盔留在家。

塔格和麥爾肯沒辦法整天跟著我，我知道。但我們是「冥王星家族」，來自同一個寄宿家庭的兄弟，而我們誰也不會拋下彼此。

「我們回家吧。」我說。

然後我們出發了。

馬提奧

上午1點6分

我回到我的房間裡，立刻就感覺好多了，活像在電玩裡被大魔王狂虐的時候，多拿到一條命。我還說什麼「永遠也不會回來這裡」咧。

不是我把死亡想得太天真。我知道那會發生，但我不用急吧。我是在給自己多爭取點時間。我就只是想活久一點，我也有能力避免自己走出那扇大門——特別是在這麼晚的夜裡——葬送我的天真夢想。

我跳到床上，那種輕鬆的心情只能用「你起床要上學然後想起來今天是星期六」來比擬。我把被子圍過肩膀，回到我的筆電上，無視死亡預報寄來的電子郵件，裡面是我跟安德莉亞那通電話附有時間戳記的正式讀取回條，然後繼續讀昨天那則我接到電話前在看的「倒數客」貼文。

該名末路旅客是二十二歲的凱斯。他的動態沒提供多少他個人的背景資訊，就只說他一直都獨來獨往，比起跟同學外出社交，他更喜歡和他的黃金獵犬托寶一起跑步。他在幫托寶找個新家，因為他很肯定他父親會把托寶送給第一個有意領養的人，這代表牠的新飼主可能是任何人，因為托寶實在長得太好看了。該死，就算我對狗嚴重過敏我也會領養牠。但在凱斯把他的狗送養以前，他和托寶最後一次一起出門跑過他們最喜歡的幾個點，然後動態在中央公園某處便停止更新。

我不知道凱斯怎麼死的。我不知道托寶有沒有活下來，或者他跟凱斯一起死了。我不知道哪樣會對凱斯或托寶來說更好。我不知道。

我可以去查昨晚大約五點四十分左右——動態停止更新的時間——發生在中央公園的行凶搶劫或謀殺案件，但為了我的理智著想，還是讓它保持神秘的狀態比較好。我轉而打開我的音樂資料夾，播放《太空聲響》。幾年前，NASA的團隊做出這個特殊的儀器來錄製各個星球的聲音。我知道，我也覺得這聽起來很怪，尤其是我看過的所有電影都告訴我，太空裡是沒有聲音的。

但是太空裡其實有聲音，只是以電磁震動的形式存在。NASA把它們轉換成人耳能聽見的聲音，而我即使躲在自己房間，仍和宇宙裡某些神奇的東西——如果沒在追蹤網路流行話題就會錯過的東西——不期而遇。

有些星球聽起來令人毛骨悚然，像你在設定在外星世界——意思是有外星人的世界，不是單指地球以外的那種「外星世界」——的科幻電影裡會聽到的東西。

海王星聽起來像湍流，土星帶有一種駭人的嚎叫聲，讓我再也沒點來聽過。天王星也一樣，不過它還有一種聽起來很像多艘星艦以雷射互相攻擊時疾風呼嘯而過的聲音。如果你有人能聊天的話，這些星球的聲音很適合拿來破冰，但如果你沒有，它們就會很適合在你要睡覺的時候，拿來當白噪音。

我讀了更多倒數客的貼文、放〈地球〉那首曲目來讓自己分心，不去想我的末日。那首老是讓我聯想到令人放鬆的鳥鳴，還有鯨魚發出來的低頻音，但同時也感覺有那麼點不對勁，某種我說不太上來的懸疑感，跟冥王星很像，後者是貝殼和蛇的嘶嘶聲。

我改成播〈海王星〉那首。

魯佛斯

上午1點18分

我們在死寂的黑夜裡騎向冥王星。

「冥王星」是我們給現在住的寄養家庭想出的代稱，因為我們的家人要嘛死了，要不就是拋棄我們。冥王星從行星被降格為矮行星，但我們對彼此的重視未曾減少一分。

我跟我家人分別了四個月，但塔格和麥爾肯更久之前就一起落腳在這。麥爾肯的雙親死於自宅失火，縱火犯的身分不明，不管那人是誰，麥爾肯都希望他在地獄受火燒之苦，因為對方讓他痛失雙親時，他還處在愛惹麻煩的十三歲年紀，以至於除了公家單位外，沒人想收容他——甚至連公家單位都不太想。塔格的母親在他還小的時候就跑了，他爹則在三年前因為繳不起帳單而消失。一個月後，塔格發現他爹自殺了，我這兄弟到現在都沒為那傢伙流過一滴淚，連他死在哪或怎麼死的都沒問。

就算在我還沒發現自己快要死掉時，我都曉得冥王星再不久就不會是我的家了。我十八歲生日就快到了——塔格和麥爾肯也是，他們都會在十一月的時候滿十八歲。我跟塔格一樣確定了要上大學，然後覺得麥爾肯可以在振作起來之前先跟我們待在一塊。現在誰知道會變怎樣，我也很討厭自己就要從這堆麻煩中解脫了。但此刻唯一重要的，是我們還在一起。我有麥爾肯和塔格陪在我身邊，從我到這個家的第一天開始，他們就是如此。不管是家庭時間還是打屁宣洩的時候，他們都陪在我身邊。

我沒打算停下來，但我一看到我在事故發生後一個月跟艾美首度週末約會時去的那間教堂，便停下了車。這棟建築物巨大無比，有淺灰色的磚牆和紫褐色的尖塔。我很想要幫那些彩繪玻璃窗拍一張，但閃光燈可能照不出來。反正也沒差。如果是值得發到Instagram的照片，我都是直接套上「Moon」濾鏡給它經典的黑白效果。真正的問題在於，我他媽一個毫無信仰的傢伙拍了一張教堂的相片，我不覺得那是最值得我留給我七十個追蹤者的最後一樣東西。（#想都別想）

「有啥特別的嗎，魯佛？」

「艾美就是在這間教堂彈鋼琴給我聽的。」我說。艾美是很虔誠的天主教徒，但她沒有任何要跟我傳教的意思。我們當時在聊音樂，我提到奧莉維亞以前讀書的時候會放那些古典樂，有一些我還挺喜歡的，然後艾美想要我聽那些曲目的現場演奏——而且她想當那個為我演奏的人。

「我得跟她說我收到警報。」

塔格抽動了一下。我敢說他一定很想提醒我，艾美要我給她點空間，但那種要求在末日才不算數。

我爬下腳踏車，踢下腳架。我沒有走得離他們太遠，就只是靠近門口一些，一位神父碰巧在這時護送一名哭泣的女子走出教堂。她手上的多個戒指互相敲碰，應該是拓帕石吧，我想，像我媽有次拿去典當的那種，因為她想要買演唱會門票給奧莉維亞當她十三歲生日禮物。這個女的想必是個末路旅客，或者她認識的人是。在這裡值大夜班可真不是開玩笑的。

麥爾肯和塔格老是嘲笑那些刻意迴避死亡預報——和它們「來自撒旦的不潔幻象」——的教堂，不過有些修女和神父實在很猛，會為那些想要懺悔、受洗和其他幫助的末路旅客忙到半夜兩三點。

如果我媽相信的上帝真的存在，希望祂現在是站在我這邊的。

我打給艾美。響了六聲後轉到語音信箱。我再打一次，結果一樣。我又試一次，這次只響三聲就轉語音信箱了。她在無視我。

我打了一則訊息：**死亡預報打給我。也許妳也可以。**

不行啦，我不能這麼白目傳那種東西。

我修改一下用詞：**死亡預報打來給我了。妳能回我電話嗎？**

不到一分鐘，我手機就響了，正常的鈴聲，不是死亡預報那種令人心跳停止的警鈴。是艾美。

「嘿。」

「你認真的？」艾美問。

如果不是，她肯定會因為我搞這種「狼來了」的把戲而殺了我。

塔格有次為了引她注意那樣搞，立刻就被艾美打臉。

「嗯。我得跟妳見面。」

「你在哪？」她的語氣沒有帶刺，也沒和最近幾次通話一樣想掛我電話。

「我就在妳帶我去的那間教堂，其實，」我說。這裡整個超級安詳，好像我可以就整天待在這，然後活到明天。「我跟麥爾肯和塔格在一塊。」

「你們為什麼不在冥王星？你們幾個星期一晚上在外面幹什麼？」

我需要更多時間來回答這個問題。也許再八年吧，但我沒那時間，我也不想現在就當個男子漢、抬頭挺胸面對它。「我們在回冥王星的路上了。妳能在那邊跟我們碰頭嗎？」

「什麼？不行。待在教堂，我過去找你。」

「我不會在見到妳之前死掉的，相信——」

「你不是超人啊，笨蛋！」艾美哭喊了起來，聲音跟有一次下雨我們沒穿外套的時候一樣在顫抖。「啊，天啊，對不起，但你知道有多少末路旅客那樣保證過，然後鋼琴就從他們頭上砸下來嗎？」

「我猜不多吧，」我說。「被鋼琴弄死的可能性感覺不是很高。」

「這不好笑，魯佛斯。我在換衣服了，不要動。我三十分鐘以內到。」

我希望她能原諒我所做的一切，包括今晚的事。我會趕在派克之前和她碰面，並說明我的立場。我相信派克會回家，把自己梳洗乾淨，然後用他哥的手機打給艾美說我是個怎麼樣的怪物。不過他最好別給我報警，否則我就要在牢裡度過末日，或也許搞得自己死在哪個警察的警棍下。我不想要去思考那些事，我只想見到艾美，跟冥王星的人道別，以他們認識的那個朋友的身分，而不是我今晚那怪物般的模樣。

「到家裡找我。就……過來找我。拜拜，艾美。」

我在她來得及抗議之前掛上電話。我拉起腳踏車，騎上車的過程中她不停打來。

「接下來呢？」麥爾肯問。

「我們要回冥王星去，」我告訴他們。「你們要幫我辦一場喪禮。」

我看了看時間：一點三十分。

冥王星其他人還有時間能接到預報電話。我不是希望他們接到，但也許我不需要一個人死吧。

或也許這就是必然。

馬提奧
上午1點32分

瀏覽「倒數客」實在是有夠致鬱。

但我不能因為這樣就不看，因為每個註冊的末路旅客都有各自想分享的故事。當一個人把他的生命經驗發表出來給你看，你就不禁要全心傾聽——就算你知道他們最後都會死。

我即使不出門，也能在線上關心別人。

網站上有五個分類——熱門貼文、最新貼文、地方貼文、促銷貼文、隨機貼文——我照慣例先掃過地方貼文的搜索結果，想確認沒有我認識的人……都沒有；很好。

如果今天能有人陪應該會不錯吧，我猜。

我隨機選了一位末路旅客。使用者名稱是：Geoff_Nevada88。

傑夫午夜過四分鐘後接到電話，現在人已經在外面，前往他最喜歡的酒吧路上。他希望酒吧會放他進去，因為他二十歲，最近才搞丟了假證件。我相信他會順利進去的。

我標記了他的動態，下次他更新我就會收到通知。

我切到另一個人的動態。使用者名稱：WebMavenMarc。

馬克是一間汽水公司的前任社群媒體經理，這點他在簡介裡提了兩次，而且他不確定他女兒能否及時趕去見他。我感覺幾乎像這位末路旅客就在我面前，對著我的臉彈手指。

我得去探望我爸，就算他沒有意識。他必須知道我在死前有見他最後一面。

我放下筆電，不理我標記的幾個帳號傳來的更新鈴聲，直直走進我爸的房間裡。

他出門上班那天早上，床沒有整理過，但我後來幫他弄好了，確保被子有像他喜歡的那樣，完全塞到枕頭底下。我坐在他那側床邊——右側，因為我母親顯然一向偏好左側，而就算她不在了，他還是過著左右分側的生活，未曾將她抹去——並拿起那張裱框的相片，內容是我六歲生日時，爸幫我吹熄我《玩具總動員》蛋糕上的蠟燭。呃，只有爸在吹啦。我當時對著他笑。他說就是我臉上那欣喜若狂的樣子，讓他始終把這張相片放在身旁。

我知道這有點奇怪，但爸對我來說就跟莉蒂亞一樣是我最好的朋友。我相信這件事只要我大聲承認就會被笑，但我們的感情一直都非常好。不到完美，但我相信世間——我學校裡的、這城市中的、地球另一端的——任何兩個人都會為愚蠢又重要的事情糾結來糾結去，最親近的那幾對只是會找到方法去跨過那些難關。爸和我的關係從來不會是大吵之後老死不相往來的那種，不像「倒數客」有些動態上的末路旅客，恨他們父親恨到對方臨死前都拒不相見，或在他們自己死前都不肯去彌補過往的錯誤。

我把照片從相框裡抽出來，摺好放進口袋——我爸應該不會在意摺痕啦，我想——後起身要去醫院，和他道別，並確保他終於醒來時，這張照片就在他身旁。我想確保他在別人跟他說我的噩耗之前，還能得到些許平靜，好像這就是個平凡的早晨。

我離開他房間，振奮地要出門做這件事，然後看到水槽裡成堆的餐具。我應該把它們洗起來，以免我爸回到家看到一堆髒盤子，還有因為我最近喝了一堆熱巧克力而滿是汙漬的馬克杯。

我發誓這不是我不出門的藉口。

真的啦。

魯佛斯

上午1點41分

我們以前在街上騎腳踏車都是橫衝直撞，好像煞車這東西不存在一樣胡亂狂飆，但今晚沒有。我們一路都小心看路，遇到紅燈就停，比如現在，儘管路上一輛車也沒有。我們正在那間標榜「末路旅客友善」的酒吧「克林特墓園」所在的街區上。店外開始有一群二十幾歲的年輕人聚集起來，排隊隊伍亂成一團，門口保鑣忙著應付這些想趁上路之前在舞池裡狂歡最後一次的末路旅客和他們的朋友，肯定不必擔心沒錢可賺。

有個正到爆的棕髮女孩，她嚎啕大哭的時候有個傢伙湊上去，用些老掉牙的台詞（「也許妳身體只是需要一些我的營養素，就能活到明天唷。」）要搭訕她，她的朋友把皮包往他身上揮，直到他退開。這女生真可憐，連為自己哀悼的時候，都躲不過王八蛋的搭訕。

綠燈亮了之後，我們繼續騎，幾分鐘後終於抵達冥王星。這個寄宿家庭是棟亂七八糟的公寓大樓，大樓門面破破爛爛的——有些磚頭不見了，還有各種顏色組成、難以辨別的噴漆圖樣。一樓的窗戶裝了欄杆，不是因為我們是犯人或什麼的，而是免得有人闖空門偷東西，這些孩子失去的東西已經夠多了。我們把腳踏車停在台階最下面，衝到門前開門進去。我們穿過走廊，懶得踮腳就踩過棋盤似的破爛磁磚地板，進到客廳裡。雖然有面布告欄張貼的是性教育、性病篩檢、墮胎和出養診所等其他類似性質的傳單，這地方感覺起來仍舊像個家，而不是什麼收容機構。

裡頭有個不能用的壁爐，但看起來還是很酷。漆成暖橘色的牆壁，讓我整個夏天都等著秋季的到來。我們週末晚餐後，聚在一起玩《反人類卡牌》和《有口難言》桌遊的那張橡木桌。那台我跟塔格一起看實境秀《文青生活》——雖然艾美討厭裡面所有的文青，她寧願我看成人卡通——的電視。那張我們輪流打盹的沙發，因為它比我們的床都還舒服。

我們上去三樓，我們的房間就在這裡，這小小的空間對一個人來說都不太舒服了，更別提擠三個人，但我們想辦法。塔格呼麻的時候，我們都會留一扇窗戶開著，雖然外面整個吵到瘋掉。

「我必須說，」塔格一邊帶上我們身後的門一邊說。「你真的超努力。想想你到這裡之後做的一切。」

「我本來能還能做更多事的。」我坐到我那張床，頭猛地往後倒在枕頭上。「要在一天之內努力生活，壓力真是大到瘋掉。」可能甚至不到一整天。我能活個十二小時就很幸運了。

「又沒人期待你要找到癌症解藥，還是拯救瀕危熊貓什麼的。」麥爾肯說。

「欸，死亡預報沒辦法預測動物何時死亡算他們幸運，」塔格說，讓我吸了吸牙齒，搖搖頭，因為他最好的朋友要死了，他還在幫熊貓說話。「什麼，真的啊！要是你打給全世界最後一隻熊貓說牠要死了，你就會是全球頭號公敵。想想看那些媒體，會有一堆自拍照和——」

「我們懂了，」我打斷說。我不是熊貓，所以媒體才不會鳥我。「你們得幫我個超級大的忙。把珍．羅禮和法蘭西斯叫起床。跟他們說我想在出門前辦場喪禮。」法蘭西斯從來都沒多喜歡我，但這個安置處讓我有了一個家，我已經比不少人幸運了。

「你應該待在這，」麥爾肯說。他打開房裡唯一的櫥櫃。「也許我們能贏過它。你可以是那個例外！我們可以把你鎖在這裡。」

「我會窒息而死，或是這個衣櫃會因為被你塞了一堆重得要命的衣服垮在我頭上。」他不該愚蠢到相信有死亡預報會有例外，或類似這類的狗屁。「我時間不多了，各位。」我抖了抖，但振作起來。我不能讓他們看到我發慌了。

塔格顫了一下。「你自己一個人沒事吧？」

我過了幾秒才意會到他真正要問的是什麼。「我沒要自殺。」我說。

我沒想尋死。

他們留我一個人在房間，跟我再也不必擔心要洗髒衣服，和我永遠不會完成——或是開始——的暑修作業相伴。我把堆在我床鋪角落的艾美的被子——黃黃的一團，還佈滿了色彩繽紛的鶴——拿來裹在肩上。那是艾美小時候拿到的，她母親留下來的兒時遺物。我們在她還住在冥王星的時候開始交往，會一起窩在被子底下，偶爾在客廳野餐。那段時光真是整個超愉快。我們分手之後，她沒有把被子要回去，對我來說，這是她在即使想拉開距離的時候，依舊把我留在身邊的方式。好像我跟她還有希望。

這間房間跟我小時候的臥室相比，沒有半點相似之處——牆壁是米白色而不是綠色，多了兩張床和室友，空間小了一半，沒有啞鈴或電玩海報——但感覺依舊像家，這也讓我學到人是如何比物品更重要。麥爾肯在消防員撲滅那場燒毀他家房子、父母和珍愛事物的大火之後，學到了那一課。

在這裡我們一切從簡。

我床後面有許多用大頭針釘在牆上的相片，全都是艾美從我Instagram上印出來的：奧席亞公園，我想事情的時候都去那裡；我沾滿汗水的白色T恤，掛在我的腳踏車把手上，是在我去年夏天第一次參加單車馬拉松賽結束後拍的；被人丟在克里斯多福街上的音響，播著一首我以前沒聽過、後來也沒再聽到的歌；鼻子流血的塔格，因為我們那時候想幫冥王星家族創一個特別的握手方式，結果因為一個頭撞頭的白痴動作而亂成一團；兩隻運動鞋，一隻尺寸十一號，另一隻是九號的，因為我那次買新鞋沒確認尺寸是否成對就離開店裡；我跟艾美，我的眼睛像嗑嗨了——我其實（還）沒有——一樣有點歪歪的，但還是很值得留念，因為街燈在她身上照出一圈很酷的光暈；下了長達一週的雨後，我在公園裡追著艾美跑，在泥地留下的腳印；我和麥爾肯兩個坐在一起的影子，雖然他不想，但我還是拍了下來；還有一大堆照片，等我離開這裡之後要留下來給我兄弟們。

離開這裡……

我真的不想要離開。

馬提奧

上午1點52分

我幾乎準備好要走了。

我洗好碗，把沙發底下的灰塵和糖果包裝紙掃乾淨，拖了客廳地板，把我在浴室水槽上留下的牙膏漬清掉，甚至還鋪好了我的床。我回到我的筆電前，面臨一個更大的挑戰：要刻在我墓碑上、不超過一句話的銘文。我寧願去寫我啟蒙方案的論文。我要怎麼用一句話總結我的人生啊？

活在房間，死在房間。

何其虛度的一生。

小孩冒的險都比他多。

我必須加把勁。所有人對我都有更高的期許，我自己也是。我得紀念這一點。我只剩一天能這麼做了。

馬提奧長眠於此：他為了每個人而活。

我按下送出。

沒得反悔了。對，我可以編輯，但承諾不該出爾反爾，而為了每個人而活可是個對全世界的承諾。

我知道這天才剛開始，但我胸口一緊，因為時間也不早了——至少對一個末路旅客來說。我沒辦法一個人面對死亡。我是認真不想要要把莉蒂亞捲進我的末日。我不想要她在我真的死掉之前就當我死了，也從來都不想讓她難過。

也許等我在外面好好生活的時候，再寄張明信片跟她解釋一切。

我需要的是個能同時當我好友的教練，或一個能當我教練的朋友。而那就是這款經常在「倒數客」上投放廣告的熱門APP所提供的。

「最終摯友」是設計給孤獨的末路旅客，以及任何想陪伴末路旅客度過生前最後幾個小時的善心人士使用的。別把這跟「最終炮友」搞混了，後者的主打客群是所有想跟末路旅客搞一夜情的人——真是終極的「射後不理」約炮軟體。我一直都覺得「最終炮友」噁心到不行，還不只是因為性本身讓我緊張的關係。但不對啊，「最終摯友」的目的是讓人們在死前感覺自己是有價值並且被愛的，使用者不必付費，不像「最終炮友」一天要價七點九九美元，這讓我超反感，因為我就是忍不住會覺得人命好像不止值八塊錢而已。

總之，你透過「最終摯友」APP發展出來的關係，就跟所有剛萌芽的友情一樣，結果好壞都有可能。我在「倒數客」上追蹤的一個動態，是有個末路旅客跟一位最終摯友碰面，她更新頻率很慢，有時間隔長達數小時，到最後聊天室的觀眾都認定她已經過世了。事實上她正縱情享受生活，就只是好好過完她的最後一天，她的最終摯友在她死後寫了一段簡短的悼詞，讓我從中對那女孩有了更深的認識——勝過她自己發的任何一則動態。但世事也不總是如此暖心。幾個月前一個生活悲苦的末路旅客，渾然不覺地和惡名昭彰的「最終摯友連續殺人魔」成為好友，那件事讀起來實在令人難過到不行，這也是我很難信任這世界的眾多原因之一。

我認為交一個最終摯友對我會有些好處。不過話說回來，我也不知道是一個人死比較慘，還是在一個不只對你沒任何意義、可能也根本不太在乎你的人的陪伴下離世比較慘。

我在浪費時間。

我得放膽一試，像在我之前成千上萬的末路旅客們一樣，找到同樣的那份勇氣。我上網確認我的銀行帳戶，我大學基金剩餘的款項已經自動存到我的戶頭裡，只有大概兩千美元，但完全夠人活過一天了。我可以去下城的環遊世界體驗館看看，末路旅客及其他客人可以在那裡遊歷世界各地不同城市的文化和環境。

我把「最終摯友」下載到手機上。下載速度真是史上最快，好像它是某種有感知能力的存在，明白它存在的意義就是因為某個人快沒時間了。這個APP有藍色的介面和一個動畫，上面是個灰色時鐘，和兩個人影走向彼此後擊掌。「最終摯友」程式畫面凝聚到中央，掉下一個選單。

將在今日離世

不會在今日離世

我按下「將在今日離世」。一個訊息彈出來：**「最終摯友」公司全體同仁都很為您遺憾。我**

們同樣也向那些愛您的人和無緣認識您的人致予最深的同情。我們希望您會找到一位值得在今日，伴您度過人生最後時刻的新朋友。

請填寫自介以求最佳之配對結果。

無比遺憾將失去您，

「最終摯友」公司

一個空白的自介表格彈出來，我把它填寫好。

姓名：馬提奧．托雷茲

年齡：十八歲

性別：男性

身高：五呎十吋

體重：一百六十四磅

族裔：波多黎各

性取向：〈略過〉

職業：〈略過〉

興趣：音樂；到處亂晃

最喜歡的電影／電視劇／書籍：嘉柏瑞．里茲的《松針狼》；《格紋取代黑衣》；《天蠍座．霍桑》系列

您生前是什麼樣的人：我是獨生子，唯一的家人就只有我爸。但我爸處在昏迷狀態兩週了，大概也是在我走了之後才會醒來。我想讓他覺得驕傲，放膽嘗試。我不能繼續當那個低著頭的孩子，因為那到頭來只讓我沒能出來跟你們大家相處——也許我本來能更早認識你們某些人。

死前計畫：我想到醫院跟我爸說再見。然後是我最好的朋友，但我不想跟她說我要死了。那之後嘛，我不知道。我想對別人產生影響，並在過程中找到一個不同的馬提奧。

最後想法：我會全力以赴。

我送出我的答案。程式建議我上傳一張相片。我滑過手機相簿，裡面有一堆佩妮的照片，還有我推薦給莉蒂亞的歌曲截圖。其他有些是我跟我爸爸的生活照。有一張我高二的照片，有夠俗的。我偶然翻到一張我在六月，因為參加那場《瑪利歐賽車》線上比賽贏來的路易吉帽。我理應要把我的照片傳給比賽的主辦，讓他們放在網站上，但我當時不覺得一個「戴著路易吉帽嬉鬧耍蠢的男孩」像我的風格，結果就一直都沒送出去。

但我錯了，真夠蠢的。這完全就是我一直都想成為的樣子——輕鬆、有趣、無憂無慮。不會有人看到這張相片然後覺得這不像我，因為這些人都不認識我，他們對我唯一的期待，就是我呈現在自介裡的那個人。

我上傳照片，最後一個訊息跳出來：**願您無恙，馬提奧。**

魯佛斯

上午1點59分

我寄養家庭的家長在樓下等。他們一聽到消息就盡快趕來這裡，但麥爾肯當起我的保鑣，因為他知道我還需要一點時間。我換上騎腳踏車的裝備——健身房緊身褲，外搭藍色的籃球短褲，這樣我下面那包才不會像蜘蛛人一樣凸出來，還有我最愛的灰色刷毛衣——因為我無法想像自己如果不騎腳踏車，要怎麼在這城市裡度過我的末日。我拿了我的單車頭盔，因為安全至上。我最後看了房間一眼。我沒有崩潰或什麼的，認真，就算在我回想起跟兄弟們追打笑鬧的時候也沒有。我出門時留著燈沒關，門也開著，這樣麥爾肯和塔格才不會覺得回去裡頭很彆扭。

麥爾肯對我淺淺一笑。他裝沒事的結果不大成功，因為我知道他感覺快瘋了，他們全部都是。

如果情況反過來我也會。

「你還真的把法蘭西斯叫醒了？」我問。

「是啊。」

我有可能會死在我養父的手下；你如果不是他的鬧鐘，就不該把他叫醒。

我跟著麥爾肯下樓。塔格、珍．羅禮和法蘭西斯都在，但沒人說話。我第一個想問的是有沒有人有艾美的消息，比如她是不是被她阿姨攔住了，但那樣不對。

我希望她沒改變主意，不想來見我了。

沒事的，我得把注意力放在在場的所有人身上。

法蘭西斯完全清醒地穿著他個人最愛的、唯一的浴袍，彷彿他是什麼家財萬貫的商界大老，而不是把他寥寥無幾的收入花在我們身上的技術人員。他人很好，但看起來像個瘋子，因為他自己剪頭髮，剪得參差不齊，就為了省幾塊錢，而這件事本身蠢到極點，因為塔格就是個髮型師。

我沒在跟你開玩笑，塔格修漸層髮型的功力是全市最優的，那混蛋最好哪天給我放棄他的劇本夢，開一間他自己的理髮店。不過，法蘭西斯太白人了，撐不起漸層髮型。

珍．羅禮用她舊大學T的領口擦乾眼睛，然後重新戴上眼鏡。她坐在椅子邊緣，很像我們看塔格最愛的恐怖片的時候那樣，她接著同樣站起來，但不是因為有什麼噁心的東西自己燒了起來。她擁抱我，在我肩上哭了起來，這是我接到警報後第一次有人擁抱我，我也不想放開她，但我不能停下來。珍待在我旁邊，我望著地面。

「少了張嘴要餵飽，對吧？」沒有人笑。我聳聳肩。

我不知道要怎麼做才對。沒人教你要怎麼幫其他人做心理準備，面對你的死亡，特別是當你才十七歲、又身強體壯的時候。我們都經歷過夠多嚴重又難受的事了，我想讓他們笑一笑。「誰想玩剪刀、石頭、布？」

我拳頭在掌心上拍，對著空氣玩剪刀石頭布。我再來一次，這次我出石頭，還是沒人跟我玩。「拜託一下，各位。」我又玩一次，麥爾肯出布，我出剪刀。雖然花了一分鐘，但我們輪流玩了幾回。法蘭西斯和珍・羅禮超好贏的。我對上塔格時，石頭贏了剪刀。

「重來，」麥爾肯說。「塔格最後一秒從布換成石頭。」

「真是的，你什麼都行，幹嘛選在今天耍詐贏魯佛啊？」塔格搖搖頭。

我善意地像兄弟那樣推了塔格一下。「因為你就雞掰。」

門鈴聲響。

我衝到門口，心臟狂跳到失控，然後把門打開。

艾美滿臉通紅，我幾乎看不出她臉頰上大大的胎記。

「你在跟我開玩笑嗎？」艾美問。

我搖頭。「我可以給妳看我手機上的時間戳記。」

「不是說你的末日，」艾美說。「這個。」她站到旁邊，往台階底下指——指向派克和他被揍慘的臉。這個我說了只要我還活著，我就再也不想見到的人。

馬提奧

上午2點2分

我不知道全世界有多少「最終摯友」帳號正在線上，但目前單是紐約市就有四十二位，看著這些使用者，感覺超像開學第一天的時候身處於高中禮堂。好多好多的壓力，我也不知道該從何開始——直到我收到一則訊息。

我的收件匣裡有個發亮的藍色信封，一閃一閃等著被點開。沒有標題，就只有幾項基本資訊：溫笛．梅．格林。十九歲。女性。曼哈頓，紐約（距離兩英里）。我點開她的簡介。

她不是末路旅客，只是個很晚了還醒著、想要給別人安慰的女孩。她的自介裡描述自己是「熱愛一切跟《天蠍座．霍桑》相關事物的書蟲」，而這個共通點大概就是她主動聯繫的原因。她也喜歡到處走走，「特別是在天氣完美的五月下旬」。五月下旬我人就不在了，溫笛．梅。我納悶她這段自介放多久了，以及有沒有人告訴過她，像那樣談到未來可能會冒犯到某些末路旅客，可能會被誤以為她是在炫耀自己還有多少日子能活。我滑過去，點開她的相片。她看起來很不錯——淺淺的膚色，褐色眼睛，褐色頭髮，有個鼻環，和大大的笑容。我點開訊息。

溫笛．梅（上午2點02分）：嗨馬提奧，你看書品味很棒欸。一定很希望你能有躲過死神的咒語齁？？

我相信她沒有惡意，但看過她的簡介再看到這訊息，她沒有給我我想要的加油打氣，反而是狠狠痛打了我一頓。但我不會因此無禮就是了。

馬提奧（上午2點03分）：嘿，溫笛．梅。謝啦，妳閱讀的品味也很棒喔。

溫笛．梅（上午2點03分）：天蠍座．霍桑一生推……啊你現在如何？

馬提奧（上午2點03分）：不太好。我不想離開我房間，但我知道我得離開這裡。

溫笛．梅（上午2點03分）：接到電話感覺怎樣？有很怕嗎？

馬提奧（上午2點04分）：我有一點慌——非常多點，其實。

溫笛．梅（上午2點04分）：笑死，你很幽默喔。而且很可愛。你媽跟爸一定也快瘋死了齁？

馬提奧（上午2點05分）：我沒有失禮的意思，但我得先走了。祝妳今夜愉快，溫笛．梅。

溫笛．梅（上午2點05分）：我說什麼了？你們這些死人為什麼都不肯跟我聊？

馬提奧（上午2點05分）：沒什麼，真的。只是我父母很難瘋死，因為我媽不在了，而我爸還在昏迷中。

溫笛．梅（上午2點05分）：啊我是要怎麼會知道？

馬提奧（上午2點05分）：我自介裡有寫。

溫笛．梅（上午2點05分）：好啦隨便。那可以去你家嘍？我應該要讓我男友幫我破處，但我想先練習過，你也許能幫個忙。

我在她打另一則訊息的時候跳出對話，然後再封鎖她。我猜我能理解她的不安，她如果真的劈腿成功，我也是會為她和她男友感到很難過，但我不是什麼神仙教母。我又收到幾封訊息，這些是有標題的：

主旨：420❷？

凱文和凱莉。二十一歲。男性。

布朗克斯，紐約（距離四英里）。

是末路旅客嗎？不是。

主旨：為你感到遺憾，馬提奧（名字真棒）

菲利．布伊瑟。二十四歲。男性。

曼哈頓，紐約（距離三英里）。

是末路旅客嗎？不是。

主旨：有沙發要賣嗎？品質好的？

J．馬克。二十六歲。男性。

曼哈頓，紐約（距離一英里）。

是末路旅客嗎？不是。

主旨：死掉的感覺糟透了對吧？
愛莉・R。二十歲。女性。
曼哈頓，紐約（距離三英里）。
是末路旅客嗎？是。

我無視凱文和凱莉的訊息；我對呼麻沒興趣。

我刪掉J・馬克的訊息，因為我爸週末午睡的時候會需要沙發，我沒打算賣。我要來回應菲利的訊息——因為是他先傳來的。

菲利（上午2點06分）：嘿，馬提奧。還好嗎？

馬提奧（上午2點08分）：嘿，菲利。說我勉強撐著會很蠢嗎？

菲利（上午2點08分）：不會啦，我相信那很辛苦。完全不期待死亡預報打給我的那天。你有生病還是什麼原因？這年紀就過世太年輕了吧。

馬提奧（上午2點09分）：我身體健康，對啊。我怕死了，不知道它會怎麼發生，但我擔心

❷因國際大麻日為每年4月20日，420故成為吸食大麻的代稱之一。

我如果不出去外面，我會在某種程度上辜負我自己。我肯定是不想死在這裡讓公寓臭死的。

菲利（上午2點09分）：那我能幫你，馬提奧。

馬提奧（上午2點09分）：幫我什麼？

菲利（上午2點09分）：確保你不會死。

馬提奧（上午2點09分）：沒人能確保這種事。

菲利（上午2點10分）：我能。你看起來是個挺不錯的傢伙，死掉太可惜，所以你應該過來我公寓。不過必須要保密就是了，但我有躲過死神的妙方，就在我褲子裡。

我封鎖菲利並打開愛莉的訊息。也許壞事不過三吧。

魯佛斯
上午2點21分

艾美堵到我面前，把我往冰箱上推。她在動粗這件事情上是不開玩笑的，因為她爸媽在他們三人搭檔搶便利商店的時候，動手動得可猛了，店主和他二十歲的兒子都受了攻擊。

不過，把我推來推去不會讓她跟他們一樣被關起來就是了。

「看看他，魯佛斯。你他媽是在想什麼？」

我拒絕看向派克，後者正靠在廚房流理台上。他走進來的時候，我就看到我造成的傷勢了——一隻眼睛腫得閉起來，嘴唇上一道撕裂傷，腫脹的前額上點點乾掉的血跡。珍．羅禮就在他旁邊，拿冰塊按著他的額頭。我也沒辦法看她，不管今天是不是我的末日，她都對我失望透頂了。塔格和麥爾肯靠在我兩邊，一樣安安靜靜的，她和法蘭西斯已經對他們訓話過一次，因為他們在就寢時間都過了這麼久之後，還跟著我上街揍派克。

「現在感覺沒那麼有種了，是吧？」派克問。

「閉嘴。」艾美倏地轉身，手機用力拍在檯面上，讓所有人都嚇了一跳。「別跟著我們。」

她推開廚房門，法蘭西斯不大自然地逗留在樓梯邊，想要了解詳情但又不插手，這樣他就不必羞辱或懲罰一位末路旅客。

艾美拉著我的手腕，把我拽到客廳裡。「所以是怎樣？死亡預報打來，你就覺得自己可以他媽的想揍誰就揍誰？」

我猜派克沒跟她說，我在接到預報前就在痛毆他了。「我……」

「怎樣？」

「說謊也沒意義。我是衝著他去。」

艾美往後退一步，好像我是什麼怪物，接著就會對她發飆似的，這讓我難過得要命。

「聽著，小艾，我慌到不行。我在死亡預報把那顆震撼彈丟到我身上之前，就已經感覺自己沒有未來了。我的成績一直都爛得跟屎一樣，我就快十八歲了，我失去了妳，我整個人暴走，因為我不知道我該怎麼辦。我感覺自己完全就是個廢物，而派克也差不多說了一模一樣的話。」

「你不是廢物，」艾美說，她顫抖著靠上前，不再害怕了。她握住我的手，我們坐在沙發上，她第一次和我說她要離開冥王星——因為她阿姨的收入足以收養她了——也是在這裡。一分鐘後，她也跟我提了分手，因為她想要個乾乾淨淨的開始，這是她國小同學派克給她的狗屁意見。「我們繼續在一起沒意義了。而且說謊也沒意義，像你說的一樣，就算這是你的最後一天。」她邊哭邊握著我的手，我本來還不相信她會哭，因為她來的時候火大成那樣。「我誤解了我們的愛，但那不代表我不愛你。我需要發洩或生氣的時候你都陪著我，我對一切痛恨到無力的時候，是你讓我快樂起來。沒有人能讓我感覺到所有那一切。」她抱住我，下巴靠在我肩膀上，就像每次她要看歷史紀錄片的時候，她會放鬆窩在我胸膛上一樣。

我抱著她，因為我沒什麼其他能說的。我想要親她，但我不需要她敷衍應付我。可是她整個人離我超近，我往後靠，讓自己能看見她的臉，因為對她來說，最後一吻也許同樣不是在應付。她望著我，我湊上前——

塔格走進客廳，然後遮住眼睛。

「噢！抱歉。」

我退開來。「沒啦，沒事。」

「我們應該辦喪禮了，」塔格說。「但慢慢來。今天是你的大日子。抱歉，不是你的大日子，講得好像是你生日一樣，剛好相反。」他抽動了一下。「我去叫所有人來這裡。」他走開。

「我不想獨佔你。」艾美說。她抱著我，直到大家都進來才鬆手。

我需要那個擁抱。我很期待能在喪禮之後，擁抱冥王星的每個人，最後一次「冥王星家族」的團體擁抱。

我繼續坐在沙發中間。我努力鼓起肺部吸進下一口氣，非常費力。麥爾肯坐到我左邊，艾美在我右邊，塔格在我腳邊。派克保持著距離，用著艾美的手機。我討厭他用她的手機，但我把他的弄壞了，所以我只得閉嘴。

這是我第一次參加末路旅客的喪禮，因為我家人不覺得有必要幫自己辦儀式，我們當時有彼此相伴，也不需要其他人，不需要同事或舊識。也許我如果去過別人的喪禮，我會比較有心理準備面對珍．羅禮直接對我說話的方式，她的話不是說給其他參加者聽的。

那讓我感到脆弱，感覺被人看穿，也讓我雙眼泛淚，就像有人對我唱「生日快樂」歌那樣——我認真的，每年都是，無一例外。

無一例外過。

「……就算你完全有理由哭，你也從來都不哭，好像你努力要證明什麼似的。其他人……」珍．羅禮沒有轉向冥王星眾人，一點都沒有。她也沒別開視線，好像我們在比賽互相瞪眼一樣。

令人敬佩。「他們全都會哭，但你的眼神是如此哀傷，魯佛斯。你有好幾天都不看我們任何一個人。我當時相信要是有別人假裝成我，你也完全不會察覺。你那份空洞好沉重，一直到你有了朋友，還有更多的東西。」

我轉頭，艾美一直看著我——臉上帶著她跟我分手時同樣的哀傷表情。

「你們全聚在一起的時候總是讓我感到很愉快。」法蘭西斯說。

他不是在講今天，我知道。我敢說等死的感覺爛透了，但被關進監獄裡，看著生命沒了你持續前進，感覺一定更糟。

法蘭西斯繼續看著我，但沒再多說別的。「我們沒有一整天能耗。」他揮手讓麥爾肯過來。「換你。」

麥爾肯走到客廳中間，弓著背對廚房。他清了清喉嚨，聲音又尖又刺，好像有東西卡在他氣管裡，嘴巴還噴了些口水出來。他這個人一直都亂七八糟的，就是那種缺乏用餐禮儀或是口無遮攔，會不小心害你丟臉的傢伙。但他也有辦法教你代數和保守秘密，如果今天是我要哀悼他，我就會這樣講：「你曾是——你是我們兄弟，魯佛。這他媽狗屁。完全就是他媽的狗屁。」他頭低低的，摳著他左手手指上的皮。「他們應該要拿我的命才對。」

「不要說那種話。真的，住口。」

「我是認真的，」他說。「我知道沒人能長生不死，但你應該要比其他人活得更久。你比其他人都更重要。命就是這樣。我這麼一無是處，連在雜貨店裝袋收銀的工作都會搞砸，而你——」

「要死了！」我站起身插嘴。我牙起來，往他手臂狠狠揍了一拳。也沒說抱歉。「我要死了，而我們的命不能交換。你沒有一無是處，但不管怎樣你還是可以該死的多努力一點。」

塔格站起來，一邊按摩他的脖子，想壓下一陣抽動。

「魯佛，我會想念你像這樣讓我們閉嘴。每次麥爾肯吃我們盤子裡的食物，或是沒沖兩次水的時候，都是你讓我忍住沒偷偷殺了他。我本來準備好到我們老了都會看著你該死的臉。」塔格拿下他的眼鏡，用他手背擦掉眼淚，然後緊握成拳頭。

他往上看，好像在等什麼死亡皮納塔從天花板掉下來一樣。「你應該要活下來的。」

沒人說話，大家就只是哭得更難過。我還沒離世，眾人就在哀悼我，那聲音讓我感覺毛到不行。

我想要安慰他們之類的，但我無法從自己的恍神中抽離。我失去家人之後，有很長時間因為自己活著而感到愧疚，但我現在甩不掉這種末路旅客由於知道自己即將拋下親友而感到的詭異愧疚。

艾美上前走到中間，我們都知道真正的重頭戲要來了。狠狠的。「我要是說我感覺好像困在一場噩夢裡，會很爛嗎？我老是覺得，大家那樣講的時候都太誇張了：『這感覺好像一場噩夢。』就像，認真，悲劇發生的時候你就這句話能講？我不知道我希望他們有什麼感覺，但我現在能說他們的話深得我心。不管啦，再給你另一句老套的：我想要醒來。而我如果醒不來，我就想要去睡一輩子，因為我有機會夢到一切跟你有關的美好事物，比如你看著我的時候，是怎樣看到真正的我，而不是因為你想盯著我臉上那他媽的怪東西。」

艾美摸著心臟，哽咽地講完接下來的話。

「這感覺好痛苦，魯佛斯，想到你走之後，我沒辦法再打電話給你或擁抱你，還有……」她視線從我身上移開；她瞇眼看我背後的某個東西，然後手垂下來。「有誰報警嗎？」

我從椅子上跳起來，看見大樓門口一閃一閃的紅藍光影。我整個人進入恐慌模式，感覺時間驚人地短又瘋狂地長，好像八個永遠那樣。就只有一個人不驚不慌。我轉向艾美，她視線跟著我回到派克身上。

「你不會吧？」艾美說著衝向他。她從他手上搶走她的手機。

「他攻擊我！」派克吼說。「我不在乎他是不是要死了！」

「他又不是什麼過期的肉，他是個活生生的人！」艾美吼回去。

我的老天啊。我不知道派克怎麼辦到的，因為他在這裡沒打任何電話，但他報了警，讓警察來到我自己的喪禮。我希望死亡預報幾分鐘內就會打給這混帳。

「從後門出去。」塔格說，猛地抽動不已。

「你們得跟我走，你們當時也在場。」

「我們會拖住他們，」麥爾肯說。「說服他們放棄。」

有人敲門。

珍・羅禮指向廚房。「走。」

我拿起頭盔，倒著往廚房走，將冥王星盡收眼底。我爸有次說再見是「最可能的不可能」，因為你永遠都不會想道別，但你如果在有機會的時候不做就太傻了。我道別的機會被人騙走了，就因為錯的人出現在我的喪禮上。

我搖搖頭，上氣不接下氣地從後門跑出去。

我衝過後院——那個因為老是有蚊子和果蠅，讓我們都很討厭的後院——然後翻過圍欄。我偷偷繞回去房子前面，看我有沒有機會牽到我的腳踏車，再決定是否只能用走的。警車停在外面，但兩個警察肯定都在裡頭，如果派克告密的話，現在他們可能都到後院去了。我抓了我的腳踏車，拉著它跑過人行道，有了足夠衝勁後便跳上座椅。

我不知道自己在往哪騎，但我一直騎下去。

我活過了自己的喪禮，卻只希望我已經死了。

馬提奧

上午2點52分

第三次還是壞事。我甚至沒辦法告訴你愛莉是否真是末路旅客，但我沒去查就封鎖她了，因為她瘋狂傳「搞笑虐殺影片大NG」的連結給我。我後來把APP關了。我必須承認，我感覺這更證明了我這輩子選擇的生活方式沒錯，因為人性實在可能糟到沒有底線。光是要彼此尊重地進行一段對話都很難，更別提交一個最終摯友了。

我一直收到新訊息的彈出通知，但我不予理會，因為我的《闇黑滅絕》正破到第十級，這款Xbox Infinity上的遊戲讓我瘋狂想搜尋破解攻略。我的主角科夫，是個十七等的巫師，頂著一頭火焰般的頭髮，他必須給公主一份貢品，否則無法穿過這飽受貧困所苦的王國。

所以我走過（好吧，是科夫走過）所有努力兜售銅製徽章和生鏽鎖頭的推銷員們，直接去找海盜。我肯定是在去港口的路上恍神了，因為科夫踩到一個地雷，而我來不及用鬼影型態躲過爆炸——科夫的斷手飛過一間小屋的窗戶，頭咻地飛上天空，雙腿整個炸開來。

畫面載入的同時我心臟猛跳，直到科夫突然完好如初地回來。科夫沒事。

但我是沒辦法重生的。

我在這裡浪費生命，而且……

我房間裡有兩個書櫃。底下的藍色書櫃放的是我最愛的書，我每個月捐贈物品給路底那間青少年健康診所的時候，怎樣都不忍心丟掉的那些書。上面的白色書櫃堆滿了我長期以來待讀的書。

……我從架上拿下那些書，好像我有時間把它們都讀完一樣：我想知道這個男孩在被儀式重新復活之後，是如何去面對這個拋下他繼續前進的人生。或者這個在睡夢裡想著鋼琴，卻因為家長收到死亡預報而無法出席學校才藝表演的小女孩，她又有什麼感受。或是這個有「人民希望」之稱的英雄，是如何從類似死亡預報的先知們那裡收到神諭，說他將在最終戰役的六天前死亡，但他又是那場戰爭中擊敗「萬惡之王」的勝利關鍵。我把這些書摔過房間，甚至把幾本我最愛的書從架子上踢下來，因為區分「我最愛的書」和「永遠不會成為我最愛的書」的界線再也不重要了。

我衝去拿音響喇叭，差點就要把它們往牆上砸，但在最後一刻忍住。書不需要電力，但喇叭需要，而這可能就是一切的結束。喇叭和鋼琴的存在就像嘲笑我，讓我想起每次我放學後趕回家，想在我爸結束藝品材料店的管理班之前，有盡可能多的私人時間來玩音樂。我會唱歌，但不會太大聲，以免被鄰居聽到。

我撕下牆上的地圖。我從來沒有踏出過紐約，也永遠沒機會搭飛機去埃及看那些神廟和金字塔，或造訪爸爸遠在波多黎各的故鄉，看看他小時候常去的那座雨林。我把地圖撕破，讓所有國家和都市和城鎮都落在我腳邊。

這裡亂成一片。很像某些賣座奇幻電影裡面，壞人因為找不到英雄而炸毀村莊，英雄站在被戰爭摧毀的斷垣殘壁之中。只不過，這裡有的不是毀壞的建築和碎瓦，而是內頁朝下攤在地上的書，破損的書脊往外凸，還有其他書一本堆著一本。我無法把所有東西放回去，不然我會發現自己在幫每本書按字母排序，另外把地圖重新貼回原狀。（我發誓這不是什麼不整理房間的藉口。）

我關掉Xbox Infinity，科夫在那兒重生，四肢完好如初，彷彿幾分鐘前他根本沒有爆炸過一般。

科夫站在起點，漫不經心地揮動他的法杖。

我得有所行動。我再次拿起我的手機，重新打開最終摯友APP。希望我能夠剛好錯過那些危險如地雷的傢伙。

魯佛斯

上午2點59分

真希望死亡預報在我今晚毀掉自己人生以前就打來。

要是死亡預報在昨晚打來，他們就會把我從夢中喚醒（夢境內容是我在馬拉松比賽輸給幾個騎三輪車的小孩）。要是死亡預報在一週前打來，我就不會熬夜讀艾美在我們還是一對的期間寫給我的所有紙條。要是死亡預報在兩週前打來，他們就會打斷我當時跟麥爾肯和塔格爭論的話題，也就是漫威英雄何以勝過DC英雄（我也許還會問預報員怎麼看）。要是死亡預報在一個月前打來，他們就會打破我在艾美離開後不願跟任何人說話的那片死寂。但沒有，死亡預報偏在今天晚上我痛毆派克的時候打來，導致艾美抓著他來公寓跟我對質，又導致派克找來警方介入，讓我的喪禮提早結束，再導致我此刻落得徹底孤單一人。

要是死亡預報早一天打來，這一切都不會發生。

我聽見警鈴聲，繼續踩著踏板。希望是發生了別的事情。

我再多騎了幾分鐘才停在一間麥當勞和加油站中間休息。這裡整個有夠明亮，也許跪在這裡很蠢，但也許最危險的地方就是最安全的地方。我不知道，我不是詹姆士·龐德，我沒有什麼教學手冊，告訴我怎麼躲開壞人。

媽的，我就是那個壞人。

不過我不能一直騎下去。我心跳狂飆，雙腳痠痛得要燒起來，我也得喘口氣。

我坐在加油站外面的路邊，那裡的味道聞起來像尿臊味和廉價啤酒。設有腳踏車輪胎充氣機的牆上有個塗鴉，是兩個人影。他們外型都很像男生廁所標誌上的那個傢伙。橘色的噴漆寫道：「最終摯友APP」。

操他媽的，我好好道別的機會就是一直被剝奪。我沒有跟我家人擁抱最後一次，沒有跟冥王星家族擁抱最後一次。重點甚至不是道別本身，真是的，而是沒機會感謝所有人為我做的一切。麥爾肯總是一次又一次展現他對我的忠誠。塔格差強人意的劇本帶給我好多歡樂，像是《金絲雀小丑》和《末日嘉年華》和《巨蟒計程車》——不過《代班醫生》就真的太爛了，就算用爛片的標準來看都一樣。法蘭西斯模仿角色的時候，讓我笑到快斷氣，還得求他閉嘴，因為我肋骨好痛。珍．羅禮那天下午教我玩單人接龍，這樣我可以在獨處的同時讓自己有事做。有一次整間屋子只剩我跟法蘭西斯兩個醒著，聊了超棒的一段對話，講說搭訕的時候，比起稱讚任何人外表上吸引人的地方，我應該挑更個人化的東西來講，因為「任何人都能有漂亮的眼睛，但只有對的人才能光是哼唱字母表，就讓你愛上那首歌」。像是艾美，她總是真誠坦然，就連剛才跟我說她對我沒有愛情、要放我自由的時候也是。

我真的很需要跟冥王星太陽系的大家最後團抱一次。我現在不能回去了。也許我不該跑走的。刑責八成因為逃跑而加重了，但我當時沒時間思考。

我得要回報冥王星的人。他們在悼詞裡講的都是真心話。我最近犯了點錯，但我本性是好的。不是的話，麥爾肯和塔格不會是我的兄弟。如果我是個人渣，艾美也不會曾經是我的女孩。

他們不能跟我在一塊，但那不代表我必須一個人。

我真的不想要一個人。

我站起來，走到那面有噴漆塗鴉和沾了油漬的海報——在宣傳某個叫「精采一刻」的東西——的牆邊。我望著牆上最終摯友的兩個人影。自從我家人死後，我都篤定自己會孤零零地死去。也許我會，但就因為我被留下來，不代表我不該有個最終摯友吧。我知道我還是有好的一面，曾經的那個魯佛斯還存在，也許一個最終摯友能把他召喚出來吧。

手機APP不是我的菜，但往人臉上揍也不是，所以我今天本來就夠違和了。我進到應用程式商店裡下載「最終摯友」。下載過程整個快到不行；八成幹走我一堆網路流量，但沒差啦。

我以末路旅客的身分註冊，建好我的個人檔案，從我的Instagram上挑了張舊照片上傳，一切準備就緒。

沒什麼比五分鐘內就收到七封訊息，更能讓我感覺稍微不孤單一些——雖然有個傢伙淨傳些屁話，說什麼他褲子裡有東西能抵禦死神，真是的，不如讓我死一死吧。

馬提奧

上午3點14分

我修改了我的個人檔案設定，這樣只有十六到十八歲的人才能看到；年長男性或女性就不能再來搭訕我了。我多設了一道條件，現在只有以末路旅客身分註冊的人才能跟我聯繫，我就不必面對任何想買沙發或大麻的人了。線上人數因此大為縮減。我相信今天有數百名、也許數千名青少年接到死亡預報，但目前年齡在十六到十八歲的末路旅客只有八十九位在線。

我收到一位名叫柔伊的十八歲少女來訊，但我看到一個十七歲少年魯佛斯的簡介，便略過了前面那位；我一直很喜歡魯佛斯這名字。我點開他的自介。

姓名：魯佛斯．艾昧特里歐

年齡：十七歲

性別：男性

身高：五呎十吋

體重：一百六十九磅

族裔：古巴裔美國人

性取向：雙性戀

職業：時間浪費大師

興趣：腳踏車；攝影

最喜歡的電影／電視劇／書籍：〈跳過〉

您生前是什麼樣的人：我從某件我不該倖存的事情裡倖存下來了。

死前計畫：能做就做吧。

最後想法：也是時候了。我犯過錯，但我想好好地離開。

我想要更多時間，更多條命，而這個魯佛斯．艾昧特里歐已經接受了他的命運。也許他想自殺。自殺無法被具體預測，但死亡本身還是能預知。

如果他有自毀傾向，我應該避開他——他也許就是最後害我離世的原因。但他的照片跟我這個猜測相反：他笑臉盈盈，還有充滿親和力的眼神。我要來跟他聊聊，然後如果我感覺可以的話，他說不定就是那種真誠得能讓我面對自己的傢伙。

我要來聯絡他。打聲招呼也不會死。

馬提奧（上午3點17分）：很遺憾你要離開了，魯佛斯。

我不習慣像這樣跟陌生人主動交談。以前曾有幾次，我考慮要註冊一個帳號來陪伴末路旅客，但我不覺得我能提供他們什麼。現在我自己成了末路旅客，我就更能明白那種想要與人聯繫的焦急之情。

魯佛斯（上午3點19分）：嗨，馬提奧。帽子酷喔。

他不只回應了，還喜歡我照片上的路易吉帽。他已經跟我想成為的人產生連結了。

馬提奧（上午3點19分）：謝啦。我應該會把那帽子留在家裡吧。我不想引人注意。

魯佛斯（上午3點19分）：好主意。路易吉帽跟棒球帽差多了，是吧？

馬提奧（上午3點19分）：就是啊。

魯佛斯（上午3點20分）：等下。你還沒離開你家？

馬提奧（上午3點20分）：沒。

魯佛斯（上午3點20分）：你是幾分鐘前才收到通知嗎？

馬提奧（上午3點20分）：死亡預報在午夜過不久就打給我了。

魯佛斯（上午3點20分）：你整晚都在幹嘛啊？

馬提奧（上午3點20分）：打掃和打電玩。

魯佛斯（上午3點20分）：哪款？

魯佛斯（上午3點21分）：不對，別管遊戲。你不是有事情想做嗎？你在等什麼？

馬提奧（上午3點21分）：我跟幾個可能的最終摯友聊天，而他們都……不太行，這大概是最禮貌的說法了。

魯佛斯（上午3點21分）：你為什麼需要最終摯友才能開始你的一天啊？

馬提奧（上午3點22分）：「你」又為什麼需要最終摯友？如果你有朋友的話。

魯佛斯（上午3點22分）：我先問你的。

馬提奧（上午3點22分）：好吧。我覺得在知道某個東西或某個「人」會殺死我的情況下，我瘋了才會離開公寓。而且因為外面有些「最終摯友」聲稱自己褲子裡有抵禦死神的解藥。

魯佛斯（上午3點23分）：我也跟那雞巴講過話！不是真的他的雞巴。但我之後把他檢舉也封鎖了。我保證我比那傢伙優多了。我猜那可能說明不了什麼。你想視訊嗎？我傳邀請給你。

有個對著手機講話的人像側影圖示閃啊閃。這一刻來得好突然，讓我困惑到差點就要拒絕通話，但我在通話圖示消失前——在魯佛斯消失前——接了起來。片刻之間，螢幕畫面全黑，接著一個我徹底陌生、有著魯佛斯自介照片上那張臉的人冒了出來。他流著汗往下看，但眼神很快就找到我，讓我感覺有點赤裸，或甚至有點受到威脅，好像他是某個可怕的兒時鬼故事角色，可以伸手穿過螢幕，把我拖進漆黑的地獄。讓我幫我過於活躍的想像力說句話，魯佛斯已經試過要逼我離開我的世界，去到外面的世界，所以——

「欸，」魯佛斯說。「你看得到我嗎？」

「看得到，嗨。我是馬提奧。」

「嘿，馬提奧。抱歉突然就要你視訊，」魯佛斯說。「看不到的人就是有點難信任，你瞭嗎？」

「沒事。」我說。他那邊有一道很亮的光，不管他人在哪，那地方都亮得有點太刺眼了，但我還是能看出他淺褐色的臉。不曉得他為什麼汗流成這樣。

「你想知道我為什麼不選我現實生活的朋友，而是一個最終摯友，對吧？」

「對啊，」我說。「如果這問題不會太私人的話。」

「不會啦，別擔心。我覺得最終摯友之間不應該有什麼是『太私人』的。長話短說：我跟我爸媽和姊姊遇到車禍，車子墜入哈德遜河，而我被迫目睹他們死掉。我不想要我的朋友帶著那種罪惡感活下去。這話我得先說在前頭，確保你可以接受這點。」

「接受你離開你的朋友？」

「不是。是接受你有可能要看我死掉。」

我面對著今天最沉重的機率問題：我也許要看著他死掉，或是他要看著我死掉，兩種可能性都令我作嘔。倒不是我已經對他有了什麼深沉的連結或情感，但是想到看著任何人死掉都讓我噁心、悲傷又生氣——而這就是他為什麼要問我。但是無所作為也不是個令人心安的選項。「好吧。我可以。」

「你可以嗎？你不是有那個無法離開家裡的問題嗎？不管是不是最終摯友，我都不要繭居在某人的公寓裡度過餘生——我也不想要你這麼做，但我們得取個中間點，馬提奧，」魯佛斯說。他喊我名字的方式，比我想像中菲利那個變態的喊法聽起來稍微舒服一；比較像是一位指揮家在滿座的演出前向團員信心喊話。「相信我，我知道外面的世界有時候很醜陋。我也曾經不再覺得這一切有什麼值得的。」

「那麼，後來是發生了什麼改變？」我不想讓這句話聽起來像某種挑戰，但的確有點這種成分。我才不要這麼輕易離開我安全的公寓。「你失去了家人以後呢？」

「我對生活失去了興趣，」魯佛斯說著轉開目光。「就算要結束，我也沒差。但我爸媽跟我姊不會希望我這樣，整個太扭曲了。但是倖存下來讓我明白，活著的時候希望自己死掉，總好過要死的時候希望自己長生不死。如果我要拋下包袱、改變態度，你也要趁時間還沒太遲之前一樣這麼做。你要全力以赴。」

全力以赴，那就是我在自介裡說的。他比其他人對我更用心，像個朋友一樣在乎我。

「好吧，」我說。「那我們要怎麼做？要握個手什麼的嗎？」我真的希望我付出的信任不會再像過去一樣遭到背叛。

「我們見面的時候可以握手，但在那之前，我答應，如果你是路易吉，我就當你的瑪利歐，但我不會搶你的光環。我們要在哪裡碰面？我在這間藥妝店旁邊——」

「我有一個條件，」我說。他瞇起眼睛；他可能對我即將投出的變化球感到緊張。「你說我們要取個中間點，但是你得來我家接我。這不是陷阱，我發誓。」

「聽起來就像陷阱，」魯佛斯說。「我去找別的最終摯友好了。」

「真的不是！我發誓。」我差點弄掉了手機。什麼事都會被我搞砸。「真的，我——」

「我是開玩笑的啦，老兄，」他說。「我傳給你我的手機號碼，你可以把地址用簡訊傳給我。然後我們就來想個計畫吧。」

就像死亡預報公司的安德莉亞在電話中叫我「提莫希」、讓我以為自己走了運能多活幾年時一樣，我鬆了一口氣。只不過這一次我終於可以真的放鬆——我覺得啦。「好啊。」我說。

他沒有說拜拜之類的話，只是又多看了我一下下，好像在打量我，或是在質問我到底是不是要騙他掉進陷阱。

「待會見，馬提奧。請盡量別在我到之前死掉。」

「你來的路上也盡量別死掉，」我說。「注意安全，魯佛斯。」

魯佛斯點點頭，結束了視訊通話。他傳給我他的手機號碼，我忍不住想打去確認接電話的真的是他，而不是某個付錢請他蒐集脆弱年輕人住宅地址的變態。但如果我一直懷疑魯佛斯，最終摯友這回事就行不通了。

對於要跟一個接受了死亡、曾經犯過錯的人共度末日，我有點擔憂。顯然我並不認識他，他有可能其實是個充滿瘋狂毀滅性的人——他還在注定要死去的這天大半夜跑去外面。但不管我們各自或一起做了什麼決定，我們的終點線都是同一條。不論我們多麼頻繁留意左右來車，不論我們是否避免高空跳傘（雖然這代表我們永遠無法像我最愛的超級英雄一樣飛在空中）、只從事安全活動，不論我們在治安敗壞的社區裡跟幫派擦身而過時有沒有低調小心，都不會改變既成的事實。

不論我們選擇怎樣去生活，我們最後都會死掉。

第二部 最終摯友

「港灣裡的船隻很安全，但船並不是為了停在港灣裡而造。」

——約翰·奧古斯塔·謝德

安德莉亞・唐納修

凌晨3點30分

安德莉亞・唐納修沒有接到死亡預報的電話，因為今天不是她的死期。自從死亡預報公司在七年前成立以來，安德莉亞就是頂尖員工，已經打過數量可觀的末日通知電話。今天午夜到凌晨三點之間，安德莉亞打了電話給六十七位末路旅客，這不是她的最佳紀錄，但事實證明，她因為亂趕進度而遭到內部調查之後，要打破她一輪班撥出九十二通電話的紀錄，就很不容易了。公司懷疑她亂趕進度。

安德莉亞拄著拐杖，一跛一跛走出大樓，心裡希望人資部門不會審查她今晚的通話紀錄，儘管她曉得希望在這個行業裡是一種危險的東西。安德莉亞弄混了幾個人的名字，太急於講完電話、打給下一個末路旅客。如果現在失去工作，時機實在太糟了，她不但在事故後有一堆物理治療要做，還要付她女兒節節高升的學費。更別說這是她一直以來唯一擅長的工作，因為她發現了一個重大的秘訣，雖然其他人發覺同一件事以後都是捲鋪蓋走人、改從事比較不致鬱的職業。

重中之重的第一守則：末路旅客已經不是人了。

就是這樣。只要遵守這條唯一的天規，你就不需要去和公司提供的諮商師浪費時間。安德莉亞知道自己完全無法為這些末路旅客做任何事。她沒辦法給他們舒服的枕頭、最後的大餐，或是讓他們活下來。她不會白費力氣幫他們禱告。她不會投入於他們的人生故事，或是為他們哭泣。她就只是跟這些人說他們快要死了，然後就往下一步移動。她愈快掛斷電話，就能愈快聯絡下一個末路旅客。

每天晚上，安德莉亞都提醒自己：這些末路旅客是如此有幸得到她的服務。她不但給了這些人死之將至的通知，她還給了他們機會去認真生活。

但她無法代替他們去活。那是他們自己的事。

她已經完成了她負責的部分，而且她做得非常好。

魯佛斯

凌晨3點31分

我正在騎腳踏車去那個叫馬提奧的小子家裡。他最好不要是個連環殺手，不然我就慘了……唉不會啦，他沒問題的。他顯然花了太多時間活在他的腦內世界，可能也太不適應社會，害自己吃了苦頭。我的意思是，你看看：我還真的得要去他家裡接他，好像他是什麼被困在高塔上待救的王子。我想，一旦擺脫了現在這股尷尬，他應該是個當我損友的好人選。如果不是，那我們大可分道揚鑣。那樣的話就太爛了，因為會浪費我們所剩無幾的時間，但又能有什麼辦法。不管如何，交個最終摯友應該會讓我其他朋友對我在城裡亂跑這件事感覺好一點。至少，也讓我自己感覺好一點。

麥爾肯・安東尼

凌晨3點34分

麥爾肯・安東尼沒有接到死亡預報的電話，因為今天不是他的死期，但是他的未來受到了重大的威脅。對於魯佛斯可能的去向，麥爾肯和他最好的朋友塔格沒有提供任何線索給警方。麥爾肯告訴警察，魯佛斯是個末路旅客，不值得費工夫去追捕，但是在魯佛斯動手鬧事之後，警察也不可能就讓他這麼走人。所以，麥爾肯想到了一個絕頂聰明但又會毀他一生的點子：讓他自己被逮捕。

麥爾肯跟警察爭辯，並且拒捕，只是他計畫中的重大缺陷在於他無法先跟塔格溝通，於是塔格也加入了爭吵，態度比麥爾肯自己還有攻擊性。

現在，麥爾肯和塔格都在被載往派出所的路上。

「這一點意義也沒有，」塔格在警車後座說。他沒有再縮著臉頰，也沒有大聲高呼自己的無辜。他剛被上銬時就是那樣大吼大叫，儘管麥爾肯和艾美都叫他閉嘴。「他們不會找到魯佛斯的。他會把他們甩得——」

「閉嘴。」這次麥爾肯不再擔心塔格會遭到額外罪名起訴了。麥爾肯知道魯佛斯設法騎上單車逃掉了。他們被帶出房子的時候，單車已經不在原來的地方。他知道魯佛斯可以騎著單車把警察甩得遠遠的，但他不想讓他們留意騎單車的男生、從而找到魯佛斯。他們要是想抓到他，就自己好好努力吧。

麥爾肯沒辦法讓他的朋友多活一天，但是他可以為他爭取更多好好生活的時間。

假設魯佛斯現在還活著。

麥爾肯決心要幫魯佛斯擋這一次，而且他知道自己也不算是無辜的，這根本是常識了。冥王星家族當晚稍早溜出去，心裡打的主意就是要給派克一頓好打，只是魯佛斯後來自己一個人就順利辦到了。麥爾肯以前從沒打過架，雖然因為他身高六呎、體重將近兩百磅、又是黑人，很多人會把他想像成一個暴戾的少年，可是摔角選手般的體格並不代表他就是個罪犯。現在，麥爾肯和塔格都要被貼上不良少年的標籤了。

但他們還有命可活。

麥爾肯望出窗外，但願能瞥見魯佛斯騎著單車轉過街角。他終於哭了出來，發出斷斷續續的大聲抽泣，不是因為他要揹上犯罪紀錄，也不是因為他怕警察局，甚至也不是因為魯佛斯就要死了，而是因為今晚發生的最大一樁惡事，是他沒有辦法和他的摯友擁抱道別。

馬提奧

凌晨3點42分

前門傳來一陣敲門聲，我停止了踱步。

各種不同的焦慮一下全朝我襲來：如果門外不是魯佛斯怎麼辦（雖然沒有別人會這麼晚來敲門）？如果門外就是魯佛斯，且他帶了一群強盜什麼的跟他一起來怎麼辦？如果是爸爸醒了卻沒告訴我、想要給我個驚喜呢？就像那種會被拍成Lifetime頻道電視電影的末日奇蹟？

我慢慢往前門靠近，把窺孔的蓋子推開，對著直視我的魯佛斯瞇眼瞧，雖然我知道他其實無法清楚看到我。

「我是魯佛斯。」他在門的另一邊說。

我一面希望門外只有他，一面把門鏈解開。我拉開門，發現面前站著一個非常3D的魯佛斯，不是我從視訊聊天或窺孔裡看見的樣子。他穿著深灰色的刷毛衣，在愛迪達運動緊身褲外還套了一件藍色籃球短褲。他對我點點頭，沒有微笑之類的表示，但還是顯得相當友善。我往前靠近，心臟怦怦狂跳，偷看走廊上有沒有他的朋友躲在牆邊，準備劫走我寥寥無幾的財產。但是走廊上空無一人，魯佛斯現在露出微笑。

「是我到你家來耶，這位先生，」魯佛斯說。「該疑神疑鬼的是我好嗎？呦，這最好不要是什麼裝成媽寶公子哥耍我的把戲。」

「這不是什麼把戲，」我保證道。「對不起，我只是……很緊張。」

「我們在同一條船上。」他伸出手，我握了握。他的手掌汗濕了。「準備好要走了嗎？雖然這是明知故問啦。」

「差不多準備好了，」我回答。他就這樣來到我門前，為了得到我今天的陪伴，為了帶我走出我的避難所，讓我們好好活到再也活不下去為止。「我再拿個兩樣東西。」

我沒有邀請他進屋，他也沒有自作主張進來。他站在外面扶著門，我則拿了要給鄰居的便條和我的鑰匙。我關掉燈，從魯佛斯身旁走過去，他在我背後把門關上。我鎖好門。魯佛斯走向電梯，而我走了相反的方向。

「你要去哪？」

「我不想讓鄰居因為我沒有應門而嚇到或擔心。」我在4F室前面留了一張紙條。「艾略特會幫我多煮一點菜，因為我只吃威化餅。」我往魯佛斯這邊走回來，把第二張紙條放在4A室門前。「還有，尚恩原本要來檢查我們家壞掉的爐子，但現在他不用掛心這件事了。」

「你這樣做真不錯，」他說。「我就沒想到這一層。」

我走向電梯時轉頭偷看魯佛斯，這個跟在我背後的陌生人。我不會覺得不自在，但是我心懷戒備。他講話的樣子好像我們已經有好一陣子的交情了，但我還是帶著疑心。這也有理，畢竟我對他的了解就只有這樣：他叫作魯佛斯，他有騎腳踏車的習慣，他是一場悲劇的倖存者，如果我是路易吉，他就要當瑪利歐。還有，他今天也會死掉。

「喂，我們不能搭電梯，」魯佛斯說。「兩個末路旅客在末日搭同一部電梯，要嘛是一心求死，要嘛是個爛笑話的開頭。」

「說得好，」我說。搭電梯太冒險了。最好的狀況是我們被卡在電梯裡。最糟的狀況呢？那還用說。謝天謝地，有魯佛斯在這裡跟我一起評估；我想在這方面，最終摯友也同時兼任人生教練吧。「我們走樓梯。」我說，好像要去外面還有別的選項似的，例如從走廊窗戶垂降或是飛機疏散用的那種滑道。我走下四層樓階梯的樣子就像個第一次獲准自己走樓梯的小孩，還要爸媽在前方幾步遠處等著——但如果我跌倒了、或是魯佛斯絆跤把我撞倒，可不會有人接住我。

我們安全地下了樓。我的手伸向大門。我做不到。我準備要撤退回樓上了，但魯佛斯從我身邊繞過去推開了門，潮濕的夏末空氣為我帶來一點輕鬆感。我甚至感到一股希望，覺得我這個人——只有我，抱歉了魯佛斯——能夠打敗死神。那脫離現實的幾秒鐘感覺相當美好。

「走吧。」魯佛斯說。他在對我施加壓力，但這正是我們相處關係的重點。我不想讓我們任何一個人失望，特別不想讓自己失望。

我走出門廳，但是一到門外就停了下來。我上一次待在戶外是昨天中午，探望完我爸之後回家的時候，就是個平靜無波的勞動節放假日。但是，現在出門的感覺截然不同。我看了看公寓大樓，我在這裡長大，卻從不曾特別注意它。我的鄰居家裡有燈亮著；另一扇窗後有人在大笑，可能是在看放得很大聲的喜劇節目，或是被愛人親暱地搔癢，或是被某個這麼晚還有心傳笑話給他們看的人逗笑。

魯佛斯拍了一下手，把我從神遊中喚醒。「你得了十分。」他走向一排停車架，幫他的鐵灰色腳踏車解開鎖。

「我們要去哪？」我問，同時緩慢地一吋吋遠離大門。「我們應該要有一份作戰計畫。」

「作戰計畫通常會用上子彈和炸彈喔，」魯佛斯說。「我們有遊戲計畫就好了。」他牽著腳踏車往街角去。「死前計畫清單沒什麼意義。你不可能把上面的事項都做完。你要順應時機。」

「你聽起來像是等死的專家耶。」

這話好蠢，還沒看到魯佛斯搖頭我就發覺了。

「嗯，對啊。」魯佛斯說。

「對不起。我只是……」一陣恐慌來襲；我的胸口揪緊，臉龐燙熱，皮膚和頭皮發癢。「我沒辦法消化我只剩一天可活、需要列死前計畫清單這件事。」我抓抓頭，做了個深呼吸。「這樣不行。後果會反噬到我們身上。我們一起行動是個糟糕的點子，因為這樣只會讓我們提前死掉的機率加倍。這就像末路旅客的熱點。要是我們走過同一個街區的時候，我絆倒然後頭撞到消防栓，接著——」我閉嘴打住，因為想像中的疼痛而瑟縮，那種你幻想自己面朝下撞到尖欄杆、或是被揍掉牙齒時的痛。

「你可以做自己的事，但我們已經討論好要不要一起行動了，」魯佛斯說。「沒什麼好怕的。」

「沒有這麼簡單。我們不會是死於自然原因。要是知道我們過馬路時可能就有一台卡車會撞上來，我們怎麼敢嘗試去生活？」

「我們會留意左右來車，像小時候就學過的那樣。」

「如果有人拿槍出來呢？」

「我們會避開治安不好的區域。」

「如果是火車撞死我們呢？」

「我們要是在末日跑去火車鐵軌上，那也是自作自受。」

「如果——」

「別這樣對待你自己！」魯佛斯閉上眼睛，手握成拳輕揉眼部。我快把他逼瘋了。「我們可以玩這種遊戲玩一整天，或者我們也可以在外面好好享受人生。別耽誤了你的最後一天。」

魯佛斯說得對。我知道他是對的。不用再爭了。「我要花一點時間才能像你一樣接受這件事。就算知道我的選項只有做了些事情之後死掉、還有什麼也不做就死掉，我還是不會因此就變得無所畏懼。」他沒有提醒我說我們的時間不多。「我得要去跟我爸、和我最好的朋友道別。」

我走向一一〇街的地鐵站。

「可以的，」魯佛斯說。「我沒有什麼事急著要做。我的喪禮已經辦過了，結果並沒有照計畫進行。但我也不期待做什麼改頭換面的大事。」

在自己的末日活得這麼大膽的一個人已經辦過了喪禮，我一點也不意外。我相信他要道別的對象一定不止兩個。

「發生了什麼事？」我說。

「就是些鳥事。」魯佛斯沒有深入說明。

我左看右看，準備過馬路，此時我看到路上有一隻死掉的鳥，雜貨店的招牌燈讓牠投出小小的影子。這隻鳥是被輾死的，斷掉的頭跟身體離了幾吋遠。我想牠是被車撞到，然後再被腳踏車斷頭——希望不是魯佛斯的腳踏車。小鳥肯定沒有接到警報電話說牠今晚——或是昨天、或是前天——會死掉，但我寧願想像撞死牠的駕駛人當時至少有看到牠、有按喇叭。但也許警不警報的根本也不重要。

魯佛斯也看到那隻鳥了。「真慘。」

「我們得把牠從路上移開。」我四下尋找可以把牠撈起來的工具；我知道我不該赤手觸摸牠。

「什麼？」

「我沒有那種『死了就是死了所以跨過去就好』的態度。」我說。

「我也絕對沒有那種『死了就是死了所以跨過去就好』的態度。」魯佛斯說，語氣有點尖銳。

我得克制一下自己。「對不起，又是我不好。」我不再東找西找。「這樣說吧。我三年級的時候，有一天下雨時在外面玩，遇到一隻落巢的幼鳥。過程的每一秒我都看到了：小鳥跳出鳥巢邊緣、張開翅膀、掉落地面、眼神四處亂轉求助。牠的腳摔斷了，所以沒辦法移動到有遮蔽的地方，被雨打得好狼狽。」

「那隻鳥這樣從樹上跳下來，牠的求生本能也太爛了吧。」魯佛斯說。

至少那隻鳥敢離開家。「我怕牠會冷死或是被水窪淹死，所以我跑出去跟牠一起坐在地上，用我的腿當作一點遮擋，像搭一座塔給牠。」風把我們吹得好冷，接下來那週的週一和週二我都沒辦法上學，因為病得太重了。

「後來怎樣了？」

「我不知道，」我承認。「我記得我感冒了，請病假，但關於那隻鳥的下場，我一定是把記憶封鎖起來了。我時不時就會想到這件事，因為我知道我沒有去找梯子、把牠放回巢裡。想到我把牠留在雨中死掉，就覺得真是糟透了。」我經常覺得，救助那隻鳥是我做的第一件好事，一件因為我想要幫助他者而做的事，而不是由於我爸或是某個老師的期待。「但我可以為現在這隻鳥多做點事。」

魯佛斯看著我，做了個深呼吸，然後轉身背向我，把他的腳踏車牽開。我的胸口再度揪緊，我身上可能有哪裡出了一些我今天才會發現的問題，然後要了我的命。但我看到魯佛斯把車停在人行道邊，踢下腳架固定，我鬆了好大一口氣。「我來幫你找個東西移動這隻鳥，」他說。「別摸牠。」

我確認了附近沒有來車。

魯佛斯拿著一份舊報紙回來交給我。「找不到更好的了。」

「謝謝。」我用報紙把那隻鳥的身體和頭鏟起來。我走向跟地鐵站反方向、位於籃球場和遊樂場正中間的社區花園。

魯佛斯騎著車、慢慢踩著踏板，出現在我身邊。「你要拿牠怎麼辦？」

「埋葬起來，」我走進花園，找到一個位於樹木後方的角落，遠離社區裡的園藝家用果樹和花點亮世界的區塊。我蹲下來把報紙放下，深怕鳥頭會滾走。魯佛斯沒有發表評論，但我忍不住覺得必須補上一句：「我不能把那隻鳥留在那裡，等著被丟進垃圾桶或是被車子來回輾過。」

不幸早逝的小鳥在這片花園裡的生物圍繞之下長眠，這是個我喜歡的概念。我甚至想像旁邊的樹曾經是個人，是某個被火化的末路旅客，要求把骨灰跟樹種子一起裝在可生物降解的罈子裡，給予了這棵樹生命。

「現在是四點過兩分。」魯佛斯跟我說。

「我動作會快一點。」

我姑且接受他不是會埋葬死鳥的那種人。我知道很多人不贊同或不理解這種情感。畢竟，對大部分人而言，鳥跟人類比起來完全微不足道，因為人類會衣裝筆挺地去工作，會戀愛和結婚，會生兒育女。但其實鳥也會做這些事。牠們會工作——雖然不用穿正式服裝，你懂我的意思——也會求偶交配，會照顧幼鳥寶寶，直到幼鳥學會飛翔。有些鳥成了逗孩子開心的寵物，讓那些孩子學會關愛和善待動物。其他的鳥能夠活到自然壽命告終。

但這種情感是馬提奧的專屬特色，也就是說會讓其他人覺得我很怪。我不會隨便把這種想法跟任何人分享，甚至連跟我爸和莉蒂亞都很少談。

這塊小空地只有兩個拳頭的面積，我把鳥的身體和頭滑下報紙、推進洞裡，就在此時，我背後亮起一道閃光。不，我的第一個念頭才不是有外星人要來幹掉我——好啦，我承認，我是這樣想的。我轉身，發現魯佛斯拿著手機鏡頭對準我。

「抱歉，」魯佛斯說。「可不是每天都能看到有人在埋葬死鳥。」

我鏟起土把那隻鳥蓋住，推平土堆表面，然後才站起來。「我希望一切結束之後，也有人像這樣善待我們。」

魯佛斯

凌晨4點9分

呦，馬提奧這個人也太好了吧。我肯定不會再懷疑他了，他看起來不像有本事傷害我的樣子。但我整個太震驚了，竟然遇到這麼……純真的人？我不會說我身邊的人全都是壞蛋，可是麥爾肯和塔格這輩子絕對不會埋葬任何一隻鳥，這點我可要他媽的說清楚。今天晚上揍了派克那個混帳，也證明我們不是什麼清白無辜的好人。我敢打賭，馬提奧不知道怎麼握拳揍人，也無法想像自己使用暴力，就算在他只是個孩子、做什麼蠢事都會因為年幼而被原諒和勾銷的時候。

我絕不會告訴他派克的事。我今天會把這件事帶進墳墓。

「我們要先去看誰？」

「我爸。我們可以搭地鐵。」馬提奧指出。「只要往下城方向搭兩站，但是比走路安全。」

往下城方向搭兩站，等於我騎五分鐘的車就能到，我起意想要跟他在目的地會合就好，但是直覺告訴我，馬提奧這小子會搞砸，讓我在車站外面乾等。我抓著座椅和手把，將腳踏車抬下樓梯。我推著車繞過轉角，馬提奧則警戒地退後一點，我發現他跟上我的腳步前先偷看了一下，就像我幾年前跟奧莉維亞一起去布魯克林那個鬼屋的時候一樣——只不過當時我是個小孩。我不知道他以為會看到什麼，也不打算問。

「沒事，」我說。「沒有危險。」

馬提奧躡手躡腳走在我後面，仍然對通往刷票口的空蕩走道疑心重重。「我真好奇現在還有多少末路旅客在跟陌生人亂晃。可能有很多人現在已經死了。因為車禍、火災、槍擊、跌落人孔蓋，或是……」他打住自己的話。這傢伙真懂得怎麼描繪悲劇場面。「如果他們是在去跟親近的人道別的路上——」馬提奧雙手一拍。「就這麼走了。那樣不公平……我希望他們不會孤單。」

我們到了儲值卡售票機前面。「不。不公平。我認為你死時跟誰在一起並不重要——一旦接到死亡預報，別人的陪伴也沒辦法讓你活下去。」身為一個最終摯友，說這種話應該算是禁忌，但我沒說錯。但當這句話讓馬提奧啞口無言時，我還是感覺有點糟糕。

末路旅客可以享受一些優惠，像是免費的無限次地鐵卡，只需要找服務人員填些表格就行了。不過所謂的「無限次」其實只是屁話，因為在你的末日結束時，這個資格也就失效了。幾個星期前，冥王星家族自稱是即將死掉的人，想要拿免費票去康尼島探險，我們以為售票員會放一馬讓我們過，但才沒呢，他要我們等他跟死亡預報公司確認，那可能會比等直達車還要久，所以我們乾脆跑了。現在，我買了一張無限次地鐵卡，是非末路旅客、代表我還有明天的版本，馬提奧也照做。

我們刷卡進站，走向月台。我們無從得知這會不會是我們最後一次搭地鐵。

馬提奧回頭指著售票處。「再過幾年，大都會運輸署可能就不需要車站員工了，因為機器——或甚至是機器人——會取代他們的工作，這樣想會不會很瘋狂？某些程度上這件事已經在發生了，如果你想想看……」

進站列車的噪音有點淹沒了馬提奧的句子結尾，但沒關係，我懂他要表達的意思。我們真正的勝利在於立刻就等到車。現在我們可以排除掉的死因是跌落開放式月台、被卡在軌道上、身邊有老鼠跑過、然後被列車撞扁輾平——可惡，馬提奧的灰暗思想已經開始傳染給我了。

車門還沒開，我就看到一場車廂佔用活動，就是那種大學生在地鐵車廂裡辦的派對，慶祝他們沒有像我和馬提奧一樣接到警報。我想現在辦宿舍派對已經過氣了，所以他們就跑來地鐵上撒野——而我們竟然要跟他們同行，靠。「走吧，」車門打開時，我對馬提奧說。「快點。」我加速牽著腳踏車跑進去，叫某個人讓點空間出來，我轉頭確認後輪胎沒有擋到馬提奧上車時，卻發現他根本沒在我身後。

馬提奧站在車廂外面，搖著頭，在車門關閉前的最後一秒，他衝進前面一個比較空的車廂，裡面有睡著的乘客，沒有震耳欲聾的混音版〈慶祝〉（Celebration）。（這首歌是很經典沒錯，但我們還是早點讓它退休吧。）

聽著，我不知道馬提奧在耍什麼脾氣，但是我的心情不會被他破壞。這只是個派對車廂——我不是要他去高空彈跳或是跳傘。這根本算不上試膽。

〈我們打造了這座城市〉（We Built This City）接著響起，一個拿著兩台手提音響的女孩躍上連排座位跳起舞來。有個男生在撩她，但她的眼睛閉著，完全出神地沉浸於這一刻。角落有個頭戴兜帽的男生已經不省人事；要不是這個人玩得很盡興，就是這列車上有個已經翹辮子的末路旅客。

不好笑。

我把腳踏車靠在一排空座位上——對，我就是那種用腳踏車擋大家路的人，但我就快死了，所以對我縱容點吧。我跨過那個睡著的傢伙的腳，窺看下一節車廂。馬提奧直盯著我這節車廂瞧，好像被禁足的小孩被迫從房間窗戶遠觀朋友玩耍。我示意他過來，但他搖頭，垂下視線盯著地板，再也沒有抬眼看我。

有人拍了拍我的肩膀。我轉身，看到一個美若天仙的棕眼黑膚女孩，手上多拿了一罐啤酒。

「要來一罐嗎？」

「不用了。」我可不能喝醉。

「那我就多喝點了。我叫卡莉。」

我漏聽了一點點。「凱莉？」

她往前靠向我，胸部貼在我胸口，嘴唇貼近我耳朵。「卡莉！」

「嗨，卡莉，我是魯佛斯，」既然她都靠過來了，我便貼在她耳邊回應道。「妳是怎麼——」

「我下一站下車，」卡莉打斷我的話。「要跟我一道走嗎？你挺可愛的，看起來人也不錯。」

她完全是我的菜，這意味著她也是塔格的菜。（麥爾肯的菜呢，則是任何會回應他好感的女生。）但因為除了她顯然在暗示的那檔事之外，我實在沒辦法給她什麼，所以我得婉拒了。雖然跟女大學生打炮肯定是超多人死前計畫清單上的項目——不管是年輕人、有婦之夫、男生、女生，你懂的。

「我不行耶。」我說。我得關照馬提奧，而且我心裡也還有艾美。我不會用這種虛假的調情瞞騙我的感受。

「你當然行！」

「真的不行，可惜了，」我說。「我要帶我朋友去醫院看他爸爸。」

「那就拜嘍。」卡莉轉身背向我，不到一分鐘就跟另一個男生講起話來，這樣對她倒好，因為到站時那個男生當真跟著她下了車。也許卡莉跟那個男生會白頭偕老，跟小孩說他們是怎麼在地鐵派對上認識。但我敢打賭，他們就只會來場一夜情，他明早還會把她誤叫成「凱莉」。

我拍照捕捉這節車廂裡的氛圍：設法吸引正妹注意的男生、共舞的雙胞胎、壓扁的啤酒罐和水瓶，還有這一切之中的生命力。我將手機放進口袋，抓起單車，把它牽過車廂之間的連通門——就是地鐵廣播一直提醒你只有緊急狀況才能使用的那種門。不管今天是不是我的末日，我都沒有要管廣播的意思。地鐵隧道裡的空氣冰冷，列車車輪在鐵軌上發出的刮擦和尖嘯則是我不會懷念的聲音。我進入下一節車廂，但馬提奧還是直盯著地板。

我坐在他旁邊，準備要發飆一頓，告訴他說我為了當個優秀的最終摯友，在我有命可活的最後一天拒絕了漂亮姐姐的性邀約。但是很顯然，他不需要我這樣喚起他的罪惡感。「呦。多跟我講講你說的那些機器人吧。就是會搶走大家工作的那些。」

馬提奧的視線從地板上轉開了一秒，看看我是不是在耍他，我當然不是，我整個認真得很。

他咧嘴而笑，開始說個沒完：「事情會過一段時間才發生，因為演化的速度從來就不快，但是機器人已經出現了。你知道，對吧。現在有能夠幫你煮晚餐、整理洗碗機裡餐具的機器人。你可以教它們專屬的握手方式，非常令人大開眼界，它們還會玩魔術方塊。兩三個月前，我還看過一段影片裡的機器人會跳街舞呢。但你不覺得這些機器人只是一個巨大的障眼法嗎？其他的機器人可能在某個地下機器人總部接受工作訓練？我是說，為什麼要付二十元的時薪讓某個人負責指路，手機不就做得到了嗎？或者可以由機器人幫你代勞豈不更好？我們完蛋了。」馬提奧閉上嘴，不再笑了。

「真掃興，對吧？」

「對啊。」馬提奧說。

「至少你永遠不用擔心你老闆炒你魷魚、改用機器人。」我說。

「這件事的光明面還真是陰暗。」馬提奧說。

「今天就是超大一個陰暗的光明面啊。你為什麼不進派對車廂？」

「我們跟那節車廂扯不上關係，」馬提奧說。「我們要慶祝什麼，死亡嗎？我要去跟我爸和我最好的朋友道別，而且我很清楚我甚至可能沒機會見到他們，我才不要跑去跟陌生人跳舞。那個場合不適合我，那些人也不適合我。」

「只是個派對罷了。」列車停下來。他沒有回答。也許這麼不大膽的馬提奧會讓我們活久一點點，但我肯定這就不會是個令人難忘的末日了。

艾美．杜波瓦

凌晨4點17分

艾美．杜波瓦沒有接到死亡預報的電話，因為今天不是她的死期。但她就要失去魯佛斯了——其實是已經失去了他，都因為她的男友。

艾美正在快步走回家，派克跟在後面。「你真是禽獸不如。哪有人會想害別人在自己的喪禮上被捕？」

「我被三個人揍了！」

「麥爾肯和塔格碰都沒碰你！現在他們卻得坐牢。」

派克吐了口水。「他們管不住自己嘴巴，可怪不了我。」

「你得離我遠點。我知道你從來不喜歡魯佛斯，他也沒有任何討你喜歡的理由，但他對我來說還是相當重要。我想要他待在我的生活圈裡，但現在不可能了。因為你，我跟他能擁有的時間又更少了。如果我見不到他，我也不想見到你。」

「妳要跟我分手？」

艾美停下腳步。她不想轉往派克的方向，因為她還沒仔細思考過這個問題。人都會犯錯。魯佛斯錯在襲擊派克。派克不應該叫他的朋友報警抓魯佛斯，但他這樣做也沒有錯。嗯，在法律上沒錯。但在道德上，錯得可就大了。

「妳一直把他放在我之前，」派克說。「妳每次有問題的時候來找的人是我，不是那個差點打死我的傢伙。我讓妳自己好好想想。」

艾美瞪視著派克。他這個白人少年穿著牛仔垮褲、寬版毛衣，頭髮理成凱薩頭，臉上有乾掉的血跡，是因為跟她交往而流的血。

派克走開了，艾美任他走遠。

在這個充滿灰色地帶的世界，她不知道自己對於派克是什麼立場。

她也不太確定她對於自己是什麼立場。

馬提奧

凌晨4點26分

我打破舒適圈的嘗試失敗了。

我沒辦法接受身邊圍繞更多陌生人了。他們多半是無害的，唯一的問題是我不想接近那些有幸活在今夜，卻醉到昏迷、最後整晚斷片的人。但我對魯佛斯也不盡然坦誠，因為在某個深沉的層面上，我的確覺得在火車上開派對這種事情適合我。只是，深怕讓別人失望或自己出糗的恐懼總是勝出。

我其實很訝異魯佛斯把單車鎖在門上，跟我一起進到醫院。我們走到服務台，有個滿眼血絲的職員對我微笑，但沒有問我需要什麼協助。

「嗨，我想去看我爸爸，馬提奧．托雷茲，在加護病房。」我拿出證件，推過玻璃櫃檯去給傑瑞德，這名字寫在他天藍色刷手服別著的名牌上。

「不好意思，探病時間九點就結束了。」

「我不會待太久，我保證。」我不能沒有道別就走。

「今晚不行，小朋友，」傑瑞德說。他還是掛著微笑，但更令人緊張了一點。「探病時間九點會再開始。早上九點到晚上九點。很好記，對吧？」

「好吧。」我說。

「他快要死了。」魯佛斯說。

「你爸爸快要死了？」傑瑞德問我。他那種凌晨四點值班員工會有的詭異微笑終於消失不見。

「不是，」魯佛斯抓著我的肩膀搖晃。「是他快要死了。給他個方便，讓他上樓去跟他爸爸說再見吧。」

傑瑞德看起來不太高興人家對他這樣說話，我也不怎麼欣賞，但誰知道如果沒有魯佛斯幫我據理力爭的話我會怎麼樣呢？我其實知道啦：我會在醫院外面某個地方，可能哭著躲起來，盼望自己能撐到早上九點。要命，我可能還會繼續留在家打電玩，或者試圖說服自己走出公寓。

「你爸爸在昏迷中。」傑瑞德從電腦前抬頭說。

魯佛斯做出睜大雙眼、好像深感驚奇的表情。「哇。你知道這件事嗎？」

「我知道。」說真的，傑瑞德要不是第一週上工的菜鳥，就是已經值了四十小時的班。「我還是想去說再見。」

傑瑞德振作了一下，不再質問我。我理解他一開始的排拒態度，畢竟規定就是規定，但我很高興他沒有再拖拖拉拉地要求我提供證明。他拍了我們的照片、印出訪客識別證交給我們。「我對這一切很抱歉。而且，你知道……」他的慰問雖然只是聊勝於無，但比死亡預報公司的安德莉亞有誠意多了。

我們走向電梯。

「你是不是也想要把他那張臉揍到笑不出來？」魯佛斯問。

「不。」這是我和魯佛斯出了地鐵站之後第一次對話。我把訪客識別證貼在襯衫上，拍了兩下確保它有黏好。「但謝謝你讓我們有辦法進來。我自己應該絕對打不出末路旅客這張牌的。」

「不客氣。我們沒時間想什麼應不應該了。」魯佛斯說。

我按下電梯鈕。「抱歉我沒有加入車廂派對。」

「我不需要你道歉。這是你該作主的，只要你滿意自己的決定就好。」他從電梯前走開，前往樓梯口。「但我不喜歡我們倆一起搭電梯，所以我們這邊走吧。」

對唷，我都忘了。而且這麼晚了，還是把電梯留給醫生護士和病人比較好吧。

我跟著魯佛斯爬樓梯，才爬到二樓，我就上氣不接下氣。說真的，也許我身體真的有什麼毛病，也許我還沒見到爸爸、莉蒂亞或未來的馬提奧之前，就會當場死在階梯上。魯佛斯沒了耐性，愈走愈快，有時候還一步跨過兩階。

爬到五樓的時候，魯佛斯往下對我喊道：「可是我希望你是認真想要敞開心胸迎接新的經驗。不一定要是車廂派對那種的啦。」

「等我跟他們說完再見之後，我會比較有膽量。」我說。

「尊重你嘍，」魯佛斯說。

我在階梯上絆了一下，趴倒在六樓，魯佛斯回頭扶我起來的時候，我做了個深呼吸。「摔得像小孩子一樣。」我說。

魯佛斯聳肩。「往前倒總比往後倒好。」

我們繼續爬到八樓，等候區就在正前方，有販賣機和放在摺疊椅之間的桃粉色沙發。「你可以在這裡等嗎？我有點想要跟他獨處一下。」

「尊重你嘍。」魯佛斯又說一次。

我推開藍色的雙扇門，走了進去。加護病房裡安安靜靜，只有電燈的嗡嗡聲和機器的嗶嗶聲。一兩年前，我在網飛看到一部三十分鐘的紀錄片，在探討死亡預報的出現為醫院帶來多少改變。顯然，醫生們和死亡預報公司密切合作，末期病患如果簽字同意，他們的預報狀況就會即時更新給醫生知道。預報傳來時，護理師就會調降病人的維生設備功能，讓他們準備迎接「舒適的死亡」，並安排臨終的餐點、打給家人的電話、喪禮程序、遺囑、協助禱告與告解的神職人員，以及合理範圍內可提供的任何服務。

爸已經在這裡住了將近兩個星期。他在工作時第一次發生栓塞型中風之後就被送進來，我嚇得不輕，我把自己的聯絡方式填在我爸的關係人資料裡、上傳到醫院資料庫之前，我在他住院的第一晚徹夜祈禱他的手機不要響。現在，我終於可以不用焦慮昆塔納醫生可能會打來通知說我爸快要死了。知道他至少還有一天可活也是件好事，希望不止一天。

我把識別證給護士看，然後箭步衝進我爸的病房。他一動也不動，呼吸交給機器代勞。我感覺快要崩潰了，因為我爸可能會醒來面對一個沒有我的世界，沒有我在身邊安慰他。但我沒有崩潰。我在他身邊坐下，把我的手放到他的手下，垂頭靠著我們倆交疊的手。我上一次哭是在醫院的第一晚——時間逼近午夜，一切看起來都很不樂觀，我真心相信他離死亡只有毫釐之遠。

我很不願意承認，但此刻爸爸沒有醒來讓我略感挫敗。我媽把我帶到這個世界、並且離開我們的時候，他在現場，他現在也應該在場陪我。沒有了我，一切對他來說都再也不會相同：他再也不會在晚餐時回憶我媽讓他吃了多少苦頭之後才答應他的求婚，以及在他們相愛的歲月讓當時的辛苦顯得多麼值得；他再也沒有機會在我說蠢話時假裝拿出簿子記下來，宣稱要把那些糗事拿來講給我未來的小孩聽，儘管我並不預期自己會生兒育女；他再也不會是個父親，至少他不會再有孩子可以照顧。

我放開爸爸的手，拿起抽屜櫃旁的一支筆，抽出我們的照片，用顫抖不穩的手寫下：

一切都要謝謝你，爸。

我會勇敢，我會沒事的。

從這裡到另一個世界我都愛你。

馬提奧

我把照片放在櫃子上。

有人敲門，我轉身，以為會看到魯佛斯，但來的是我爸的護士伊莉莎白。伊莉莎白負責在晚班時段照顧他，不管我什麼時候打電話來醫院問他的狀況，她都對我好有耐心。「馬提奧？」她哀傷地看著我；她一定知道了。

「嗨，伊莉莎白。」

「抱歉打擾你們。你現在感覺怎麼樣？你要不要我打電話去樓下餐廳，問他們現在有果凍了沒有？」

對，她一定知道了。

「不用了，謝謝妳。」我重新聚焦在爸爸身上，他是如此脆弱又靜止。「他狀況怎麼樣？」

「很穩定。你什麼都不必擔心。他有得到妥善的照顧，馬提奧。」

「我知道。」

我在爸爸的抽屜櫃上用手指敲了敲，他的鑰匙、皮夾、衣服都放在櫃子裡。我知道我得說再見了。不但魯佛斯在外面等我，爸爸也不會希望我在他的病房裡度過我的末日，就算他是醒著的。「妳知道我的事了，對吧？」

「對。」伊莉莎白拿一條新的被單蓋住爸爸皮包骨的身軀。

「這不公平。我不想要在離開前沒機會聽到他的聲音。」

伊莉莎白站在病床的對面一側，她背對窗戶，我則背對著門。「你可以多跟我說一些他的事嗎？我已經照顧他兩個星期了，但是對他的了解只有他穿的襪子不成對，以及他有個很棒的兒子。」

我希望伊莉莎白之所以這麼問，不是因為她認為爸爸沒機會自己醒來告訴她。我不想要爸爸在我死後不久就隨我而去。他曾經對我說，只要一個人的故事有其他人願意傾聽，這個人就能永生不朽。我想要讓他透過故事活下去，就像他為我媽媽所做的一樣。

「我爸喜歡列清單。他要我幫他的清單創個部落格。他覺得我們會名利雙收，想看特別哪種清單的人會回覆指名點菜。他甚至相信他的清單會終於讓他能上電視。他從小的夢想就是上電視。我始終狠不下心告訴他，他的清單其實沒有那麼好玩，但我喜歡看到他是怎麼想事情的，所以只要他拿新的清單給我看，我都很開心。他真的很會說故事，有時候簡直讓人身歷其境，好像我就跟他一起走在康尼島的海灘上，那裡是他第一次跟我媽求婚的地方——」

「第一次？」

是魯佛斯。我轉過頭，發現他站在門口。

「抱歉我偷聽了。我來關心你的狀況。」

「沒事的，進來吧，」我說。「伊莉莎白，這位是魯佛斯，他是我的……他是我的最終摯友。」我希望他說的是實話，他真的是想關心我的狀況如何，而不是要來跟我道別，說我們應該各走各的路。

魯佛斯傾身靠著牆，手臂交抱。「所以你說那個求婚怎樣？」

「我媽拒絕了他兩次。他說她偏喜歡刁難他。然後她發現她懷了我，他就在浴室裡單膝下跪，她微笑著答應了。」

我真的很喜歡那一刻。

我知道那一刻我不在場，但是這些年下來，我在腦海裡創造出的記憶已經無比清晰。我不知道那間浴室確切的外觀，因為那是在他們一起住的第一間狹小公寓裡，但爸總是會描述那裡的地磚是方格花紋、牆壁是怎樣一種黯淡的金黃，我把它理解成年久褪淡的黃色。還有我媽，在他講的故事裡總是生動鮮活，那一次她又哭又笑，因為確知了我不會以私生子的身分來到世間，這是出於她對家族傳統的顧慮。雖然長遠來說，私生子這回事挺蠢的，對我根本沒差。

「甜心，我真希望我能為了你把他喚醒，我真的這樣希望。」

當我們需要更多時間，卻沒辦法把生命當成時鐘一樣轉動齒輪，這真是太糟了。「我可以跟他獨處十分鐘嗎？我想我知道要怎麼和他說再見了。」

「你慢慢來吧。」魯佛斯說。這是個出人意料又慷慨的表示。

「不，」我說。「給我十分鐘，然後就來找我。」

魯佛斯點頭。「沒問題。」

伊莉莎白將一隻手放在我肩膀上。「如果你有什麼需要，我就在外面前台。」

伊莉莎白和魯佛斯離開了，門在他們背後關上。

我握著爸爸的手。「就這一次，該換我講故事給你聽了。你總是要我——有時候甚至是求我——多跟你談我的生活、說我日子過得怎樣，而我總是不肯開口。但現在我們也只能聽我說話了，我的手指、腳趾和不好意思說出來的部位都在祈禱你能聽見。」我抓著他的手，希望他會捏我作為回應。

「爸，我……」

我受的教養要我誠實，但是真相有時候是很複雜的。不管真相是不是會造成難以收拾的後果，有時候你就是非得等到只有一個人的時候才找得到字句來說出實話。甚至連在這種時刻都無法保證一定找得到，有時候真相是個你不讓自己知道的秘密，因為活在謊言中反而比較輕鬆。

我哼著李歐納．柯恩的〈舞一曲華爾滋〉（Take This Waltz），一首我不曾體驗過其中情境、卻仍能讓我出神忘我的歌曲。我唱出我記得的部分歌詞，有幾個字唱得不順，又有幾個字在錯誤的地方唱重複了，但這是爸很愛的一首歌，我希望他自己不能唱的時候，能夠聽得見我唱。

魯佛斯

凌晨4點46分

我坐在馬提奧爸爸的病房外，肩負重責大任，要在時間到的時候告訴馬提奧該走了。帶他走出他家是一回事，但如果要把他帶離這間醫院，可能就得把他敲昏再拖出去了；若有人要把我從我爸（不論他有沒有昏迷）身邊帶開，也非用上這種手段不可。

那個叫伊莉莎白的護士看看時鐘，再看看我，然後端著一盤聞起來不太新鮮的食物進了另一間病房。

我該去找馬提奧了。

我從地上爬起來，喀一聲推開病房的門。馬提奧正握著他爸爸的手，唱著某首我沒有聽過的歌。我敲敲門，馬提奧驚跳起來，嚇得不輕。

「抱歉啦。你還好嗎？」

馬提奧站起來，滿臉通紅，好像我們在饒舌大戰上，我當著一大群人的面把他打得落花流水。「是，我很好。」根本是撒謊。「我該整理一下了。」他又花了一分鐘，才終於放開他爸爸的手，看起來幾乎就像他爸爸也回握住他，但他設法抽開了。他拿起一個夾板，放在他爸病床上房的一個層架。「爸通常都把打掃家務留到週六做，因為他討厭在週間下班後回家還要面對更多工作。我們週末會打掃家裡，然後用電視馬拉松獎勵自己。」馬提奧四下環顧，整個病房都乾淨得要命。我是說，要不是因為這裡是醫院，我簡直會想把東西放在地上吃。

「你的道別成功了嗎？」

馬提奧點頭。「算是吧。」他走向廁所。「我得去確認裡面是乾淨的。」

「我相信是啦。」

「我應該確認他們有準備乾淨的杯子給他醒來時用。」

「他們會照顧他的。」

我走過去摟著馬提奧的肩，試圖讓他鎮定下來，因為他在發抖。「他不會想要你待在這裡的好嗎？」馬提奧皺起眉頭，眼睛變紅了——是傷心的紅，不是憤怒的紅。「我不是那個意思。我老是講些蠢話。他不會想要你在這裡把時間都浪費了。你看，你有機會道別——我跟我家人就沒有這個機會。我花了太多時間摸清自己要說什麼。我很為你高興，但也整個超嫉妒。如果這一點還不夠說服你走出來，我還要說我需要你。我需要一個朋友在我身邊。」

馬提奧再度環視病房，心裡一定是在說服自己說不需要在此刻跑去刷馬桶、或是去確保整間醫院的杯子都潔淨無瑕，以免他爸爸拿到髒的杯子。但我輕捏他的肩膀，把他從那些思緒中喚醒。他到床邊親了一下他爸爸的前額。「再見，爸。」

馬提奧拖著腳步後退走，向他沉睡中的父親揮手道別。雖然我在這一刻只是個旁觀者，我的心還是怦怦直跳。馬提奧的心一定快要爆炸了吧。我將一隻手搭到他肩上，他縮了一下。「抱歉，」他在門口說。「我真的很希望他今天會剛好及時醒來，你懂的。」

我不會這樣期望，但我還是點點頭。

我們離開了病房，門在背後關上之前，馬提奧往房裡看了最後一眼。

馬提奧
凌晨4點58分

我在醫院的轉角停下腳步。

現在我還有機會跑回爸爸的病房、在那裡過完一整天。但是那樣不公平，醫院裡的其他人也會承受我這個不定時炸彈帶來的風險。我真不敢相信自己回到了一個會置我於死地的世界，還有一個同樣命運多舛的最終摯友作伴。

這股勇氣絕對撐不了多久。

「你還好吧？」魯佛斯問。

我點頭。我現在真的很想聽點音樂，尤其是在爸爸的病房唱過歌之後。魯佛斯聽到我在唱歌，讓我真想挖個洞躲起來，但沒事的，沒事的。他沒說什麼，所以也許他沒聽到多少。這整個尷尬的感覺讓我更焦躁，更想躲進音樂這項對我而言一向是獨自進行的享受裡。爸有另外一首愛歌是〈無論如何〉（Come What May），我媽曾唱過這首歌給還在子宮裡的我聽，當時她還沒有破水，他們正在一起洗澡。那句講述愛一個人直到時間盡頭的歌詞，總在我心頭盤桓不去。我最愛的另一首歌，《吉屋出租》（Rent）裡的〈榮耀之歌〉（One Song）也是這樣。我格外振奮，想要彈奏這首歌，特別是以末路旅客的身分，因為它的內容正是關於浪費的機會、空虛的人生和垂死之際的時光。我最喜歡的歌詞就是「我死前有一首歌……」。

「對不起，如果我讓你趕著離開，」魯佛斯補上一句。「你叫我把你從那裡帶走，但我不確定你是不是認真的。」

「我很高興你那樣做了。」我承認。這是我爸會希望的事。

我過馬路之前先左看右看。沒有車子，但前方街角有個男人在翻垃圾袋，好像怕垃圾車就要來把它們偷走。他可能在找某樣他不小心丟掉的東西，但是根據他牛仔褲綻開的褲腳和鐵鏽色背心上的髒汙，應該可以推測他是個街友。他找到一顆吃了一半的柳橙，夾在腋下，然後繼續在垃圾袋裡翻找。我們走近街角時，他轉過身來。

「有一塊錢嗎？有零錢嗎？」

我跟魯佛斯一樣低著頭，從那個男人旁邊走過。他沒有叫住我們，也沒有再說別的話。

「我想給他一點錢，」我跟魯佛斯說，雖然單獨一人這樣做讓我緊張得很。我翻遍口袋，找到十八元。「你也有點現金可以給他嗎？」

「我不想當壞人，但為什麼要給？」

「因為他需要錢，」我說。「他在翻垃圾找食物。」

「他有可能根本不是街友。我以前就被騙過。」他說。

我停下腳步。「我也被騙過。」我也犯過無視他人求助的錯，那樣做並不公平。「我不是說我們要把畢生積蓄都給他，只是幾塊錢而已。」

「你是在哪裡被騙的？」

「我當時五年級，走路要去上學，有個男的跟我討一塊錢，我把我要買午餐的五張一塊拿出來時，他就朝我的臉上揍了一拳，把錢全都搶走了。」我羞慚地承認我在學校傷心欲絕，哭到我爸請假來護理室看我。事後他甚至陪我走路上學了兩個星期，並且求我小心應對陌生人，特別是牽涉到錢的時候。「我只是不覺得我該決定誰真正需要我的幫忙，好像他們得表演唱歌跳舞來證明自己值得幫助似的。在你需要幫助的時候向人求助就應該是足夠的了。而且一塊錢算什麼？我們可以再賺。」

我們其實不會真的再去賺錢，但是如果魯佛斯跟我一樣聰明（或是偏執），他銀行帳戶裡的存款應該也綽綽有餘。我無法判讀魯佛斯的神情，但他停下腳踏車，踢下腳架。「那就這麼辦吧。」他伸手進口袋，找到二十元的現金。他走在我前面，我跟著他，心臟怦怦跳，有點擔心那個男的可能會攻擊我們。魯佛斯在離那個人一呎遠處停下來，對我做了個手勢，就在此時，那個人轉過來直視我的眼睛。

魯佛斯要我開口說話。

「先生，我們身上的錢都在這了。」我拿了魯佛斯的二十塊，然後把錢遞出去。

「別耍我。」他環顧四周，好像我在設圈套給他跳。人不應該在接受幫助時還不得不抱著懷疑。

「沒有的事，先生。」我朝他走近一點，魯佛斯陪在我旁邊。「我知道金額不多，我很抱歉。」

「這真是……」那男人朝我而來，我發誓我就要死於心臟病發了，彷彿十幾輛車朝我飛馳而來，我的腳卻被水泥黏在賽車道上。但他沒有打我。他擁抱了我，腋下夾的柳橙掉到我們腳邊。我過了一分鐘才找回神經和肌肉的感覺，但我也擁抱了他，擁抱了整個人，他的身高和瘦削的身形都讓我想起我爸。「謝謝你。謝謝你。」他說。他鬆開我，我不知道他發紅的眼睛是因為無床可睡的疲累，還是因為熱淚盈眶。但是我沒有多問，因為他不需要對我提出證明。我多麼希望我的處世態度一直都是如此。

那男人朝魯佛斯點了一下頭，將錢塞進口袋。他沒有再做別的要求；他沒有打我。他走開了，肩膀挺直了一些。真希望剛才我有在他走前問到他的名字，或是至少向他介紹自己。

「做得好，」魯佛斯說。「希望之後你好心有好報。」

「這不是為了好報。我不是想要集點得分證明我是個好人。」你不該因為期望得到回報才捐款給慈善機構、扶老人過馬路或救援小狗狗。我也許無法治癒癌症、終結世界饑荒，可是小小的善舉也能有長遠的影響。倒不是我會把這些話告訴魯佛斯，我以前這樣說就總被同學嘲笑，但沒有人應該因為試圖行善而讓自己難過。「我覺得我們給了他美好的一天，因為我們沒有對他視而不見。謝謝你跟我一起看見他。」

「我希望我們有幫對人。」魯佛斯說。

就像魯佛斯不能期待我立刻勇敢起來，我也不能期待他馬上立刻仁慈起來。

我很慶幸魯佛斯一點也沒提到我們快死了。如果那樣的話，一切就變得太廉價了，不是嗎——如果那個男人覺得我們給出身上的一切只是因為那些錢可能十分鐘後就派不上用場了。

也許，今晚遇到我們會讓他繼續去相信其他人。他肯定在這一點上幫助了我。

荻萊拉・葛雷

上午5點整

荻萊拉・葛雷在凌晨兩點五十二分接到了死亡預報電話，通知她今天就將迎接死期，但她不知道那通電話是不是真格的。這不是因為荻萊拉處於悲傷五階段中的否認期，而是因為這肯定是她前男友的殘忍惡作劇。她的前男友是死亡預報公司的員工，從她昨晚取消了他們為期一年的婚約之後，就一直想方設法地嚇她。

如此玩弄別人是惡劣至極的非法行為。這種程度的詐欺罪可能讓他坐上至少二十年的牢，不管在哪種工作領域都會被列為黑名單。在死亡預報的職務上亂搞，就與殺人無異。

荻萊拉無法相信維克多會如此濫用權力。

她刪掉了附有時間戳記回條的電子郵件，那封信證明負責傳令的米契有打電話給她，但她咒罵完他就掛斷了。她拿起手機，有股欲望要打給維克多。但她搖搖頭，將手機放回枕頭邊、維克多以前來過夜時總會睡的那一側。荻萊拉絕不讓維克多滿足地把她想成疑神疑鬼的偏執狂，她才不是。如果他在等她連上死亡預報的網站查看自己的名字是否確實被登錄為末路旅客、或是等她打去威脅要提告才承認米契是他在公司找來嚇她的朋友，那麼他可要等上很久了——她多的是時間。

荻萊拉兀自繼續她的一日行程，就像她毫不猶豫取消婚約，她也毫不猶豫地判定那通電話就是狗屁。

她去浴室一面刷牙、一面欣賞鏡中自己的頭髮。她的頭髮非常搶眼——在她老闆看來是太過搶眼了。之前幾週，荻萊拉想來個大改造，好讓她忽略腦中那個催促她跟維克多一刀兩斷的聲音。染髮簡單多了，不用掉那麼多眼淚。髮型師問她想做什麼項目時，荻萊拉說要染極光色。她的一頭粉紅、紫色、綠色加藍色還需要一點調整，但是那可以等到下週，等她趕上工作進度。

她回到床上，打開筆電。昨晚在維克多值班前跟他提分手，也讓她中斷了她自己的工作，也就是她為《無限週刊》寫的一篇影集季初首集劇情摘要。她今年春天從大學畢業之後就在這份週刊擔任編輯助理。她不是《文青生活》的劇迷，但是文青族群的點擊率比《澤西海岸》的觀眾更好騙，而且這些文章總得有人要寫，偏偏編輯們都忙著為其他有頭有臉的作品撰述報導。荻萊拉十分清楚，能負責這份苦差事、能至少有份工作的她有多麼幸運，畢竟她這個新人已經錯過了好幾次截稿日，因為她先前忙於跟一個只認識了十四個月的對象籌辦婚禮。

荻萊拉打開電視，重看那集荒謬到令人痛苦的首播——在布魯克林一間擁擠的咖啡店裡要文青用打字機合寫短篇小說的挑戰賽——，她還來不及切換到預錄節目，就看到福斯第五頻道的一位主播在分享一則對她來說甚具新聞價值的消息。

「……我們已經聯絡他的經紀人要求說明。現年二十五歲的演員豪伊・馬德納多在《天蠍座・霍桑》熱門系列電影裡雖然飾演邪惡的少年巫師主角，但是世界各地的粉絲在網路上對他只有滿滿的熱愛。請追蹤我們的推特和臉書帳號，關注這則即時消息的最新發展……」

荻萊拉跳下床，心跳怦然加速。

馬提奧

上午5點20分

我走近角落的提款機，魯佛斯在背後幫我留意安全。感謝我爸，他在我滿十八歲時憑著應有的常識叫我去銀行辦了簽帳金融卡。我領了四百元，是這台提款機的交易金額上限。我將鈔票放進一個要給莉蒂亞的信封裡，心臟怦怦狂跳，祈禱不要有人突然憑空出現、持槍要搶我們的錢——我們都知道那種事件的結局會是怎樣。我拿了明細表，記下我的戶頭餘額還有兩千零七十六點二七元，然後撕了報表紙。我不需要那麼多錢，我會到別台提款機領更多錢給莉蒂亞和佩妮，或是等銀行開門。

「現在去莉蒂亞家可能嫌太早，」我說著將信封摺起來放進口袋。「她會知道有事情不對勁。我們可以在她家大樓門廳待一下？」

「別了吧。我們才不要因為你不想麻煩人家，就在你好朋友家樓下乾等。現在是五點，我們去吃東西吧。可能是我們的最後晚餐呢。」魯佛斯帶路。「我最愛的餐廳是二十四小時營業的。」

「聽來不錯。」

我一向喜歡早晨時分。我追蹤了好幾個以其他城市（「早安舊金山！」）和其他國家（「早安印度！」）的早晨風景為主題的臉書專頁，不論在幾點鐘，我的動態牆上總是有閃閃發光的大樓、早餐、展開一日生活的人們。升起的太陽帶來一股煥然一新的精神，雖然我有可能活不到上午、看不到陽光灑過公園裡的樹木，我還是把今天當成一個很長的早晨。我得起床，我得展開這一天。

時間這麼早，路上少有人跡。我不討厭人群，我只是沒有勇氣在任何人面前唱歌。如果我現在是獨自一人，我可能就會一面彈奏某首悲傷的歌曲，一面跟著唱。爸爸跟我說過，屈服於自己的情感是沒有關係的，但你也應該奮力掙脫負面情緒。他住院之後的幾天，我都在彈既正面又有靈性的歌，像是比利．喬的〈你原本的樣子〉（Just the Way You Are），好讓我不致感到毫無希望。

我們到了加農砲咖啡簡餐店。店門上方有個三角形招牌，畫的標誌是一座加農砲往店名字樣的方向射出一個起司漢堡，還有狀似煙火的薯條。魯佛斯將他的腳踏車鎖在停車計時器柱上，我跟他走進相當空蕩的店裡，立刻聞到炒蛋和法式吐司的味道。

一個睡眼惺忪的領班來迎接我們，請我們隨便坐。魯佛斯走過我旁邊，一路去到店內後方，坐進一組位於洗手間旁的雙人雅座。海軍藍的皮椅凹陷了好幾處，讓我想起自己小時候總會無意識地摳剝沙發表面，讓裡面的發泡填充物露出得愈來愈多，最後爸爸就丟了那張沙發、換了我們現在這張新的。

「這是我的大位，」魯佛斯說。「我每個禮拜都會來個一兩次，點餐的時候可以說『給我跟平常一樣的』。」

「為什麼來這裡？你住附近嗎？」我發覺自己完全不知道我的最終摯友住在哪裡、來自哪裡。

「只有過去這四個月住附近，」魯佛斯說。「我進了寄養系統。」

我不但對魯佛斯所知無多，我也沒為他做過什麼事。他一心想陪伴我踏上旅程——讓我離開家裡、陪我去醫院又把我帶走，很快還要跟我去莉蒂亞家。這段最終摯友的友誼目前為止都是很單向的。

魯佛斯把菜單推過來我這邊。「後面有末路旅客優惠。全部免費，你敢相信嗎？」

這倒是頭一遭。在我讀過的「倒數客」貼文裡，跑去五星級飯店的末路旅客都期待被當成國王般招待大餐，可是最後只拿到一點折扣。我喜歡魯佛斯選擇回來這裡。

一位女服務生從後場出來招呼我們。她的金髮向後梳成緊緊的包頭，黃色領帶上夾的名牌寫著「蕾伊」。「早安，」她問好時帶著南方口音。她從耳後拿下一支筆，我瞥見她手肘上方有蜷曲圖紋的刺青——我永遠成不了那種不怕挨針的人。她用手指轉起筆來。「你們忙到這麼晚啊？」

「算是嘍。」魯佛斯回答。

「感覺比較像是起得很早很早。」我另有觀點。

就算蕾伊對我提出的不同說法有興趣，她也沒表現出來。「兩位要來點什麼？」

魯佛斯看著菜單。

「你不是有平常必點的餐嗎？」我問他。

「今天想換個口味。最後的機會了嘛。」他放下菜單，抬頭看著蕾伊。「妳有推薦的嗎？」

「怎樣，你們是接到死亡預報了嗎？」她的笑聲一閃而逝。她轉向我，我低下頭，她見狀蹲到了我們旁邊。「不會吧，」她把筆和本子往桌上一放。「你們兩個還好嗎？是生病嗎？你們不是想吃霸王餐才要我對吧？」

魯佛斯搖搖頭。「沒，不是開玩笑。我是常客，想來吃最後一頓。」

「你現在真的還在想吃的嗎？」

魯佛斯靠過去看她的名牌。「蕾伊，妳有推薦的嗎？」

蕾伊雙手掩面、抖著肩膀咕噥道：「我不曉得。就來個總匯特餐你覺得怎樣？裡面有薯條、迷你漢堡、蛋、牛排、義大利麵……就是說你想得到的、我們廚房裡有的東西，都在裡面了。」

「那麼多我吃不下啦。妳在這裡最喜歡的餐是哪樣？」魯佛斯問。「拜託不要說是魚排。」

「我喜歡烤雞沙拉，但只是因為我是小鳥胃。」

「那我就點那個，」魯佛斯決定了。他看向我。「你要吃什麼，馬提奧？」

我連看都沒看菜單。「我點你平常吃的。」我跟他一樣希望那不要是魚排。

「你根本不知道我平常吃什麼耶。」

「只要不是雞柳條，對我來說就是嚐鮮了。」

魯佛斯點頭。他指了指菜單上的兩樣東西，然後蕾伊跟我們說她稍後回來，就快步跑開了，連筆和本子都忘在桌上。我們偷聽到蕾伊叫廚師優先處理我們的單，因為「那桌有末路旅客」。

不知道還有誰會跟我們爭——難道是後面那個已經在喝咖啡配報紙的男人嗎？但我很感激蕾伊的

好心，也好奇死亡預報公司的安德莉亞在同情心被工作抹殺之前是否也曾經像她一樣。

「我可以問你一件事嗎？」我對魯佛斯說。

「別浪費力氣多問這句。想說什麼就說吧。」他說。

他的措詞有點強烈，但說得很對。

「你為什麼要告訴蕾伊我們快死了？這樣不會搞砸了她的一天嗎？」

「可能會吧。但是死亡也搞砸了我的一天，我無能為力。」魯佛斯說。

「我不會告訴莉蒂亞我要死了。」我說。

「這樣沒道理。別這麼狠心。你有機會說再見，就該好好說出來。」

「我不想毀了莉蒂亞的一天。她是單親媽媽，她男友過世之後，她的日子已經過得夠苦了。」「也許我不是真的那麼無私——也許不告訴她真相就是很自私的，但我沒辦法逼自己做到；你要怎麼告訴你最好的朋友說你明天就不在了？你要怎麼說服她讓你離開、去把握死前享受生活的機會？

我把身體在椅子上往後推，對自己感到相當噁心。

「如果這是你的決定，我會支持。我不知道她會不會怨恨你，你比較了解她。但是你聽我說，我們得別再擔心其他人對我們的死亡會有何反應，也別再懷疑自己了。」

「如果我們就是因為不再懷疑自己才走上死路怎麼辦？」我問。「你會不會好奇，死亡預報服務出現前的人是否過得比較好？」

這個問題令人窒息。

「是否比較好？」魯佛斯問。「也許是，也許不是。答案不重要，也不會造成任何改變。你就放下吧，馬提奧。」

他說得對。我是自作自受。我作繭自縛。我多年來過著安全的生活以求延長生命，結果卻是如此。我在賽跑中不曾真正起跑，現在卻已在終點線上。

蕾伊端著飲料回來，並把烤雞沙拉給魯佛斯，放了地瓜薯條和法式吐司在我面前。「如果你們還有要什麼，請儘管喊我一聲。就算我在後場或是在忙別的客人，我都會幫你們。」我們向她道了謝，但我看得出她有點遲疑該不該走，幾乎像是想要蹲下來再跟我們其中一個人多說幾句話。但她最後恢復了鎮定，走開了。

魯佛斯用叉子敲敲我的餐盤。「你覺得我的日常套餐怎樣？」

「我好幾年沒吃過法式吐司了。我爸後來迷上了培根生菜番茄配烤玉米餅，每天早餐都這樣弄。」我都有點忘了還有法式吐司這東西，但是這股肉桂味喚起了許多回憶，我想起自己跟爸爸隔著搖晃的餐桌對坐共進早餐，一面聽新聞或是構思他想寫的清單。「這真是太讚了。你要吃一點嗎？」

魯佛斯點頭，但手沒有伸向我的盤子。他的心思飄遠了，撥弄著沙拉的樣子看起來很失望，只挑出雞肉吃。他放下叉子，拿起蕾伊留下的本子和筆。他大筆畫下一個圓圈。「我想環遊世界、到處拍照。」

魯佛斯在畫世界地圖，勾勒出那些他永遠無法到訪的國家。

「像攝影記者那樣嗎？」我問。

「不。我想拍我自己要的東西。」

「我們應該去環遊世界體驗館，」我說。「那是在一天之內跑遍全世界最好的方法，在『倒數客』上面的評價很高。」

「我沒看過那個。」魯佛斯說。

「我每天都看，」我承認。「看到別人突破舒適圈的感覺很療癒。」

魯佛斯從他的圖上抬起視線，搖了搖頭。「你的最終摯友會確保你死前玩得轟轟烈烈。不是去做壞事，也不是去亂搞，是好的那種轟轟烈烈。雖然這樣講很沒邏輯。」

「我懂你意思。」我覺得啦。

「你覺得自己未來會做什麼？比方說，做什麼工作？」魯佛斯問。

「建築師。我想建造住宅、辦公室、舞台和公園，」我說。我沒有告訴他我一點也不想在辦公室裡工作，也沒有說我的夢想是在自己建的舞台上表演。「我小時候常常玩樂高。」

「我也是。我的太空船總是慘遭解體，那些笑臉積木頭飛行員也逃不過毒手。」魯佛斯伸手過來，切了一片法式吐司嚼了起來，低著頭、閉著眼享受那一口滋味。看著別人最後一次享用最愛的食物，真是令人難過。

我得振作起來。

通常，事情經過一段低潮後就會漸入佳境，但今天想必是剛好相反吧。

我們清空餐盤之後，魯佛斯站起來示意蕾伊注意這邊。「妳有空的話可以幫我們拿帳單來嗎？」

「店裡請客。」蕾伊說。

「請讓我們付錢吧，這對我們的意義很重要。」我說。我希望她不會以為我在利用別人的罪惡感。

「我附議。」魯佛斯說。魯佛斯也許再也不會踏進這裡，但我們想要讓這裡盡可能長長久久為別的顧客經營下去，我們付的錢能夠支應他們的開銷。

蕾伊熱情地點頭，把帳單遞給我們。我拿簽帳金融卡給她，她刷完卡回來時，我給了她三倍於這份平價餐點的小費。

刷完這筆之後，我的存款剩不到兩千元了。我也許沒辦法用這點錢扭轉別人的人生，但是再小的幫助都有價值。

魯佛斯把他畫的世界地圖放進口袋。「準備走了嗎？」

我仍舊坐著。

「起來就代表要走了。」我說。

「對啊。」魯佛斯說。

「走就代表死掉。」我說。

「才不。走代表在死前好好生活。我們上路吧。」

我站起來，走的時候向蕾伊、打雜工和領班道謝。

今天是一個很長的早晨，但我得醒來，我得下床。我看著前方空蕩的街道，起步走向魯佛斯和他的腳踏車，隨著每一分鐘的流逝而走向死亡，迎向一個跟我們作對的世界。

魯佛斯
上午5點53分

我沒法說謊，雖然馬提奧這個伴很酷、很神經、很好，但如果能在加農砲跟冥王星家族聚個最後一次，聊聊過去所有的好事壞事，那真會是絕讚透頂。可是那樣太冒險了。我知道我現在是什麼狀況，我不會冒險害他們受傷。

但他們總可以回個訊息給我吧。

我把腳踏車鎖解開，牽著車走到路上。我把安全頭盔丟給馬提奧，他差點漏接了。「你說莉蒂亞家是在附近哪裡？」

「你為什麼給我這個？」馬提奧問。

「這樣你摔下腳踏車時才不會跌破頭，」我坐在車上。「如果你被自己的最終摯友給害死，那就太慘了。」

「這不是協力車。」他說。

「我有裝火箭筒。」我說。塔格一直都站火箭筒讓我載，他相信我不會撞到別的車害他飛出去。

「你要我站在你的腳踏車後面，而且我們要在黑暗中騎車？」馬提奧問。

「你會戴頭盔。」我說。老天爺，我本來真的以為他可以敞開心胸冒險了。

「不要。這輛腳踏車會害死我們。」

這一天真的讓他壓力很大。「不，不會的。相信我。我每天都騎這輛車，騎了快要兩年。上來吧，馬提奧。」

他整個超猶豫，表現得十分明顯，但他還是勉強戴上頭盔。我有加倍的壓力要小心騎車，因為我可不想在死後世界聽到「我早就告訴你吧！」馬提奧抓著我的肩膀，爬上火箭筒時雙手往下壓。他進步了，我真以他為傲。這就像催著一隻鳥飛出鳥巢——也許甚至是用趕的把牠趕出去，因為牠好幾年前就該展翅高飛了。

月亮高懸在河的這一岸上方，街區上的一間雜貨店打開鐵捲門開始營業。我踩下一邊踏板時，馬提奧跳了下來。

「不要。我要用走的。我覺得你也應該這樣。」他解開頭盔，從頭上拿下來遞還給我。「對不起，我只是有股不好的預感，我該相信我的直覺。」

我真該把頭盔扔了，直接騎走。就讓馬提奧去找莉蒂亞，我自己去做我想做的任何事。但我沒有跟他分道揚鑣，而是將頭盔掛在把手上，一條腿跨下座椅。「那我們就用走的吧。我不知道我們還剩多久的壽命，可是我不想浪費。」

馬提奧
上午6點14分

我已經是最爛的最終摯友了，現在我還要當史上最爛的朋友。

「這一定會很慘。」我說。

「因為你不打算坦白你的死訊？」

「我還沒死。」我轉過街角。莉蒂亞住的公寓只剩兩個街區的距離了。「還有，我不打算說。」天色終於亮了起來，我生命中最後一次日出的橘色光暈即將佔滿天際。「我們發現莉蒂亞的男友兼未婚夫要死掉的時候，她徹底崩潰了。他來不及見到佩妮。」

「所以佩妮是他們的女兒嘍。」魯佛斯說。

「對。她在克里斯欽死後一個星期出生。」

「當時是什麼狀況？接到預報電話的時候？」魯佛斯問。「如果太私人，你可以不用告訴我。我家人接到電話的情形是噩夢一場，我也不太愛談那件事。」

出於信任，我準備要把當時的事講給魯佛斯聽，只要他保證不告訴任何人，尤其是莉蒂亞；但我隨即意識到，魯佛斯會帶著這個秘密死去。除非他在死後的某個世界還會亂講八卦，不然我無論告訴他什麼事都很安全。「克里斯欽當時要去賓州外圍，把他從爺爺那邊繼承來的一批奇怪的匕首和刀劍賣給一個收藏家。」

「奇怪的匕首和刀劍常常能賣到天價呢。」魯佛斯說。

「莉蒂亞不想讓他去，因為她一直歇斯底里發作，但是克里斯欽保證說，長遠看來，那筆錢值得他跑這一趟。他們之後一兩個月會買得起更好的嬰兒床、尿布、奶粉和衣服。他就出發了，在賓州過夜，然後半夜一點左右被死亡警報驚醒。」回顧這一切讓我胸口揪緊，想起當時那些眼淚和哭嚎。我停下來靠著牆。「克里斯欽想聯絡莉蒂亞，但是她睡得太熟了。他每一分鐘都在傳訊息給她。他跟一個也是末路旅客的卡車司機搭便車，他們都在回城裡找家人的路上死了。」

「老天爺啊。」魯佛斯說。

莉蒂亞當時悲慟欲絕。她著魔般地讀著克里斯欽最後傳的那些慌亂的訊息，恨自己沒有起來接聽他的任何一通電話。她原本有機會透過「揭幕」這個視訊 APP（很耗電，但是能夠在收訊不佳的地方製造出較強的網路熱點，例如在高速公路上返家途中的末路旅客周圍）見他最後一面——但她也錯過了那些視訊對話邀請。

我不知道我感覺到的是不是真的，但是莉蒂亞一開始談到佩妮的樣子，好像在埋怨女兒讓她孕程晚期筋疲力竭，才熟睡著錯過了愛人的臨終時刻。但我知道她當時太過哀傷，而且現在不再那樣覺得了。

事發之後，莉蒂亞從高中輟學，跟她阿嬤住在一間小公寓裡全天照顧佩妮。她跟爸媽不親，克里斯欽的父母則遠在佛羅里達州。就算不用跟我道別，她的日子也過得夠辛苦了。我只是想見我的好朋友最後一面。

「太殘酷了。」魯佛斯說。

「真的，」他這樣說真的對我而言意義非凡。「我來打給她。」我稍微走遠幾呎，讓自己有點隱私。

我按下撥號鍵。

我真不敢相信，如果莉蒂亞遭逢什麼不測，我將無法陪在佩妮身邊照顧她。但我也很慶幸，我永遠不用經歷莉蒂亞接到死亡預報電話的時刻。

「馬提奧？」莉蒂亞昏沉地接起電話。

「對。妳在睡覺嗎？對不起，我以為佩妮現在可能醒了。」

「噢，她是醒了沒錯。她在嬰兒床裡自言自語，我躲在枕頭下面，我還真是年度優良母親。你這麼早就醒著是怎樣？」

「我……想去看看我爸。」說到底，這不算謊話。「我可以過去妳家一下嗎？我在附近。」

「請儘管來！」

「好啊。待會見了。」

我招手叫魯佛斯過來，我們走去她的公寓。那種大樓的管理員總是坐著看報，也不管明明有事該做——像是掃地拖地、修理閃爍的走廊燈、放置捕鼠籠。但莉蒂亞不在乎。這裡雨夜的微風讓她著迷，她也喜歡會在走廊上遊蕩嚇跑老鼠的鄰居家貓咪克蘿伊。你知道的，這就是家的感覺。

「我自己上去，」我跟魯佛斯說。「你自己待在下面行嗎？」

「沒問題。反正我也該打給我朋友了。我離開以後他們就沒回過我訊息。」

「我不會去太久。」我說。他沒告訴我不用急慢慢來。

我爬上樓梯，一度被階梯邊緣絆得差點面朝下摔倒，及時抓住扶手才以一吋之差逃過可能的死亡。我不能在自己的末日匆匆忙忙去找莉蒂亞陪我。這麼著急的態度可能會害死我——剛才就差點成真了。我爬到三樓，敲敲她家的門。佩妮在屋裡尖聲大叫。

「門開著！」

我走進去，屋裡有奶味和乾淨衣物的氣味。門邊擺著一個洗衣籃，裡面的衣服堆到滿出來。地上還有空的奶粉罐。佩妮在遊戲圍欄裡，她沒有遺傳到媽媽哥倫比亞裔的淺棕膚色，而是跟克里斯欽一樣白皙，只不過她現在哭叫得滿臉通紅。莉蒂亞在廚房裡拿一杯熱水加熱牛奶。

「你真是上天派來的救星，」莉蒂亞說。「我想抱抱你，可是我從星期天就沒刷牙了。」

「妳現在就該去刷。」

「欸，你那件襯衫不錯！」莉蒂亞蓋好奶瓶丟給我，此刻佩妮哭得更大聲了。「把奶瓶給她就是了。她如果不能自己拿奶瓶就會發脾氣。」莉蒂亞用橡皮筋綁起凌亂的黑髮，快步走向浴室。「天啊，我可以一個人尿尿了。我等不及了。」

我跪在佩妮旁邊，把奶瓶給她。她的深棕色眼睛裡藏著桀驁不馴的態度，但她從我手中拿走奶瓶、坐在一隻玩具熊身上時，她對我微笑露出四顆乳牙，然後專心喝起奶來。育兒書上都說佩妮這個年紀不該再喝奶了，但是她抗拒真正的食物。這點跟我一樣。

莉蒂亞從浴室出來，嘴裡叼著一根牙刷，她把電池放進一隻塑膠玩具蝴蝶裡面。她問了我某個問題，但是混著牙膏的口水流到她下巴，她衝去廚房水槽吐掉。「抱歉。噁心死了。你要吃早餐嗎？你瘦得要命耶。真噁心，我聽起來像你媽似的。」她猛搖頭。「噢，天啊，你知道我真正的意思對吧，我是說我聽起來像在當你的媽媽。」

「沒事，莉蒂亞。我吃過早餐了，但還是謝謝。」我在佩妮喝奶時戳戳她的小腳，她把奶瓶拿低，笑了出來。她發出一些咿嗚兒語，我相信其中意思對她自己而言一定很明白。她回頭繼續喝。

「猜猜是誰接到死亡預報了啊？」莉蒂亞一面問，一面揮舞著手機。

抓著佩妮一隻腳的我瞬間停格。莉蒂亞不可能知道我要死了，而如果是她要死了，她也不可能這麼隨興地告知我。「是誰？」

「豪伊．馬德納多！」莉蒂亞查看手機。「他的粉絲超崩潰的。」

「當然嘍。」我的末日和我最喜歡的虛構反派人物是同一天。我不知道該作何感想。

「你爸狀況如何？」莉蒂亞問。

「狀況穩定。我一直希望會出現電視上那種奇蹟，就是他聽見我的聲音就會突然醒過來，但顯然那是不會發生的。我們只能等。」談論這件事讓我心碎。我坐在遊戲圍欄邊，拿起幾隻填充玩偶——一隻笑笑羊、一隻黃色貓頭鷹——拋向佩妮，然後搔她的癢。我永遠無法和我自己的孩子共度這種時刻了。

「我聽了真的很難過。他會撐過去的。你爸超強。我一直跟自己說，他只是暫時放下強者的身分去打個盹。」

「可能吧。佩妮喝完奶了。我可以幫她拍嗝。」

「上天派來的救星啊，馬提奧，你真的是。」

我把佩妮的臉擦乾淨，抱她起來，輕拍她的背，直到聽見她發出嗝聲和笑聲。我表演了我招牌的恐龍漫步，就是我抱著佩妮、像暴龍一樣重重跨步慢走，這樣好像總是能讓她放鬆下來。莉蒂亞走過來打開電視。

「是的，六點半了。卡通時間，也就是我唯一可以整理昨天的混亂、等它再度恢復原狀的時段，」莉蒂亞對著佩妮微笑，探進我們中間親了一下她的鼻子。「媽咪是要說她的小佩妮真是個寶。」她在笑容後面悄聲補上一句：「讓家裡天翻地覆的寶。」

我笑了，並且把佩妮放下來。莉蒂亞把塑膠蝴蝶玩具拿給佩妮，然後收拾起地上的衣服。

「我能幫妳什麼忙？」我問。

「首先，永遠別改變你現在的樣子。然後你可以把她的玩具放回箱子裡，但是別碰那隻羊，不然她會發瘋。你會得到的回報是我永遠的愛。我要把她的衣服拿去放抽屜。給我一分鐘，或是十分鐘好了。」莉蒂亞拿著洗衣籃走了。

「慢慢來。」

「天賜的救星！」

我深愛莉蒂亞各式各樣的面貌。佩妮出生之前，她想以名列前茅的成績從高中畢業，再去大學攻讀政治學、建築和音樂史。她想去布宜諾斯艾利斯、西班牙、德國和哥倫比亞旅行，但後來她遇見了克里斯欽、懷了孕，在她的新世界裡找到了幸福。

莉蒂亞以前是那種每週四放學後都會去把頭髮燙直的女生，素顏也總是容光煥發，還熱愛在陌生人拍照時扮鬼臉亂入。現在她的頭髮據她所說是「有點可愛、又有點像獅子鬃毛」，而且她不允許自己的任何照片上傳到網路，因為她覺得她看起來太顯疲態。但我覺得我的好朋友現在比以前更美得發光，因為她歷經了變故、撐過了很多人無法面對的轉變。而且她是自己一個人辦到的。

我把玩具都丟進箱子裡之後，跟佩妮一起坐在地上，看她在卡通角色每次對她問問題時發出咂舌聲。佩妮的生命才剛開始。有一天，她會淒慘地發現自己身在死亡預報電話的受話端；我們被養大都只是為了有一天要死掉，真是太爛了。是的，我們有生活，或是至少得到機會去生活，但有時候生活會因為恐懼而變得困難又複雜。

「佩妮，我希望妳找到長生不死的方法，這樣妳才能想統治這個世界多久，就統治多久。」

這就是我心目中的烏托邦：一個沒有暴力和悲劇的世界，每個人都擁有永恆的生命，直到他們已經度過了充實又幸福的一生，想要探索未知的下一個境界，生命才會結束。

佩妮用她的牙牙學語回應我。

莉蒂亞從另一個房間來。「你為什麼要在佩妮還在學用西班牙文講『一』的時候祝她長生不老、統治世界？」

「當然是因為我希望她活到永永遠遠啊，」我微笑著說。「並且把所有人都變成她的小嘍囉。」

莉蒂亞挑起眉毛。她彎身過來抱起佩妮，把她塞給我。「給你一個佩妮，告訴我你在想什麼？」❸我們兩個都皺了眉頭。「這笑話永遠都不會好笑，對吧？我一直試著講，希望下一次就會有笑果，但還是沒成功。」

「也許下回再試吧。」我說。

「說真的，你不用告訴我你在想什麼。如果你想要佩妮，就免費送你啦。」她把佩妮轉過來，親親她的眼睛，搔搔她的胳肢窩。「媽咪的意思是說，妳是無價之寶，小佩妮。」然後她低聲咕噥：「史上最貴的無價之寶小佩妮。」她把佩妮放回電視前，繼續打掃。

我和莉蒂亞的關係不像你在電影裡會看到的那種，可能也不像你和你朋友的相處。我們對彼此的愛至死不渝，但我們不會到處宣傳，只是彼此心知肚明。就算在相識八年的兩人之間，這種話講出來有時還是有點尷尬。但今天，我得多說一些。

有一張莉蒂亞和克里斯欽的裝框照片翻倒了，我把它扶好。「克里斯欽一定會超級為妳驕傲，妳知道的。在這個總是做出廉價承諾、沒有任何實質保證、並不總是給好人獎勵的世界裡，妳是為佩妮爭取幸福生活的希望。這個世界不管對待好人和壞人，都可能一樣輕易地把他們惡整一頓。但妳還是如此無私地把自己的歲月奉獻給另一個人。不是每個人都像妳這樣。」

莉蒂亞掃地的動作停了下來。「馬提奧，你沒事跟我講這些花言巧語幹嘛？發生什麼事了？」

我拿著一瓶果汁到水槽邊。「沒什麼事。」一切都會沒事的，她會沒事的。「我可能該出去透透氣。我好累。」

我沒說謊。

莉蒂亞的眼睛挑了一下。「你走之前可以再幫我做一兩件家事嗎？」

我們在客廳裡無聲地移動。她剝掉沾在枕頭上的燕麥，我幫冷氣除塵。她把杯子收去洗，我把佩妮放在門邊的鞋子都整理好。她一面摺衣服，一面偷看正在壓平尿布紙箱的我。「你可以把垃圾拿出去倒嗎？」她問道，聲音有一點點啞。「然後我需要你幫忙，把你跟你爸送佩妮的那個寶寶小書櫃組裝起來。」

「好。」

我覺得她漸漸意會過來了。

她離開客廳時，我把裝著鈔票的信封放在廚房檯面上。

❸ 英文俗語"A penny for your thoughts."原意為「我給一分錢，要你跟我說你在想什麼」，此處用同樣寫為penny的佩妮和一分錢做了雙關。

我把垃圾袋從垃圾桶裡拿出來的時候，就知道我無法再回到這裡來了。我踏上門外的走廊，把垃圾袋丟下滑道。如果我再回公寓裡，我就永遠離不開了。而如果我不離開，我就會死在公寓裡面，可能還會死在佩妮面前，這不是我想留給別人的回憶——魯佛斯的考量真是聰明又周全。

我拿出手機，封鎖了莉蒂亞的號碼，這樣她就不能打電話或傳訊息叫我回去。

我覺得想吐又有點頭暈，慢慢走下樓梯，心裡希望莉蒂亞會理解，同時又好討厭自己，以至於我跑下樓的速度愈來愈快……

魯佛斯
上午6點48分

如果你肯出十元打賭我在自己的末日還會上Instagram，那麼恭喜你，你現在的資產多了十塊錢。

冥王星家族還是沒有回我任何一則訊息、任何一通電話。我沒有太過緊張，因為他們不是末路旅客，但是總可以有哪個人至少告訴我一下警察是否還在追我吧？我打賭大家都睡死了。如果你在我面前擺一張床，我也會睡著，或是擺張扶手椅也行，可是門廳裡這張最多只坐得下兩個人的長椅就肯定不適合了。我不會睡成胚胎姿勢，那不是我的風格。

我在刷Instagram，期待會在麥爾肯的帳號（@manthony012）看到新貼文，但是自從九個小時前他上傳一張寫著他名字的可口可樂瓶子的無濾鏡照片之後，就沒有任何更新。在百事和可口可樂的大戰中，他是百事派的，但他還是會因為在雜貨店冰箱裡看到自己的名字而高興到情不自禁。在那場鬥毆前攝取的咖啡因讓他更加躁動。

我實在不該把我們跟派克鬧的這樁事叫作鬥毆。照我把派克死壓在地上的方式，他根本連回我一拳的機會都沒有。

我發了一則訊息給艾美說抱歉，雖然我不是完全真心誠意，因為她那該死的小男朋友竟然在我自己的喪禮上找警察抓我。與此同時，馬提奧用危險的高速從樓梯狂奔而下，他像子彈般衝向大門，我連忙趕上去。他的眼睛紅紅的，呼吸粗重，好像在強忍大哭一場的衝動。

「你還好嗎？」他明明就不好，這樣問太蠢了。

「不好。」馬提奧推開大門。「我們趁莉蒂亞還沒追下來之前快走吧。」

相信我，我也恨不得快點動起來，但是我可不接受他這個無聲模式。我牽著腳踏車走在他旁邊。「拜託，心裡有什麼事就說出來吧。不要一整天悶著。」

「我沒有一整天！」馬提奧大吼，彷彿他終於為自己即將死於十八歲而憤怒。原來他還是有火力四射的一面。他停在路邊坐下來，這是個莽撞粗心的舉動，他可能在等哪台車撞到他、讓他從這悲慘的命運中解脫吧。

我把腳踏車腳架往下踢，手臂伸到馬提奧臂下把他往上拉。我們離開路邊，靠在牆上，他全身顫抖，好像根本不想待在外面這裡；他頹然倒地時，我也跟他一起。馬提奧摘下眼鏡，將額頭靠著膝蓋。

「聽我說，我不會對你發表什麼慷慨激昂的演說，我沒那個本事，也沒那個打算。」我得表現得更好一點。「但是我懂你感覺到的這種挫敗。謝天謝地，你還有得選擇。如果你想回去找你爸或是你的好朋友，我都不會阻止你。如果你想走人，我也不會追著你跑。今天是你的最後一天，盡情照你想要的方式活吧。如果你需要幫忙，有我在。」

馬提奧抬起頭斜眼看著我。「在我聽起來挺慷慨激昂的。」

「對。是我不好。」我比較喜歡他戴眼鏡的樣子，但他不戴也滿好看的。「你接下來想做什麼？」如果他想走人，我會尊重，我會自己想好我的下一步。我要去搞清楚冥王星家族現在是什麼狀況，但我不能溜回去。我不知道那裡有沒有人監視。

「我想繼續前進。」馬提奧說。

「很好。」

他把眼鏡戴回去。我不知道該怎麼講，如果你要說他這樣象徵著用全新的眼光看待世界什麼的，儘管自由聯想吧。我只是很慶幸不用獨自度過這一天接下來的時光。

「對不起，我剛剛大吼大叫的，」馬提奧說。「我還是覺得不說再見是對的，但這件事也會讓我後悔一整天。」

「我也沒機會跟我朋友說到再見。」我說。

「你的喪禮發生什麼事？」

我口口聲聲講要誠實至上、有話直說，但我也沒對他完全坦白。「儀式被打斷了。在那之後我就跟我朋友失聯了。我希望他們會聯絡上我，趁我還沒……」我在路邊車子駛過時按按手指關節。「我想讓他們知道我很好，不用瞎猜我是否還在人世。但我不能就這樣一直傳訊息給他們，傳到我真的出事為止。」

「你可以創一個『倒數客』帳號，」馬提奧建議道。「我追蹤了很多人，我可以幫你。」

我相信他可以。但照這個邏輯，如果我看的A片夠多，我就會變成性愛男神了。「別，那種東西不是我的風格。我甚至沒在用Tumblr和推特，就只有Instagram，用來貼攝影的東西，才創幾個月而已。Instagram超優的。」

「我可以看你的帳號嗎？」

「當然。」

我遞了手機給他。

我的帳號設成公開，因為我不在乎會被陌生人偶然看到，可是眼睜睜看著一個陌生人瀏覽我的照片，那又另當別論了。我覺得很赤裸，好像走出淋浴間的時候有人盯著我用毛巾圍住下體。我之前的照片因為光線太差顯得非常業餘，但是照片沒有編輯的選項，我想也許這樣最好吧。

「為什麼全部都是黑白照片？」馬提奧問。

「我的帳號是我搬進寄養家庭之後沒幾天創的。我朋友麥爾肯幫我拍了這張照片，你看……」我靠過去，滑到我一開始發的一串照片，有點介意我的指甲髒髒的，但一秒之後就不管了。我點了那張我坐在冥王星的床上的照片，當時我的雙手掩面，攝影者是麥爾肯。「那是我在那裡的第三或第四天。我們在玩桌遊，然後我突然在腦袋裡恐慌起來，因為玩樂讓我有罪惡感──不，何只是玩樂，我根本是玩瘋了，而那讓我的罪惡感更嚴重。我一言不發地走掉，麥爾肯跟來找我，因為我離開太久，然後他就拍到我崩潰的樣子。」

「為什麼？」馬提奧問。

「他說他喜歡追蹤一個人的成長，不只是身體上的。他把自己嫌得很難聽，但他其實聰明得要命。」但事實上，麥爾肯事隔幾週給我看那張照片時，我踹了他的膝蓋一腳。變態。「我的照片都是黑白的，因為他們死後，我的生活就沒有了顏色。」

「你在過自己的生活，但是也不想忘了他們活過的人生？」馬提奧問。

「完全沒錯。」

「我以為用 Instagram 的人只是為用而用。」

我聳聳肩。「我比較老派。」

「你的照片看起來是很老派，」馬提奧說。他動了一下，轉過來睜大眼睛看我。他第一次對我微笑了，呦，這可不是你會在末路旅客臉上看到的笑容。「你不需要『倒數客』APP，你可以把所有東西都貼在這裡。你還可以創個主題標籤什麼的。但我覺得你應該貼彩色的生活照……讓冥王星家族記得這樣的你。」他的微笑消逝了，畢竟今天這個日子的本質仍是如此。「算了，這很蠢。」

「並不蠢，」我說。「我其實挺喜歡這個主意。冥王星家族可以回顧我跟他們一起生活時的黑白照片，就像在看一本比較酷的歷史書，但我的末日會是無濾鏡效果，跟過去形成對比。你可以拍一張我坐在這裡的照片嗎？如果這是我的最後一則貼文，我想要大家看到我活著的樣子。」

馬提奧再度微笑，彷彿要被拍的人是他。

他起身將相機鏡頭對著我的方向。

我沒有擺姿勢，我只是坐在原地，背靠著牆，就在我說服我的最終摯友繼續冒險的地點，他也在這裡讓我想到要為我的個人帳號添加一點生命力。我沒有微笑。我一向不太笑，現在才開始笑也有點怪怪的。我不想讓他們像是看著一個陌生人。

「拍好了，」馬提奧說。他將手機拿給我。「如果你真的很不喜歡，我可以重拍一張。」

我不太在乎照片審核權那一套，我沒有那麼自戀。但那張照片出人意料地拍得很優。馬提奧捕捉到了我同時哀傷又驕傲的樣子，就像我父母在奧莉維亞高中畢業那天的神情。我的腳踏車前輪也入鏡了。「謝啦。」

我上傳了照片，沒加濾鏡。我一度考慮要加上「＃末日」這個標籤，但我不想要虛情假意的「噢不，祝安息！！！」回應，或是網路酸民祝我「死無全屍！！！」我生命中最重要的人都已經知情了。

我希望他們會記得的我，不是稍早那個為了不重要的理由就往別人臉上揍的傢伙。

派崔克・派克・蓋文
上午7點8分

綽號派克的派崔克・蓋文沒有接到死亡預報的電話，因為今天不是他的死期，雖然在襲擊他的人接到電話之前，他本來預期自己會先接到預告。

他現在在家裡，拿著一塊冷凍漢堡排冰敷瘀傷處。用這個冰敷很臭，但是讓他的偏頭痛消退了。

派克不應該把艾美丟在街上，但她不想看到他，他也對她不太高興。他用舊手機打給艾美，但是他們吵架吵沒多久，她就累得要昏睡過去，而且她還說她要設法再見魯佛斯一面，陪他度過末日，這實在讓派克很難不掛她電話。

派克從前跟魯佛斯這樣的人打交道時，有一條行動守則。

一條在有人想要踐踏你的時候會生效的守則。

派克睡覺時有很多事要掛心。但如果派克睡醒時，魯佛斯還在人世，那麼魯佛斯的處境可就不會太妙了。

魯佛斯

上午7點12分

我的手機震動了，我期待是冥王星家族來了消息，但是隨後響起的一聲提示音粉碎了我的希望。馬提奧看看他的手機，也收到相同的通知——我們今天再次一起收到了一樣的訊息：「精采一刻體驗設施，距離您一點二英里。」

我皺起臉。「那是什麼鬼？」

「你沒聽過嗎？」馬提奧說。「去年秋天開幕的。」

「沒，」我一面沿著街區往前走，半在聽他說話，半在納悶冥王星家族為何還沒聯絡我。

「它有點像喜願基金會[4]，」馬提奧說。「但所有的末路旅客都可以去，不是只有小孩。他們設了低成本的虛擬實境體驗站，讓你可以享受到高空跳傘或是開賽車那種瘋狂的刺激，以及末路旅客在末日無法安全參與的其他極限活動。」

「所以它就是個低配版的喜願基金會？」

「我不覺得有那麼糟啦。」馬提奧說。

我再看了一次手機，確認沒有漏接任何訊息。我踏出人行道邊緣時，馬提奧的手臂撞上我的胸口。

我往右看，他也往右看；我往左看，他也往左看。

沒有來車。路上一片死寂。

「我知道要怎麼過馬路，」我說。「我也算是走了一輩子的路了好嗎。」

「你在看手機。」馬提奧說。

「我知道路上沒車。」我說。過馬路這回事現在已經是直覺性的動作，如果沒有車，你就可以走；如果有車過來，你就不要走——否則你很快就要安心上路了。

「對不起，」馬提奧說。「我希望這一天可以不要太快結束。」

他很緊張，我知道。但到了某個程度，他也需要放手。

「我懂。但是走路這種事嘛？我沒問題的。」

穿過空蕩的馬路之前，我再度往左往右看了看。我這個看過自己全家在車子裡淹死的人，才應該要緊張好嗎？我還沒有克服內心的悲慟，不認為自己未來幾年內會有辦法輕鬆自在地搭乘汽車，但是反觀麥爾肯，雖然他因為家裡失火而失去雙親，他還是很喜歡壁爐。我就沒有這種本事。可是，我也不會像馬提奧那樣一路左看右看、右看左看，直到我們踏上對面的人行道，好像有百分之九十九的機率會憑空出現一輛車在零點五秒內把我們撞飛。

馬提奧的手機響了。

---

❹ Make-A-Wish Foundation，為重病兒童達成心願的美國非營利組織。

「精采一刻派人打電話來關心你了嗎？」我問。

馬提奧搖頭。「莉蒂亞用她阿嬤的手機打來。我該不該……」他把手機放回口袋裡，沒有接聽。

「這招不錯，」我說。「至少她有想找你。我那些朋友就連個屁都沒放。」

「再試試吧。」

有何不可？我把腳踏車停在牆邊，撥了FaceTime給麥爾肯和塔格。兩個人都沒接。我再撥給艾美，就在我打算掛斷、把自己比中指的照片寄給冥王星家族的所有人時，艾美接聽了。她呼吸短促，眼神疲累，前額黏著頭髮。她人在家裡。

「我睡死了！」艾美搖著頭說。「現在幾點了……你還活著。你……」她跟我的眼神接觸中斷了一秒；她盯著馬提奧入鏡的半邊臉看。她靠了過來，好像把手機鏡頭當成窗戶，想把頭探出窗外看得仔細點。就像我十三歲的時候，會翻著雜誌看那些穿裙子的女孩和穿短褲的男人，並且把頁面轉斜，想看看底下有什麼。「那個人是誰？」

「這位是馬提奧，」我說。「他是我的最終摯友。」馬提奧揮揮手。「這是我朋友艾美。」我沒有補充說這個女生曾經把我的心重摔在地，因為我不想讓大家不自在。「我一直在打電話找妳。」

「對不起。你走之後一切都超混亂，」艾美一面說，一面用握拳的手揉眼睛。「我兩個小時前才到家，手機整個沒電，還沒充電到重新開機我就睡著了。」

「到底發生了什麼事？」

「麥爾肯和塔格被逮捕了，」艾美說。「他們管不住嘴巴，而且因為他們跟你一夥，派克就讓他們揹黑鍋。」

我快步從馬提奧身邊走開，叫他在原地等我。他看起來很害怕；難怪他要懷疑我是個快要進棺材的爛人。「他們還好嗎？他們在哪個派出所？」

「我不知道，魯佛，但是你不該去找他們，除非你想要在拘留所裡度過最後一天，誰知道你在那裡會遇上什麼事。」

「這是哪門子狗屁。他們什麼也沒做啊！」我掄起拳頭要往車窗捶下去，但這不是我會做的事，我發誓不是，我不會到處砸東西揍人。我只是對派克失手了而已。「那麼派克怎樣了？」

「他跟著我回家，但我不想跟他講話。」

「妳跟他一刀兩斷了，對吧？」

她沒有回答。

如果我們是講電話、沒開視訊，她臉上對我擺出的表情就不會讓我這麼失望。我可以假裝她在點頭，就算還沒跟他分手，也在準備要提了。但我看到的不是這樣。

「這很複雜。」艾美說。

「妳知道嗎，小艾，妳跟我分手的時候就不覺得有那麼複雜和不知所措。這真是爛透了，因為妳棄冥王星家族於不顧，就為了那個害他們被關的小白痴，這真是史上最可惡的背刺。我們應該是最緊密的朋友，我馬上就要登出人生了，而妳竟然告訴我說妳要讓那個幹他媽的混蛋留在妳的人生裡？」這個女生不只把我的心重摔在地，她自己的心也早就被狗吃了。「他們兩個是無辜的。」

「魯佛斯，他們不是完全無辜的，你也知道，對吧？」

「是喔，拜拜。我要去找我真正的朋友了。」

艾美求我不要掛斷，但我還是狠狠掛了下去。我不敢相信，我的兄弟為了我幹的蠢事而進了大牢；我也不敢相信她竟然沒早一點告訴我。

我轉過身，要把整件事告訴馬提奧，但他不見了。

艾美·杜波瓦

上午7點18分

艾美放棄了，不再打給魯佛斯。魯佛斯不接她電話，有三個可能的原因，從她最希望的到最害怕的排序如下：

一、他現在不想理她，但是之後還是會回電。

二、他封鎖了她的號碼，沒興趣跟她聯絡。

三、他死了。

艾美去魯佛斯的Instagram上給他每一張照片都留了言，請他回電話。她幫手機充了電，把音量調大，換上一件魯佛斯的舊T恤和她的短褲。

加入冥王星家族之後，艾美真的很熱衷運動。她一開始偷溜進寄養家長房間裡時，是要找法蘭西斯（他給她的歡迎真是冷淡到不行）有沒有什麼東西好偷，但她反而看到了珍·羅禮放在床邊的啞鈴，就試著舉了一下。她的親生父母因為搶劫了一間家庭經營的電影院而入獄，他們啟發了她的竊盜癖，但現在艾美發現鍛鍊身體比起偷別人的東西更讓她覺得自己充滿力量。

艾美已經在想念她跟騎單車的魯佛斯一起跑步的時光。

她永遠會記得她教他用正確方式做伏地挺身的時候。

她不知道接下來會發生什麼事。

馬提奧

上午7點22分

我在街上一直跑，跑得離魯佛斯遠遠的。

我的最終摯友現在沒了，但也許如果一個人本來就過得孤零零，在末日獨自面對死亡也不是那麼糟。

我不知道魯佛斯是捲入了什麼事，才導致他的朋友被逮捕。也許他想利用我提供不在場證明。但現在我走了。

我停下來喘氣。我坐在一間托兒所的門階上，用手掌按著隱隱作痛的肋骨。

也許我該回家，打打電動，多寫些信。我甚至希望自己還在讀高中，在上卡蘭普卡老師的課，因為他總是讓我覺得自己被看見。不過，跟一群老是一面傳簡訊一面調合化學藥品的小鬼共用實驗室，實在太嚇人了，就算在去年秋天、我的末日還沒到來時也一樣。

「馬提奧！」

魯佛斯沿街騎著他的腳踏車過來，頭盔掛在把手上晃來晃去。我起身繼續移動，但是無濟於事。魯佛斯在我旁邊停車，左腿從座椅後方跨過，然後跳下車來。魯佛斯抓住我的手臂，腳踏車應聲倒地。他看著我的眼睛，我發現他不是生氣，而是害怕，於是我十分肯定，他不會是我送命的原因。

「你瘋了嗎？」魯佛斯問。「我們不應該走散的。」

「你也不應該變成一個我完全不認識的人，」我說。我們已經共度了幾個小時，我跟他在他最愛的餐廳吃過飯，他告訴了我他原本想成為什麼樣的人。「你很明顯在躲警察，你卻完全沒有跟我提過這件事。」

「我不知道警察是不是真的在找我，」魯佛斯說。「他們應該知道我是末路旅客，我也不是幹了搶銀行那種大事，所以他們不會派整個大隊來抓我的。」

「你做了什麼事？」

魯佛斯放開我，看了看四周。「我們去找個地方說話。我會完完整整告訴你。害死我家人的車禍，還有我昨晚幹的蠢事。絕不隱瞞。」

「跟我來。」

要去哪裡由我來選。我基本上信任他，但是在我知道全盤真相之前，我不想再跟他完全獨處。我們沉默地走進中央公園，和早起的人們擦身而過。公園裡已經有夠多的單車騎士和慢跑者，讓我感到安心，魯佛斯也跟我保持距離，走在草坪上，那裡有一隻小黃金獵犬追著主人跑來跑去。牠讓我想起我接到死亡預報時在看的一則「倒數客」貼文，雖然我知道現在這隻跟貼文裡的不是同一隻狗。

我起先保持沉默，因為我想要彼此在魯佛斯開始解釋前先沉澱一下，但我們愈往公園深處走，我就愈安靜，因為心中充滿純然的驚嘆，尤其是我們撞見一尊《愛麗絲夢遊仙境》的角色銅像時。我朝愛麗絲、白兔和瘋帽匠走去，暗綠色的落葉在我腳下被踩碎。

「這個在這裡多久了啊？」我難為情地問。我相信它一定不是新的。

「我不知道。可能很久很久了吧，」魯佛斯說。「你沒看過？」

「沒。」我抬頭看著坐在巨型蘑菇上的愛麗絲。

「哇，你在自己住的城市裡倒像個觀光客。」魯佛斯說。

「不，觀光客都比我更了解這個城市呢。」我說。這是個完全出乎意料的發現。我和爸爸比較喜歡奧席亞公園，但我們也在中央公園消磨過不少時間。他喜歡莎士比亞公園劇場。我不太愛看戲，但我跟他去看過一場，覺得很好玩，因為劇場讓我想到我喜歡的奇幻小說裡那種競技場，還有電影裡的羅馬角鬥士。真希望我小時候就發現了這些銅像，我就可以爬到蘑菇上，和愛麗絲一起想像我自己的冒險。

「你今天發現了，」魯佛斯說。「這也是好事一件。」

「你說得對。」我還是很驚訝，它竟然一直都在這裡，因為講到公園的時候，你想到的都是樹、噴泉、池塘和遊樂場。一座公園可以這樣讓我意外，是一件挺美好的事，也讓我希望我可以同樣為這世界帶來意外的驚豔。

但並非所有的意外都值得歡迎。

我坐在蘑菇上，旁邊是那隻白兔。魯佛斯坐在瘋帽匠身邊。他的沉默有種尷尬感，感覺就像我們在歷史課上回顧「前死亡預報時代」的重大事件的時候。博蘭老師總說死亡預報服務讓我們「進步了多少」，他會出作業，要我們重新想像那些重大死傷事件——瘟疫、世界大戰、九一一恐攻等等——如果能事先得到死亡預報的警告，人們會有什麼行動。說實在的，那些作業讓我為自己生長於一個有革新發明的時代而充滿罪惡感，就像想到過去常見的致命疾病現在已經有藥可治一樣。

「你沒有謀殺任何人，對吧？」我終於問了。只有一個答案可以讓我留下來。別的答案會讓我去報警，讓他在有機會殺掉其他人以前被抓起來。

「當然沒有。」

我把標準設得太低了，他要通過也是不難。「那是怎樣？」

「我揍了人，」魯佛斯說。他直視著前方停在路邊的腳踏車。「是艾美的新男朋友。他亂講了一些關於我的話，我被惹毛了，因為我感覺自己的人生在好多層面上都要完了。我感覺不被需要、充滿挫折、茫然失措，我得找個人來出氣。但那不是正常的我。那是異常狀況。」

我相信他。他不是冷血禽獸。冷血禽獸不會跑到你家來幫助你好好生活，牠們會把你困在床上、生吞活剝。「人都會犯錯。」我說。

「但被懲罰的卻是我的朋友，」魯佛斯說。「他們對我最後的記憶，會是我在自己的喪禮上從後門跑掉躲警察。我丟下了他們……我家人死後的這四個月，我都活在被他們拋棄的感受之中，結果一轉眼我就對我的新家人做了一樣可惡的事。」

「你不用跟我多講車禍的事情，如果你不想的話。」我說。他已經夠內疚了，就像我不會強迫街友跟我分享他們的故事、據此決定他們值不值得我的善心，我也不需要魯佛斯再拚命贏得我的信任。

「我是不想說，」魯佛斯表示。「但我必須要說。」

魯佛斯

上午7點53分

我很幸運有個最終摯友，尤其是當我的兄弟被關、前女友被我封鎖的時候。我有機會跟人談談我的家人，讓他們的回憶繼續活下去。

天上的雲層愈來愈厚，稍強的風朝我們吹來，但還沒有雨滴落下。

「我爸媽在五月十日醒來接到死亡預報，」我已經感覺撕心裂肺。「奧莉維亞和我聽到電話聲的時候正在玩牌，我們跑進他們的房間，媽媽還在講電話，努力保持冷靜，爸爸則在房間另一頭，一邊用西班牙語咒罵一邊哭。那是我第一次看到他哭。」那真是沉痛的一幕。他也不是那種超級大男人，但我以前總覺得只有女孩子才會哭哭啼啼，那樣想真是太蠢了。

「然後死亡預報的通報員請我爸聽電話，我媽就崩潰了。這就是那種讓人想說『這一定只是噩夢吧』的爛事。沒有什麼事比看著自己爸媽嚇瘋更可怕的了。我很驚慌，但當時我知道我還有奧莉維亞。」我不應該被孤零零留下來的。「然後，死亡預報叫奧莉維亞聽電話，我爸就掛斷了，把電話摔出去。」我猜摔電話這檔事是我們家的遺傳吧。

馬提奧想要問些什麼，但是打住了。

「說吧。」

「沒差，」馬提奧說。「不重要啦。好吧，我是在想，你當時會不會擔心他們那天要通知的最後一個人是你，你卻不知道。你有去查線上資料庫嗎？」

我點頭。死亡預報的網站在這方面是挺管用的。那天晚上，我輸入我的社會安全號碼，在資料庫裡沒有找到我的名字，感到一股詭異的放心。「我家人死了，卻沒有帶上我，這樣看起來一點也不對。可惡，我講得好像我被留下來不能參加家庭度假，但是他們跟我共度他們的末日時，我已經在想念他們了。奧莉維亞更是連看都不肯看我。」

我懂。我能活下去不是我的錯，她會死掉也不是她的錯。

「你們感情很好嗎？」

「超好。她比我大一歲。我爸媽本來在存錢，讓我跟奧莉維亞今年秋天可以一起去念加州的安提克大學。她已經拿到部分獎學金，但是留在這裡的社區學院，不想跟我分開，等我跟她一起去。」我的呼吸緊迫，就像之前撞倒派克的時候一樣。我爸媽曾想說服奧莉維亞放下我，自己先去洛杉磯，不要屈就在她不喜歡的城市裡念書，但她拒絕了。每天早上、下午、晚上，我都老是在想，如果她聽了爸媽的話，她現在可能還活著。她只想跟我一起展開新生活。「我第一次出櫃就是跟她說。」

「噢。」

我不知道他是在假裝沒從我的最終摯友自介裡看到這點，還是被我跟我姊的這段往事深深感動，還是說他在自介裡漏看了這一條，而且他是個會管別人跟誰接吻的混帳。我希望不是。我們現在絕對是朋友了，而且這不是勉強得來的關係。我在幾個小時前認識了這傢伙，因為某個地方的某個新創設計師開發了這款促進人與人連結的APP，我不想切斷這份連結。

「噢什麼噢？」

「沒事。真的。」

「我可以問你一件事嗎？」我們趕緊把這問題處理掉吧。

「你有跟你爸媽出櫃過嗎？」馬提奧問。

用問題來迴避問題，真是太經典了。「有，在我們一起度過的最後一天。我沒辦法再拖延下去了。」我爸媽不曾像在他們的末日當天那樣擁抱過我。我真的很自豪，我勇敢說了出來，讓我們共度了那一刻。「我媽非常難過，因為她永遠沒機會見到未來的媳婦或子婿。我還是有點不自在，所以我只是笑了笑，然後問奧莉維亞有沒有想要我們大家一起做些什麼事，希望可以讓她少討厭我一點。我爸媽想把我支開。」

「他們只是想保護你，對吧？」

「對，但我想跟他們共度每一分鐘，就算那代表要承受看著他們全部在我面前死掉的回憶，」我說。「我不知道還能怎麼做。」我當時的愚蠢也跟他們一起死去了。

「後來發生了什麼事？」馬提奧問。

「你不需要知道所有的細節，」我說。「不知道的話可能會比較開心。」

「如果你得背負這些事，我也想分擔。」

「這可是你自己要求的。」

我跟他說了一切：奧莉維亞想要去阿爾巴尼附近的小屋最後一次，那是我們每年都去幫她慶生的地方。上州方向的路面很滑，我們的車摔進了哈德遜河。我坐在前座，因為我覺得如果我爸媽沒有同時坐在前面，我們就有更高的機率逃過正面相撞的車禍，結果那根本沒差。「只是換湯不換藥。」我跟馬提奧說，然後繼續描述輪胎尖銳的摩擦聲、我們衝破護欄滾進河裡的過程……

「我有時候會忘記他們說話的聲音，」我說。雖然只過了四個月，但這是真的。「他們的聲音跟我身邊其他人的混在一起，但我永遠忘不了他們的尖叫。」光是想到，我的手臂就開始起雞皮疙瘩。

「你不用繼續說了，魯佛斯。對不起，我不應該鼓勵你繼續談這件事。」

馬提奧知道事件的結局，但是實情不只如此。我打住，因為他已經有了基本的概念，而且我有點哭出來，得冷靜一下，免得把他嚇壞。他搭了一隻手在我肩上，拍拍我的背，讓我想到那些傳訊息、上臉書想要安慰我的長輩，他們不知道該怎麼說或怎麼做，因為他們不曾以這種方式失去過身邊的人。

「你做得很好，」他補上一句。「我們聊聊別的吧，像是……」馬提奧掃視我們的周圍。「鳥、或是破舊的大樓、或是——」

我挺直身子。「反正差不多就是這樣了。我最後跟麥爾肯、塔格和艾美走到一起。我們變成了冥王星家族，他們正是我需要的那種夥伴——我們都迷失了，而且都能接受一時之間沒有被人找到。」我用握拳的手擦乾眼淚，轉向馬提奧。「現在換成你要陪我到最後了。別再跑掉了，要不然你可能會被綁架，然後變成某部垃圾驚悚片的取材靈感。」

「我哪裡都不會去，」馬提奧說。他的笑容很和善。「接下來要幹嘛？」

「什麼事都行。」

「我們要去享受精采一刻嗎？」

「我以為我們已經有很精采的很多刻了，但有何不可呢。」

馬提奧
上午8點32分

前往精采一刻體驗站的路上，魯佛斯停在一間運動用品店前面。櫥窗裡的海報上有騎單車的男人、戴滑雪面罩的女人，還有並肩跑步的一男一女，面帶明星般的笑容，一滴汗也不流。

魯佛斯指著那個戴滑雪面罩的女人。「我以前總是會傳滑雪者的照片給奧莉維亞。我們每年都會去溫德姆滑雪。你一定會覺得我們一直去同一個地方實在很蠢。我們第一次去的時候，我爸撞到石塊，鼻梁斷了；雖然死亡預報沒有打電話來，我們還是很驚訝他大難不死。第二次去是我媽扭到腳踝。兩年前，我滑雪下坡的時候跌得腦震盪。我煞車技術超爛，差點就要撞到別的小孩，所以我在最後一秒緊急往左轉，撞上一棵樹，簡直像他媽的卡通角色。」

「你說得沒錯，」我說。「我不懂你們為什麼還一直去。」

「我住院之後，奧莉維亞就堅決反對我們再舊地重遊。但我們每次一有機會，還是繼續開車去溫德姆，因為我們好愛那裡的山和雪，也愛在小屋裡的壁爐邊玩遊戲。」魯佛斯繼續走。「我希望這地方跟那裡一樣安全又好玩。」

幾分鐘後，我們到了精采一刻體驗站。魯佛斯停下來拍了一張入口的照片，還有門上寫著「零風險的刺激體驗！」的藍色橫幅。他把全彩的照片上傳到Instagram。「你看。」他將手機遞給我，畫面停在他前一張照片的留言區。「大家在問我為何這麼早起來。」

有兩則留言是艾美回的，在求他接電話。「你跟艾美怎麼了？」

他搖搖頭。「我受夠她了。她男朋友害得麥爾肯和塔格為了我做的事進監獄，她竟然還繼續跟他交往。她太沒義氣了。」

「不是因為你對她還有感情嗎？」

「不是。」魯佛斯說。他把腳踏車鎖在停車計時器柱子上。

不管他有沒有說實話都沒差。

我擱下這個話題，我們走進了體驗站。

我沒想到這地方看起來會像間旅行社。櫃檯後方的牆壁半是夕陽橘、半是午夜藍，掛著人們從事各種不同活動的裝框照片，像是攀岩和衝浪。我猜這樣看起來比較順眼吧。櫃檯後方有一位二十多歲的黑人女子，在筆記本裡寫東西，但一看見他們就把本子收起來了。她穿著一件黃色馬球衫，名牌上寫著「迪雅蕊」。我看過這個名字，可能是在哪本奇幻小說裡吧。

「歡迎光臨精采一刻體驗站，」迪雅蕊說，語氣沒有太雀躍，也沒有太疏遠，慎重得恰到好處。她甚至沒有問我們是不是末路旅客。她把一本活頁夾推到我們面前。「目前『熱氣球之旅』和『與鯊魚共游』要等半個小時。」

「到底誰會……？」魯佛斯轉頭看我，然後又轉回去看迪雅蕊。「真的有人覺得自己的生命中錯過了『與鯊魚共游』這種事嗎？」

「這是個很受歡迎的選項，」迪雅蕊說。「如果你知道鯊魚不會咬你，你難道不會想要跟牠們一起游泳嗎？」

魯佛斯把臉頰往內縮。「我不喜歡在大面積水域搞這種事。」

迪雅蕊點點頭，彷彿她對魯佛斯的往事瞭如指掌。「沒問題。如果你們有任何問題，我都在這裡待命。」

魯佛斯和我找了個座位，翻閱起那本活頁夾。除了「熱氣球之旅」和「與鯊魚共游」之外，體驗站提供的還有高空跳傘、賽車、跑酷、溜索、騎馬、低空跳傘、泛舟、滑翔、攀岩或攀冰、自行車下坡賽、風浪板，和其他成千上百種選項。我好奇這門生意會不會擴展到虛構的刺激體驗，例如逃離惡龍、與獨眼巨人戰鬥、坐飛毯。

我們沒有機會知道了。

我甩開這個念頭。「你想試山路自行車賽嗎？」我問。他喜歡騎車，而且這也不牽涉到水上活動。

「不了，我要來點新鮮的。你覺得高空跳傘怎樣？」

「好危險，」我說。「如果出了什麼岔子，你可要把我的故事流傳下去。」如果我死在一個保證提供零風險刺激體驗的地方，我可一點也不會驚訝。

「沒問題。」

迪雅蕊給我們一份長達六頁的免責同意書，這在專門服務末路旅客的場所很尋常，但更尋常的狀況是，我們就只隨便瀏覽過那些表格，因為就算出了什麼差錯，我們也不像是有機會把他們告上法院的樣子。有太多怪異的意外隨時都可能發生。我們活在人世的每一分鐘都是個奇蹟。

魯佛斯的簽名很潦草，我只看得出前兩個字母，因為其他的部分變成了一堆看起來像銷售紀錄折線圖的曲線，規律地有起有伏。「好的。我簽名放棄了死後當奧客抱怨的權利。」

迪雅蕊沒有笑。我們各付了兩百四十元，他們敢開這個價錢，無非是因為我們這些人的錢就算擺在戶頭也是浪費。「跟我來。」

長長的走道讓我想起我爸爸工作的倉儲中心，只不過他那裡的倉位中不會傳出興奮的尖叫和笑聲，至少我沒有聽過（開玩笑的）。這些小空間就像卡拉ＯＫ包廂，但體積是兩倍或甚至三倍大。我們在走道上前進時，我像彈珠台裡的彈珠一樣走閃電形路線，靠近一扇扇小窗偷看，每個房間裡都是戴著目鏡的末路旅客。有些坐在會震動的賽車裡，但並沒有在賽道上奔馳。有一位末路旅客「攀岩」的同時，房間裡有體驗站的員工在傳簡訊。一對情侶在熱氣球上接吻，但熱氣球不是飄浮在空中，而是僅僅離地六呎。有個沒戴目鏡的男人哭著從背後抱住一個大笑的女孩，他們騎在馬背上，我看不出哪一個是末路旅客，或者他們兩人都是，但這景象太讓我傷心了，所以我不再往房間裡看。

我們的房間不大，但是有巨大的出風口，牆上靠著安全軟墊，一位教練穿得像飛行員，捲捲的棕髮往後束成馬尾。我們穿戴上一模一樣的服裝和扣帶，三個人看起來就像在cosplay《X戰警》，魯佛斯請那個叫作瑪德琳的女生幫我們拍照。我不知道該不該跟他勾肩搭背，所以就學著他的樣子雙手扠腰。

「拍得還可以嗎？」瑪德琳一面問，一面拿著手機給我們。

我們看起來嚴肅認真，彷彿非得消滅世上所有醜惡，我們才願意安息。

「超讚。」魯佛斯說。

「我可以在你們跳傘的時候多拍幾張！」

「那就太棒了。」

瑪德琳向我們講解這個活動如何進行。我們戴上目鏡，虛擬實境體驗就會開始，這個房間本身也會發揮讓我們感覺盡可能真實的功能。瑪德琳把我們的扣帶掛在吊鉤上，我們爬上一道梯子，來到一個看起來像跳水板的平面上，只是我們離地面僅僅六呎遠。

「準備好以後，就按下你目鏡上的這個鈕，然後跳下來，」瑪德琳說著把安全軟墊拉到我們下方。「你們不會有事的。」她開啟強力風機，室內頓時充滿呼嘯的風聲。

「準備好了嗎？」魯佛斯一面用嘴型對我說，一面把目鏡戴到眼睛上。

我也一樣戴好目鏡，點點頭。我按下鏡片旁的綠色按鈕，虛擬實境啟動了。我們在一架飛機上，機艙門開著，一個3D立體的男人影像對我比出大拇指，示意我跳向開闊的藍天。我不敢跳，不是不敢跳出飛機，而是不敢跳進面前真實存在的開放空間。我的扣帶可能會斷裂，雖然我感覺自己百分之百地安全。

魯佛斯大叫了幾秒鐘，降到我下方幾呎遠處，然後就安靜了。

我把目鏡從眼睛上拿開，希望不會看到扭斷脖子的魯佛斯躺在地上。他懸在空中，被風機的氣流吹來吹去。我不應該這樣偷看魯佛斯，但我得要知道他沒事，就算這樣會有點破壞體驗的效果。我還是想要享受魯佛斯體驗到的那股刺激，所以我把目鏡戴回去，倒數三秒，然後就跳了。我的手臂交抱在胸前，感覺全身毫無重量，就像衝下一條滑道，而不是在雲層之間自由墜落，雖然我的確不是真的在跳傘。我展開雙臂，想要碰到雲朵的邊緣，彷彿我真的可以抓著一朵雲像滾雪球一樣在手中搓揉。

兩分鐘後，魔力漸漸消失了。我看到愈來愈近的綠野，我知道我應該慶幸我快要落地了，我又快要可以安全了，但是從來也就沒有過真正的危機感。這並不刺激，太安全了。

這正是我原本要的。

虛擬實境中的馬提奧跟我一樣降落了，我的腳陷進軟墊。我為魯佛斯擠出笑容，他也報以微笑。我們感謝瑪德琳的協助，脫下飛行員裝備，自行走出房間。

「挺好玩的，對吧？」我說。

「我們應該去排『與鯊魚共游』的。」魯佛斯在我們離場途中經過迪雅蕊時說道。

「謝謝妳，迪雅蕊。」我說。

「恭喜你們體驗了精采一刻，」迪雅蕊揮著手說。因為活著而被稱讚的感覺好奇怪，但我想她也不太好慫恿我們再玩一次。

我向她點點頭，跟著魯佛斯出去。「我以為你玩得很開心！你還歡呼了。」

他幫腳踏車解開鎖鍊，很不幸車沒被偷走。「跳的部分算是啦。後來就遜掉了。你真的喜歡這個嗎？我不會批評你——好吧，我會。」

「我跟你的感覺一樣。」

「這可是你的主意，」魯佛斯說著牽上他的腳踏車沿街前行。「你今天別再出意見了。」

「對不起。」

「我開玩笑的啦。挺有趣的，但這種地方追求的是低死傷率，沒有風險的刺激就不真的刺激了。我們花大錢之前應該先看看評論的。」

「網路上的評論不多，」我說。如果你的服務是專為末路旅客提供的，本來就不能期待會有多少人留評論。我是說，我無法想像哪個人會把寶貴的時間拿來讚美或吐槽這個基金會。「而且我真的很抱歉。不是因為我們浪費了錢，而是因為浪費了時間。」

魯佛斯停下腳步，拿出手機。「這不是浪費時間。」他給我看我們穿戴跳傘裝備的照片，然後上傳到Instagram，加上了「#最終摯友」的標籤。「可能會有十個人按讚。」

莉蒂亞・瓦格斯

上午9點14分

莉蒂亞・瓦格斯沒有接到死亡預報的電話，因為今天不是她的死期。但如果她接到了，她會把消息告訴所有的親友，不會像她最好的朋友那樣不肯對她如實承認他即將死去。

莉蒂亞想通了。線索就在眼前，讓她往前回溯、拼湊出真相：馬提奧一大早跑過來、天外飛來一筆讚美她是超棒的媽媽、在廚房檯面上擺了裝著四百元的信封、封鎖她的號碼——最後這件事還是她以前教過他才會的。

在馬提奧搞失蹤後的頭幾分鐘，莉蒂亞嚇得魂飛魄散，打電話給她阿嬤，求她從藥局請假回家。她沒有回答阿嬤一連串的問題，就拿了對方的手機打給馬提奧，但他還是沒有回應。她祈禱那是因為他有儲存阿嬤的電話號碼，而不是因為他已經不在了。

她不能這樣想。馬提奧無法過上漫長的一生，這真是混帳透頂，他明明有全宇宙最善良的靈魂；但是他可以度過漫長的一天。他可以到十一點五十九分再死，但是一分鐘都不可以少活。

佩妮在哭，阿嬤則搞不清楚發生了什麼事。莉蒂亞聽得懂佩妮的各種哭聲，知道怎麼安撫她。如果佩妮發燒了，莉蒂亞會把自己的大腿給佩妮坐、在她耳邊唱歌。如果佩妮跌倒了，莉蒂亞會把她抱起來，給她會發出閃光或叮噹聲的玩具（很不幸，有些玩具兩種功能兼具）。如果佩妮餓了或需要換尿布，處理步驟就簡單了。現在佩妮想念她的馬提奧叔叔，可是莉蒂亞沒辦法用FaceTime打給馬提奧讓他一次又一次地說「嗨」，因為，還是那句老話，他封鎖了她的號碼。

莉蒂亞登入臉書。她以前是用這個帳號跟高中時代的朋友聯絡，但現在她改用來上傳佩妮的照片給克里斯欽的家人看，免得還要一一傳訊給他的爸媽、祖父母、叔叔阿姨，還有一個老是在問戀愛問題的平輩親戚。

莉蒂亞看了馬提奧的留言牆，整個是一片荒土，有跟她的十九個共同好友、兩張轉載自「早安紐約！」專頁的布魯克林日出美照、一篇文章在介紹NASA發明的可以讓人聽見外太空聲音的工具，還有幾個月前的一則動態，是他表示他成功申請到理想的線上學院入學資格，這則消息遠遠沒有得到夠多的關愛。顯然，馬提奧一向不太分享自己的事，但你總是可以指望他在你的照片下留言、或是對你的動態傳達愛意。只要是你在意的事情，他就也會在意。

莉蒂亞不喜歡馬提奧自己一個人在外面。現在跟二〇〇〇年代早期不一樣，當時的人都死得毫無預警。死亡預報是為了讓末路旅客和親友做好準備，不是為了讓末路旅客轉身遠離他們。她希望馬提奧能讓她走進他的人生，他人生最後階段的每一分鐘。

她瀏覽馬提奧的照片，從最新的看起：馬提奧和佩妮在沙發（就是莉蒂亞現在坐的同一張）上小睡；馬提奧抱著佩妮走過動物園的爬蟲館，他們都好怕蛇會逃出來；馬提奧和他爸爸在莉蒂亞家的廚房，他爸在教他們做脆米飯；馬提奧為佩妮的周歲生日派對掛彩帶；馬提奧、莉蒂亞和佩妮在阿嬤的車後座微笑；馬提奧穿畢業服、戴方帽，摟著送花和氣球給他的莉蒂亞。

莉蒂亞關掉照片。在她知道他還活在某處的時候，重溫回憶太痛苦了。她盯著他的大頭貼照，是一張她在他房間幫他拍的照片，他望著窗外，等待郵差把他的 Xbox Infinity 送來。

明天這個時候，莉蒂亞就會更新一則動態，說她最好的朋友過世了。大家會來關心她、表示哀悼，就像克里斯欽過世的時候一樣。等大家想起馬提奧這個曾出現在他們教室裡或午餐桌旁的男孩，就會趕往他的首頁留言，彷彿那裡是個數位告別式會場。他們會希望他安息，說他實在太英年早逝，說他們希望自己在他在世時有多花點時間跟他說話。

莉蒂亞永遠不會知道馬提奧如何度過他的末日，但不管她的好友在尋找什麼，她都希望他能找到。

魯佛斯
上午9點41分

在向北通往皇后區大橋的公路下方，我們偶遇了七具被丟在垃圾堆裡的廢棄公共電話。

「我們得進去看看。」

馬提奧打算抗議，但我迅速舉起手指示意他安靜。

我把腳踏車扔在地上，我們從鐵網柵欄的一個破口爬進去。裡面有生鏽的水管、散發出廚餘和糞便氣味的垃圾袋，變黑的口香糖渣沿著公共電話繞出蜿蜒的軌跡。有幅塗鴉畫的是一個百事可樂瓶在痛毆一個可口可樂瓶。我拍了照，上傳到Instagram，標註了麥爾肯，讓他知道我在末日也沒忘記他。

「這裡像個墳場似的。」馬提奧說。他撿起一雙運動鞋。

「如果那裡面有斷掉的腳趾，我們就要閃了。」我說。

馬提奧檢查了鞋子裡面。「沒有腳趾，也沒有其他人體部位。」他丟下那雙鞋。「去年我遇到一個鼻子流血、沒有鞋穿的男生。」

「流浪漢嗎？」

「不是。他跟我們一樣年紀。他被打又被搶了，所以我把鞋子給了他。」

「當然嘍，」我說。「誰像你這麼好。」

「噢，我不是要人家讚美我。抱歉，我只是好奇他現在怎麼樣了。我都懷疑我現在認不認得出他來，因為他那時候臉上有好多血。」馬提奧搖搖頭，好像可以藉此甩開那段回憶。

我蹲在其中一具公共電話旁，原本掛話筒的地方有人用藍色奇異筆寫了一行字：「我想妳，莉娜。回我電話。」

你這個人，現在沒了電話，莉娜要回電給你可就難了喔。

「真是瘋狂的大發現，」我說，整個興致勃勃地移動到下一具電話旁。「我現在感覺自己就像印第安納瓊斯。」馬提奧對著我微笑。「怎樣？」

「我小時候看那系列電影看得好迷，」馬提奧說。「但後來就忘了，現在才想起來。」他跟我說他爸爸會把寶物藏在公寓裡各處——寶物內容永遠是他們用來投幣洗衣的一罐零錢。馬提奧會戴胡迪的牛仔帽，用鞋帶綁成套索，每當他即將找到零錢罐，他爸就會戴上鄰居送的一個墨西哥面具，跟他在沙發上來場大決鬥。

「太讚了。你爸聽起來是個很酷的人。」

「我很幸運，」馬提奧說。「但我打斷了你的重要時刻。對不起。」

「不，沒有的事。這又不是什麼重大時刻。我沒打算要長篇大論說什麼撤除街角的公共電話會造成世人之間的連結中斷，之類的這種鬼話。我只是覺得這真的超酷。」我用手機隨意快拍了幾張。「但這太瘋了，你說對不對？公共電話就要不復存在了。我甚至已經不曉得任何人的電話號碼。」

「我只知道我爸和莉蒂亞的。」馬提奧說。

「要是我被抓去關，那就更慘了。不管知不知道別人的電話號碼都沒差，你再也不能隨時付二十五分錢打電話給某個人。」我舉起手機。「我甚至沒有在用真正的相機！你看看，底片相機也要絕種了。」

「接下來就要輪到郵局和手寫信了。」馬提奧說。

「還有電影出租店和DVD播放機。」我說。

「室內電話和答錄機。」他說。

「報紙，」我說。「時鐘和手錶。我相信肯定有人在研發讓我們自動知道時間的產品。」

「實體書和圖書館。它們不會很快絕跡，但到頭來終究會的，對吧？」馬提奧默不作聲，可能是在想著他自介裡提到的《天蠍座．霍桑》那套書。「我也忘不了那些瀕臨絕種的動物。」

他不說我都忘了。「你說得對，說得完全沒錯。一切都會消逝，每個人、每樣東西都在走向死亡。人類真是太爛了。我們以為自己偉大得要命，沒有什麼能夠毀滅我們，因為我們會思考、會照顧自己，不像公共電話或是書，但我敢說恐龍曾經也以為牠們會永遠是世界的霸主。」

「我們從來不去行動，」馬提奧說。「等到發現時間在倒數才做出反應。」他對自己比了個手勢。「就像我。」

「我猜下一個就輪到我們了，」我說。「排在報紙、時鐘、手錶和圖書館之前。」我帶路鑽出柵欄，調轉方向。「但你知道早就沒有人在用室內電話了對吧？」

塔格·海斯
上午9點48分

塔格·海斯沒有接到死亡預報的電話，因為今天不是他的死期，但他永遠不會忘記看著自己最好的朋友接到預告是怎樣一種感覺。魯佛斯臉上的表情會在塔格心中縈繞不去，比他最喜歡的砍殺片裡的血腥畫面糾纏他更久。

塔格和麥爾肯還在派出所的同一間拘留室，空間比他們的房間大了兩倍。

「我就知道這裡肯定都是尿臊味。」塔格說。他坐在地板上，因為椅子太不穩了，他只要一動，椅子就發出嘎吱聲。

「想吐就吐吧。」麥爾肯咬著指甲說。

塔格打算一回家就把身上這條牛仔褲扔了。他拿下眼鏡，讓麥爾肯和值班警員變成一片模糊。他時不時就會這樣做，讓大家知道他想要暫離周遭發生的事。塔格這招唯一惹毛麥爾肯的一次，發生在他們玩《反人類卡牌》的時候；塔格永遠不會承認，他當時那樣做是因為他抽到了一張拿自殺開玩笑的牌，讓他想到那個丟下他的男人。

一想到魯佛斯是否還平安活著，塔格的脖子就痛起來。

塔格常常壓抑自己的小動作，因為要是他每隔幾分鐘脖子就抽動一次，不只他自己會很不舒服，其他人也會覺得他很不受控而不敢接近。有一次，魯佛斯問他那種衝動是什麼感覺，於是他叫魯佛斯、麥爾肯和艾美閉氣且不准眨眼，忍到不能再忍為止。冥王星家族的成員呼出氣、眨起眼的時候，塔格什麼也不用做，就知道他們可以放心相處了。塔格的小動作對他就像呼吸和眨眼一樣自然，但是當他的脖子把他往不同方向拉，他會有輕微的斷裂感，想像自己的骨頭每抽動一次就碎掉一些。

他把眼鏡戴回去。「如果你接到那個電話，你會怎麼做？」

麥爾肯發出咕噥聲。「可能跟魯佛一樣吧。只不過我不會在揍過我前女友的新男友之後還邀她來喪禮。」

「他毫無疑問就是做錯了這一點。」塔格說。

「你呢？」麥爾肯問。

「也一樣。」

「你會不會……」麥爾肯突然打住。現在的狀況並不同於麥爾肯幫塔格克服他寫《代班醫生》時的瓶頸那一次，當時他對一個構想很遲疑——他筆下的惡魔醫生戴的聽診器可以讀出病人的心思——，但那真是個好主意。可是現在麥爾肯的表現絕對只會惹惱他。

「我不會去找我媽，也不會去查我爸是怎麼死的。」塔格說。

「為什麼不去？要是我對那個燒掉我家的王八蛋有多點了解，我就要去打我生平第一場架了。」麥爾肯說。

「我只在乎那些想要參與我生活的人，像是魯佛斯。記得他跟我們出櫃的時候有多緊張嗎？因為他希望可以繼續跟我們睡同一間房，繼續跟我們相處得開開心心？那種就是想要參與我生活的人。我也想要參與他的人生，不管剩下的時間有多短。」

塔格摘下眼鏡，讓他的脖子自由地抽動。

肯卓克・歐康奈

上午10點3分

肯卓克・歐康奈沒有接到死亡預報的電話，因為今天不是他的死期。他也許不會失去性命，但他剛失去了他在三明治餐廳的工作。肯卓克不顧規定，穿著圍裙就走出店面，點了一根菸。

肯卓克從來沒走過好運。就算在他去年拿下金牌的時候、在他爸媽終於離婚的時候，他的好運也總是支持不久。他的母親和父親就像大人的腳和小孩的鞋一樣合不來；肯卓克九歲的時候就看出了這一點。肯卓克當時懂的不多，但他很確定愛情不會讓你的父親睡在沙發上，或是讓你的母親不在乎丈夫跑去大西洋城跟嫩妹外遇。（肯卓克也有他自己的鳥事要操心，如果他無知一點可能會比較快樂吧。）

第一張撫養費支票正好就在肯卓克需要買新運動鞋的時候寄來；他的舊鞋前底裂開了，他的同學不停拿這件事作弄他，因為他每次走路的時候鞋子都會開口笑──一張一合、一張一合。肯卓克求他媽媽買最新款的喬丹鞋，她花了三百塊，因為肯卓克「需要威風一下」。至少她是這樣跟他爺爺說的，那傢伙是個超恐怖的人──但這不是重點。

肯卓克穿著新鞋，感覺自己高高在上……，直到四個六呎高的小子揍了他一頓，把鞋子從他腳上搶走。他的鼻子被打得流血，穿襪子走路回家更是痛苦，但有個戴眼鏡的男孩從後背包裡拿了面紙給他，還把自己腳上的鞋送他，不求回報。肯卓克沒再看過那男孩，沒問過對方的名字，但他也不在乎。他唯一在乎的是不要再挨揍。

就在這時候，曾經是他同學、如今自豪地成為中輟生的戴米安・利法斯，把肯卓克打造成了一個強者。肯卓克只花了一個週末，就跟戴米安學到怎麼把向你揮拳的人手腕弄斷。戴米安把他派到街頭，就像放出一隻兇猛的比特犬攻擊那些不疑有他的高中生。肯卓克會走到人家面前，出手就打，一拳把對方打趴。

肯卓克成了拳王，這就是他現在的身分。

沒有工作的拳王。

沒人可打的拳王，因為他們幫派的第三個成員派克交了女友之後想要洗心革面，這幫人就散了。

他身邊眾人追求的人生目標，都像不斷在嘲諷著他這個拳王，簡直是要他非把他們打到下巴脫臼不可。

馬提奧

上午10點12分

「我知道我不該再出意見了……」

「又來了。」魯佛斯說。他在我旁邊騎著單車。他想要我一起坐上那輛致命的交通工具，我之前不願意，現在也不願意。但我的偏執阻止不了他自己騎車。「你在想什麼？」

「我想去墓園看看我媽。我只能透過我爸講的故事認識她，我想自己花點時間跟她相處一下，」我說。「我猜是那個電話墳場讓我很有感觸吧。」我爸通常都單獨去看我媽的墓，因為我太焦慮了不敢去。「除非你有別的事想做。」

「你真的想在你就要死掉的這一天去墓園嗎？」

「對啊。」

「我加入。去哪個墓園？」

「布魯克林的長青墓園。離我媽小時候住的那區很近。」

我們要從哥倫布圓環搭A線到百老匯交匯車站。

我們經過一間綜合藥妝店，魯佛斯想進去一下。

「你需要什麼？」我問。「水嗎？」

「來就是了。」魯佛斯說。他牽著單車經過走道，找到特價玩具區時停了下來。那裡有水槍、黏土、可動人偶、手球、香香橡皮擦和樂高。魯佛斯拿了一組樂高。「行了。」

「我不懂……噢。」

「準備好嘍，建築師，」魯佛斯往櫃檯走。「你得給我看看你的本事。」這個小小的奇蹟讓我微笑了，我不認為我能為自己創造出這種奇蹟。我拿出錢包，但被他撥開。「別，這個算我帳上。我在回饋你那個關於Instagram的主意。」

他買下那組樂高，我們走出店門。他把塑膠袋放進後背包，走在我旁邊。他告訴我說他一直想養寵物，但不是狗或貓，因為他媽媽的過敏嚴重到會致命，他想要的是像蛇那種很酷的，或是像兔子那種好玩的。只要他永遠別讓蛇和兔子當室友，我就覺得滿好的。

我們抵達了哥倫布圓環地鐵站。他把腳踏車扛下樓梯，然後我們刷票進站，在一班A線列車離站前及時趕上。

「時機真準。」我說。

「如果我們騎車的話可能就會早一點到這裡，」魯佛斯打趣道。或者我覺得他在打趣。

「如果我們坐靈車的話，可能就會早一點到墓園。」

就像我們在深夜搭的那班車一樣，現在的車廂也相當空曠，大概只有十二個乘客。我們坐下來，背後是一張環遊世界體驗館的海報。「你有想要去什麼地方旅行嗎？」我問。

「超多地方。我想要去做很酷的事，像是去摩洛哥衝浪，去里約熱內盧滑翔，也許還有去墨西哥和海豚游泳——懂嗎？是跟海豚，不是鯊魚，」魯佛斯說。如果我們活得過今天，我覺得他會嘲笑那些與鯊魚共游的末路旅客笑上很久。「但我也想要隨機拍世界各地不是那麼知名的景點，就是不像比薩斜塔或羅馬競技場有那麼酷的歷史，但還是很棒的地方。」

「我覺得很不錯。你覺得什麼——」

車廂裡的燈突然閃爍，然後一切都停擺了，連冷氣的哼鳴聲也不見了。我們身在地下，處於完全的黑暗之中。頭頂上傳來廣播，告訴我們列車遭遇短暫延誤，系統很快就會重啟運作。有個小男孩哭了起來，還有一個男人咒罵地鐵又誤點了。但這感覺很不對勁；比起去某個地方遲到，魯佛斯和我有更嚴重的事要擔心。我沒有在車上看到任何可疑人士，但我們被困在這裡。可能有人拿刀刺我們，在電燈重開之前都不會被發現。我往魯佛斯挪近一點，腿跟他並排靠著，我在用我的身體擋住他，這樣也許我能幫他多爭取一點時間，足以讓他見到冥王星家族（如果他們今天被放出來的話），也許我甚至能幫他逃過一死，也許我能以英雄之姿死去，也許魯佛斯會成為「死亡預報不會出錯」這原則的例外。

我身邊有像是手電筒的東西在發光。是魯佛斯的手機在發亮。

我的呼吸粗重，心臟跳得超快，即使魯佛斯幫我按摩肩膀，我的感覺也沒有好轉。「呦，我們不會有事的，這種事很常發生。」

「不，不常。」我說。列車誤點是很常見，但是整車的燈光暗掉就不尋常了。

「你說得對，是不尋常。」他伸手進後背包，拿出那組樂高，倒了一些積木到我腿上。「來吧，馬提奧，蓋點什麼來看看。」

我不知道他是不是也覺得我們要死了，所以想讓我在死前創作點東西出來，但總之我聽了他的指示。我的心跳還是快得要命，可是我伸手拿第一塊積木時就不再發抖了。我不知道我在蓋什麼，但我讓自己的手隨意地用較大的積木築起地基，在這節全然黑暗的列車裡，彷彿有一盞聚光燈照在我身上。

「你有想去什麼地方旅行嗎？」魯佛斯問。

黑暗和這個問題都讓我窒息。

我但願自己從前就有勇氣去旅行。現在我沒有時間了，哪裡也去不成，心中卻什麼地方都想去：我想迷失在沙烏地阿拉伯的沙漠裡，在德州奧斯汀的國會大道橋下躲蝙蝠，到日本廢棄的採礦站、又名幽靈島的「軍艦島」上過夜，搭泰國的死亡鐵路，雖然它的名字如此不吉利，我還是有機會活著度過陡峭的懸崖和搖晃的木橋。我還想去好多好多地方。我想要爬上每一座山，划過每一條河，探索每一座洞穴，通過每一座橋，奔跑在每一座海灘，走訪每個小鎮、城市、鄉村。到處都要去。我不應該光只是看這些地方的紀錄片和影音部落格。

「我想去所有會讓我感到激動的地方，」我回答。「去里約熱內盧滑翔聽起來超級不可思議。」

積木堆到一半的時候，我明白了我在蓋的是什麼——一座庇護所。它讓我想起了家，我在其中躲避掉了所有刺激，但是事情還有另一面，我的家讓我活到了現在。不只是活下來，也活得快樂。家不應該是我怪罪的對象。

我終於蓋完的時候，正跟魯佛斯聊到他爸媽差點幫他取名「凱恩」來紀念他媽媽最喜歡的摔角選手，我閉上眼睛，垂下了頭。我猛然驚醒。「對不起，不是你讓我無聊。我喜歡跟你聊天。我，呃，我只是真的很累了。筋疲力盡了，但我知道我不該睡，因為我沒有時間打盹。」但今天真的吸乾了我身上的每一分力氣。

「閉一下眼睛也好，」魯佛斯說。「我們還動彈不得，你不如就休息一會兒吧。到墓園的時候我會叫你起來，我保證。」

「你也該睡。」我說。

「我不累。」

這是句謊話，但我知道他在這件事上就是很固執。

「好吧。」

我把頭往後靠，手扶著腿上的玩具庇護所。那盞聚光燈不再照在我身上了。我還是可以感覺到魯佛斯的眼神看著我，但也可能只是我的幻想。一開始，這感覺頗怪，但後來就滿不錯的，就算我會錯意也好，但我覺得自己就像有個專屬的守護者在關照。

我的最終摯友會在我身邊長久地待下來。

魯佛斯
上午10點39分

我要拍一張馬提奧睡覺的照片。

這樣講聽起來超變態的。但是我想把他臉上如夢似幻的神情化為永恆。靠，聽起來還是一樣變態。但我想要保存的是這一刻。你在一班停電的列車上，身邊是一個捧著樂高房子的十八歲男生，正要去墓園給他母親上墳，這樣的機會能有多少？就說嘛，這是值得發到Instagram的一刻。

我站起來，想要取個遠一點的景。我在黑暗中對準他，拍下照片，閃光燈亮得我一時目盲。不騙你，過了片刻，列車的電燈和冷氣就回來了，我們繼續移動。

「我還真是個魔法師。」我低語道。什麼鬼，我在自己的末日發現我有超能力。真希望有人把這一段錄下來，可能會讓我在網路上爆紅。

照片拍得超優。等收得到網路訊號時我就要來上傳。

我在那個時機拍下馬提奧睡覺的樣子，真是太好了——是啦，很變態，我們說過了——，因為他的表情現在起了變化，左眼在跳動，看起來很不舒服，呼吸也愈來愈喘，全身顫抖。要命，搞不好他有癲癇。我不曉得，他沒有跟我講過這些，我應該先問他的。我正準備喊聲問車上有沒有人知道他如果痙攣了要怎麼處理，此時馬提奧低語道：「不要，」重複了一次又一次。

馬提奧作噩夢了。

我坐到他旁邊，抓著他的手臂，要把他從夢裡救出來。

馬提奧

上午10點42分

魯佛斯把我搖醒。

我不在山上了，我回到地鐵列車上，燈亮了，我們動了起來。

我做了個深呼吸，我轉向窗戶，好像真的預期會看到巨石砸來、無頭的鳥飛向我。

「作噩夢了嗎？」

「我夢到我在滑雪。」

「都怪我不好。你夢裡發生什麼事？」

「一開始是我在滑一道寶寶坡。」

「兔子坡？」

我點頭。「然後坡變得好陡，山丘上的冰結得愈來愈厚，我弄掉了雪杖。我調頭回去想要找，然後就看到一塊巨石朝我滾過來。突然之間聲音變得愈來愈大，我想要跳到旁邊，躲進一個雪墩裡，但是我慌了手腳。我要滑下另一道山坡的時候，看到我用樂高蓋的庇護所，它變得跟一間小木屋一樣大，但我的滑雪板消失了，我直接從山上摔下去，上方有斷頭的鳥群在盤旋，我一直墜落、一直墜落。」

魯佛斯咧嘴而笑。

「這一點都不好笑。」我說。

他往我移近一點，膝蓋跟我相碰。「你沒事了。我保證你今天不用擔心巨石朝你滾過來，或是從雪山上飛出去。」

「那其他的事呢？」

魯佛斯聳肩。「你應該也不用擔心沒頭的鳥。」

太慘了，我作的最後一場夢竟然是這樣。

一點也算不上是場好夢。

荻萊拉・葛雷
上午11點8分

《無限週刊》敲定了豪伊・馬德納多的最後一場訪談。

但不是由荻萊拉負責。

「我對豪伊・馬德納多無所不知。」荻萊拉說，但是她老闆——資深編輯珊蒂・古瑞羅——不肯聽她的。

「要負責這麼重要的人物側寫，妳資歷還太淺了。」珊蒂說著走向一輛由豪伊的人手派來的黑色車子。

「我知道我是在環境最爛的辦公隔間裡用最古董的電腦工作，但是那不代表我沒有起碼的資格協助妳進行這場訪談。」荻萊拉說。她聽起來不知感恩又狂妄自大，但她不會收回這句話。她會在這一行節節高升，因為她明白自己的價值——也因為她會在這篇訪談裡共同掛名。也許對方的公關人員是因為珊蒂在業界的地位而放棄《時人》、選擇了《無限週刊》，但是荻萊拉不但從小看著《天蠍座・霍桑》系列的書長大，也看遍了八部改編電影，由此培養了她對這項媒體的熱愛，從普通的迷妹變成有給職的迷妹。

「豪伊・馬德納多不會是最後一個死掉的人，我可以很高興地告訴妳，」珊蒂說著打開車門，摘下太陽眼鏡。「妳還有一輩子的時間可以幫名人寫哀悼文。」

荻萊拉還是無法相信維克多昨晚怎麼會低級到用死亡預報跟她惡作劇。

珊蒂打量了荻萊拉五顏六色的頭髮一番。荻萊拉真希望自己有遵照上頭編輯的暗示染回棕髮，就算只是為了博得對方此刻的歡心也好。

「妳知道豪伊得過幾座MTV電影獎嗎？」荻萊拉問。「或是他小時候參加哪項運動比賽？他有幾個兄弟姊妹？他會說幾種語言？」

珊蒂一個問題也沒回答。

荻萊拉自己全都答了：「兩座最佳反派獎。擊劍。獨生子。他會英語和法語……珊蒂，拜託。我保證我不會讓我的熱情干擾到妳。我再也不可能有機會見到豪伊了。」

他的死可能會改變她的職業生涯。

珊蒂搖了搖頭，深深呼出一口氣。「好吧。他同意受訪，但是實際狀況無法保證，理由很明顯。我們在中城預訂了一個私人用餐空間，目前還在等豪伊的公關確認他是否同意這個地點。他可以配合的最早時間是兩點鐘。」

荻萊拉準備要一起上車了，但珊蒂搖了搖手指。

「我們見面之前還有時間，」珊蒂說。「請幫我找一本豪伊的書，就是他寫的那一本。」珊蒂話中的諷刺意味濃到不用在空中比引號了。「如果能幫我兒子要到一本簽名書，我就是英雄人物了。」珊蒂關上車門，降下車窗。「如果我是妳的話，就不會再浪費時間了。」

車子開走了，荻萊拉拿出手機，一面查詢附近書店的電話號碼，一面走向街角。她絆到人行道邊緣，趴倒在路上，一輛接近中的車子鳴了喇叭。那輛車緊急煞住，離她的臉只有幾呎遠。她的心臟狂跳，眼裡湧出淚水。

但荻萊拉活下來了，因為今天不是她的死期。人本來就動不動會跌倒。

荻萊拉提醒自己：她也不例外，就算她今天不是末路旅客。

馬提奧

上午11點32分

我們走進長青墓園時，雲層積得愈來愈厚。我自從十二歲那年的母親節週末，就沒有來過這裡了，我想破頭也沒辦法告訴你從哪個入口去她的墓比較快，所以我們肯定得稍微走一走了。一陣微風吹來草坪修剪後的氣味。

「問個怪問題：你相信有死後世界嗎？」我問。

「才不怪呢，畢竟我們就要死了。」魯佛斯說。

「對喔。」

「給你個怪答案：我相信有兩種死後世界。」

「兩種？」

「兩種。」

「是哪兩種？」我問。

我們走在一排排墓碑之間，有些銘刻的名字已經磨損到不可見，有些碑上豎著高高的十字架，宛如石中劍。在高大的針櫟樹下，魯佛斯把他關於死後世界的理論告訴了我。

「兄弟啊，我覺得我們已經死了。我不是說每個人都死了，只有末路旅客。死亡預報這整個玩意太奇幻了，不可能是真的。讓我們知道生命的最後一天到了，把握機會好好活？完全就是幻想嘛。第一個死後世界從死亡預報告訴我們要好好度過最後一天開始；我們以為自己還活著，才會好好把握時間，然後我們會進入下一個、最終的死後世界，不帶任何遺憾。你懂我意思嗎？」

我點頭。「這很有趣。」他所想的死後世界肯定比我爸想的更有意思也更周到——我爸相信的是傳統那種天空中有金色大門的島嶼。不過，最大眾款的死後世界也好過完全不存在的死後世界，莉蒂亞相信的就是那樣。「但是，如果我們知道自己已經死了，不就不用再害怕死亡會怎樣發生嗎？」

「不是，」魯佛斯牽著腳踏車繞過一尊石雕小天使。「那樣就違背了原本的用意。這個死後世界應該要感覺很真實，其中的風險應該要把你嚇著，道別的過程要難過透頂。不然就太廉價了，就像精采一刻體驗站那樣。如果你好好地活，有這一天就很好了。如果我們逗留得更久，會變成作祟殺人的鬼魂，誰都不想要那樣。」

我們在陌生人的墓地上大笑，雖然我們在討論的是自己的死後世界，我卻有那麼一秒忘了墓園也會是我們最終的歸宿。「下一個階段是什麼？你會搭電梯往上嗎？」

「不是。你的時限會到，然後，我不曉得，你會慢慢淡出之類的，然後重新出現在大家所謂的『天堂』。我不信教。我相信有某個外星造物主，還有個讓死人活動的地方，但是我不把那些認定成上帝和天堂。」

「我也是！推你對上帝的看法。」也許魯佛斯的理論在其他方面也是正確的。也許我已經死了，跟一個會改變人生命的人湊成對，度過我的最後一天，作為我大膽嘗試新事物（像是試用最終摯友APP）的獎勵，也許吧。「你的死後世界是什麼樣子？」

「是你想要的任何樣子。沒有限制。如果你喜歡天使和光圈和幽靈狗，那很好。如果你想要飛，當然可以。如果你想讓時光倒流，也請便。」

「你把這件事想得真仔細。」我說。

「因為跟冥王星家族的深夜聊天。」魯佛斯說。

「我希望輪迴轉世是真的。」我說。我已經發覺到，只有一天的時間來糾正一切根本不夠。只有一輩子根本不夠。我敲敲墓碑，不知道裡面的人是不是已經去轉世了。也許我就是他們其中一人轉世來的。如果是那樣，我實在辜負了上輩子的我。

「我也是，我想要再試一次，但不敢太指望。你的死後世界又是什麼樣子呢？」

我們前方有一個長得像淡藍色茶壺的大型墓碑，我知道我媽的墓就在後面幾排了。我小時候會假裝這個茶壺墓碑是精靈神燈，我許願要我媽媽回來、讓我的家恢復完整，但願望從來沒有實現。

「我的死後世界就像個家庭劇院，你可以重播你的一生，從頭到尾。然後，比方說，我媽就會邀請我去她的劇院——我可以欣賞她的一生。我只是希望有人知道該讓哪些段落淡入黑幕，免得我在死後世界留下終生創傷。」我沒辦法說服莉蒂亞相信這個想法，但是她承認這聽起來有點酷。「噢！還有你從出生以來說過的每句話的逐字稿——」

我閉上嘴，因為我們來到了墳墓所在的角落，在我媽墓地旁邊的空地，有個人在挖新的墓穴，一個葬儀社人員則在裝設墓碑，碑上是我的名字和生卒年月日。

我都還沒死耶。

我的雙手發抖，差點把我的庇護所掉到地上。

「還有呢……？」魯佛斯問，但很快地就接上一聲：「噢。」

我走向我的墳墓。

我知道挖墳可以加速趕工，但是我接到死亡預報也只是十一個小時前的事。我知道我真正的墓碑要過幾天才會完工，這個暫時的墓碑也不是讓我不舒服的原因，本來就沒有人應該親眼看到別人為自己挖墳。

雖然相信魯佛斯會改變我的人生，但我還是太快就絕望了。魯佛斯扔下腳踏車，走去找那個掘墓人，搭了一隻手在他肩上。「呦，可以借幾分鐘說話嗎？」

掘墓人留著大鬍子，身穿一件髒兮兮的格紋襯衫，先轉頭看我，再回頭看我媽的墓地。「這是那孩子的媽媽嗎？」他回去繼續工作。

「對。而且你正在挖的是他的墳墓。」魯佛斯在風吹樹葉和鏟子掘土的聲音之間說道。

「哎呀。我很遺憾，但我停手也改變不了任何事，只會拖慢進度。我要早點把這邊挖完，才能出城去——」

「我不管！」魯佛斯退了一步，雙手握拳，我深怕他要去揍那傢伙。「你就幫幫我……給我們十分鐘！去幫其他不在現場的人挖墳墓！」

另外那個負責安墓碑的傢伙把掘墓人拉走。他們都在咒罵「這年頭的死小孩」，但是跟我們保持了距離。

我想要謝謝那兩個人和魯佛斯，但我感覺自己正在下沉，頭昏眼花。我努力站穩，走向我媽的墓碑。

愛絲翠亞．羅薩－托雷茲

生於一九六九年七月七日

卒於一九九九年七月十七日

摯愛的妻子與母親

長存我心

「我可以跟我媽獨處一下嗎？」我甚至沒有轉頭，因為我目不轉睛地盯著她的歿日和我的生日。

「我不會走遠。」魯佛斯說。也許他不會迴避得多遠，也許只會退開一兩呎，也許他根本一步也不會動，但我相信他。我轉頭的時候，他會在那裡。

我的母親和我之間形成了一個完滿的圓。她死在我出生的那一天，現在我即將要葬在她的旁邊。母子團圓。我八歲的時候，覺得她被稱為「摯愛的」母親很奇怪，因為她身為母親的唯一作為就只是懷了我九個月；十年後，我懂的遠比那時多了。但我還是想不透，她怎麼會感覺自己像我的母親，因為她不曾有機會陪我玩耍、在我學走路時敞開雙臂讓我跌進她懷裡、教我綁鞋帶，全都沒有。但後來我爸用一種溫柔的方式提醒我，她做不到那些事是因為生產過程很危險，「很困難」，他是這樣說的。她沒有照顧自己，而是先確保我平安。這當然值得上「摯愛」這個字眼。

我跪在我媽的墓碑前。「嗨，媽媽，看到我興不興奮？我知道妳創造了我，但是認真想起來我們還是陌生人。我相信妳已經想過這件事了。妳在妳的家庭劇院裡已經待了很久，片尾字幕就在妳過世的時候、我被某個護士抱在懷裡哭的同時開始跑。也許如果那個護士沒有去抱我，她就可以幫妳處理大出血。我不知道。我真的很抱歉妳要為了讓我活下來而死，真的。我希望我最後死掉的時候，妳不會派什麼邊境巡邏隊出來把我擋在外面。

「但我知道妳不是那種人，因為爸跟我講過很多故事。我最喜歡的故事之一，是妳在妳媽媽過世前幾天去醫院探望，她得了阿茲海默症的室友一直問妳想不想要聽她的秘密。妳每次都說想聽，雖然妳早就知道，她的秘密是因為自己愛吃甜食而在孩子小時候把巧克力藏起來不給他們。」我將手掌放在墓碑表面，這是我最接近於跟她雙手相握的動作了。「媽，我在這裡沒有機會找到真愛，我在天上能夠找到嗎？」

她沒有回答。沒有神秘的暖意傳遍我全身，沒有從風中傳來的聲音。但沒關係，我很快就會知道答案了。

「今天麻煩妳關照了，媽，就這最後一次，因為我知道我們不像魯佛斯說的那樣已經死了，而我想要度過扭轉人生的一天。回頭見了。」

我起身走向我被挖開的墓地，現在大約只有三呎深，而且挖得很不平整。我踏進去，坐下來，背靠著掘墓人還沒挖好的那一側。我把玩具庇護所放在腿上，看起來一定像個在公園裡玩積木的小孩。

「我可以下去陪你嗎？」魯佛斯問。

「這裡只有一個人的位置。去找你自己的墳墓。」

魯佛斯還是踏了進來，踢踢我的腳，把一條腿擱在我腿上才勉強擠下。「我沒有墳墓。我要跟我家人一樣火化。」

「你還留著他們的骨灰嗎？我們可以找個地方撒骨灰。『倒數客』上面的『挫骨揚灰』討論區很熱門——」

「冥王星家族跟我一個月前就把這事給處理了，」魯佛斯打斷我的話；我應該控制一下，別再一直講網路上陌生人的事。「撒在我老家外面。事後我還是覺得心裡整個很空虛，但他們現在回到家了。我要冥王星家族把我的骨灰撒在別的地方。」

「你們在考慮哪裡？冥王星嗎？」

「奧席亞公園。」魯佛斯說。

「我超愛那個公園。」我說。

「你怎麼知道那裡？」

「我小時候很常去，都是跟我爸一起。他會教我辨認不同種類的雲，我邋鞦韆的時候會喊出天上的雲是哪一種。你為什麼那麼喜歡那裡？」

「我不知道。我後來就是常常過去。我是在那裡第一次跟一個叫凱西的女生接吻。我家人死後我去了那裡，第一場自行車馬拉松賽之後也去了那裡。」

我們兩個就這麼坐在開始下毛毛雨的墓園裡，窩在我挖到一半的墓穴講故事給對方聽，彷彿我們不會在今天死掉。這些忘卻現實的輕鬆時刻足以驅使我度過這一天剩下的時光。

「問個怪問題：你相信命運嗎？」我問。

「給你個怪答案：我相信有兩種命運。」魯佛斯說。

「真的嗎？」

「不，」魯佛斯微笑道。「我完全不相信。你呢？」

「不然你要怎麼解釋我們的相遇？」我問。

「我們都下載了一款APP然後相約出來見面。」魯佛斯說。

「但你看看我們。我媽跟你爸媽都死了，而我爸不省人事。如果我們的父母還在，我們就不會跑到最終摯友上面去。」那個APP主要是針對成人設計的，不是青少年。「如果你可以相信有兩個死後世界，你也可以相信大宇宙是我們背後的操偶師，對吧？」

魯佛斯點頭，雨下得愈來愈大了，他先站起來，再伸出一隻手拉我。我接受了。我沒有忽略魯佛斯幫我爬出自己墳墓這件事的詩意。我爬出來之後走向我媽的墓碑，吻了一下她的姓名刻文。我把我的玩具庇護所留在石碑旁。我轉身時，魯佛斯正好在拍我，他真的很擅長捕捉特別時刻。

我最後一次轉頭看我的墓碑。

馬提奧．托雷茲二世

安息於此

生於一九九九年七月十七日

他們很快就會加上我的歿日：二〇一七年九月五日，還有我的銘文。現在暫且留白沒有關係。我知道那裡要刻上什麼，也知道我會盡力實現這句話：**他為每個人而活**。這些字詞未來會被時間磨損，但意義依究真誠。

魯佛斯牽著腳踏車走在潮濕泥濘的小路上，留下輪胎痕。我跟在他後面，一步一步遠離我的母親和我的墓穴，內心感到越發沉重，知道我很快就會回到這裡。

「命運的事你說服我了，」魯佛斯說。「繼續跟我說完你的死後世界吧。」

我跟他說了。

第三部　開始

「一個人該害怕的不是死亡，而是從來不曾真正開始活過。」

——馬可．奧理略，羅馬皇帝

馬提奧

下午12點22分

十二個小時以前，我接到了一通電話，說我今天會死掉。我已經用馬提奧我本人獨一無二的方式，說出了超級多句的告別，跟我爸、跟我最好的朋友、跟我乾女兒，但最重要的一句告別，是跟過去的馬提奧說的。當我的最終摯友陪著我、走進我們面前的世界，我就把過去的馬提奧拋下留在家了。魯佛斯已經為我做了這麼多，不管他被什麼樣的惡魔尾隨著，我都要幫助他正面迎戰——只不過我們不能像奇幻小說裡一樣揮舞火焰寶劍、或是用十字架充當忍者飛鏢。他的陪伴幫助了我，也許我的陪伴也能幫助他度過不管什麼樣的心痛。

十二個小時以前，我接到了一通電話，說我今天會死掉。但我現在比當時更加生機蓬勃。

魯佛斯

下午12點35分

我不知道馬提奧要帶我去哪，但沒差，因為雨已經停了，我在回市區的地鐵上狂睡一覺之後也充飽了電。我一點夢也沒作，挺慘的，但至少沒作噩夢。有失就有得。

我刪掉環遊世界體驗館這個選項，因為馬提奧說過，那地方在這個時段人潮爆多，如果我們只剩幾個小時可活，還是別浪費時間才好。我們應該是要等人潮散去吧。這樣想挺遜的，但我可沒想錯。不管我們要做什麼，我都希望不要像精采一刻體驗站那麼花時間。我打賭我們是要去做慈善志工，或者他偷偷跟艾美聊過，安排我們見面，好讓我趁嗝屁前跟她握手言和。

我們已經在切爾西碼頭旁的公園待了整整十分鐘。我成了自己討厭的那種人，明明有慢跑步道卻不走，偏要走在自行車道上。我的業障值肯定要一飛沖天了。馬提奧帶著我往碼頭走，但我停了下來。

「你是打算把我推下水嗎？」我問。

「你比我重了四十磅呢，」馬提奧說。「你很安全。你之前說，撒完你爸媽和你姊姊的骨灰，對你沒什麼幫助。我想你也許可以在這裡找到一點了結往事的感覺。」

「他們是在我們去上州的路上死的。」我說，同時暗暗祈禱那些害我們的車翻出路面、釀成離奇車禍的護欄已經修繕妥當，但誰知道呢？

「不一定要去車禍現場。或許在同一條河邊也就夠了。」

「我不知道我是應該從這裡面得到什麼收穫。」

「我也不知道，如果你感覺不對勁，我們可以回頭，做些別的事。去墓園能帶給我意料之外的平靜，我希望你也能得到那種驚喜。」

我聳肩。「我們已經來了。把你的驚喜拿出來吧。」

碼頭邊沒有船隻停泊，真是太浪費空間了，就像個一台車都沒有的停車場。七月的時候，我曾路過這座碼頭，跟艾美和塔格再往上城方向過去一點點，因為他們想看水岸雕塑；然後過了一個星期，我又陪上次食物中毒沒跟來的麥爾肯舊地重遊一次。

我們走過像手臂般外延的碼頭。還好不是木板鋪的，不然我會緊張得不敢往前走。我感染了馬提奧的偏執焦慮，像感冒一樣。整個碼頭都是堅固的水泥，不是什麼會在我腳下崩塌的廢墟，但是如此樂觀的嘗試仍然讓我嚇得魂不附體。我們走到碼頭邊緣，我抓著鐵灰色的欄杆，探出身子看著河川的水流自顧自地流動。

「你感覺如何？」馬提奧問。

「感覺就像這一整天都是世界對我開的一個大玩笑，你是個演員，而我爸媽、奧莉維亞還有冥王星家族隨時都會從某輛廂型車後面跑出來嚇我一跳。我不會太生氣喔，我會先抱抱他們再把他們宰了。」

雖然很殘暴，但這是個有趣的想法。

「這樣在我聽來是滿生氣的。」馬提奧說。

「我這麼久以來都在氣我家人離開我，馬提奧。每個人都滔滔不絕在談倖存者的罪惡感，我懂，可是……」我從來沒有跟冥王星家族的人談過這件事，甚至連跟艾美交往時也不曾談。因為這太恐怖了。「但是，是我離開了他們耶。是我從沉沒的車子裡逃出來自己游走。我到現在都還在想，那到底是我自己的意識還是什麼強烈的反射動作。就像你的手沒有辦法放在發燙的爐子上，你的腦袋會強迫你把手拿開。當時若要跟他們一起沉下去，也是超簡單的，雖然那時候我的死亡預報還沒有來。如果我那麼容易就能跟死亡擦身而過，那他們也許該努力一點，打敗命運活下來。也許死亡預報搞錯了啊！」

馬提奧湊近過來，手搭上我的肩膀。「別這樣對自己。『倒數客』上有好幾個論壇，裡面滿滿都是以為自己是特殊例外的末路旅客。死亡預報的電話一來，事情就注定了，遊戲結束。你沒辦法多做什麼，也沒辦法做出什麼不同的選擇。」

「我本來可以開車，」我一面怒斥，一面甩開他的手。「我跟著他們去的時候，奧莉維亞本來有這個主意。如果是我開車，方向盤就不會掌握在末路旅客手上。但是我太緊張、太生氣、太寂寞了。我本來可以幫他們多爭取幾個小時。也許他們就不會在情況悲觀的時候放棄。當初我游出車裡之後，他們就光是坐在那裡耶，馬提奧。他們一點鬥志也沒有。」他們只在乎我能不能逃出去。「我爸立刻伸手幫我開車門，我媽也從後座幫忙。我明明可以自己開門，我的手又沒有被卡在什麼地方。我只是嚇呆了，因為我們的車他媽的飛進河裡去，可是我馬上就清醒過來。我的車門一開，他們就那麼放棄了——奧莉維亞甚至連試都沒有試著要逃。」

當時我披著一條有漂白水味的毛巾，被迫坐在救護車後面等，等搜救隊把他們的車從河裡拉起來。

「這從來都不是你的錯。」馬提奧低著頭。「我會讓你獨處個一分鐘，但我會等你。希望這樣是你想要的。」我還沒回答，他就走開了，也把我的車一起牽走。

我覺得一分鐘不夠——但接著我就崩潰了，哭得比過去幾週以來更厲害，還用掌根猛捶柵欄。我捶了又捶，因為我的家人死了，因為我最好的朋友被關了，因為我的前女友背叛了我，因為我認識了一個超讚的新朋友，但我們能夠相處的時間卻連一天都不到。我上氣不接下氣地停下動作，好像剛打架打贏了十個人。我連哈德遜河的照片都不想拍，所以我轉身背對河流，走向馬提奧，他正騎著我的車漫無目的地繞圈圈。

「你贏了，」我說。「這是個好主意。」他沒有像麥爾肯那樣幸災樂禍，或是像艾美那樣每次玩海戰棋遊戲贏了就嘲笑我。「我不該發脾氣的。」

「你是需要發洩一下。」

他繼續繞圈圈，我看得頭有點暈了。

「真的。」

「如果你又需要發洩，我人就在這。最終摯友至死不離。」

荻萊拉．葛雷

下午12點52分

荻萊拉衝進一間書店，全市只有這一間不可思議地有賣豪伊．馬德納多的科幻小說《骨灣的失落雙子》。

荻萊拉加速衝向店面，遠離路邊，無視於一個揹著大型運動用品袋的禿頭男人對她叫囂，路上跟兩名牽著一輛單車的男孩擦身而過。

她祈禱豪伊．馬德納多不會在她趕到之前將訪談時間提早，與此同時她想起，豪伊行將結束的生命中，還有更大的威脅。

文恩・皮爾斯

下午12點55分

文恩・皮爾斯在凌晨十二點二分接到了死亡預報電話，通知他今天就將迎接死期，但這並不令人意外。

文恩氣那個頭髮五顏六色的正妹無視他，氣他從來沒結過婚，氣當天早上「最終炮友」APP上的每個女人都拒絕他，氣他的前教練破壞了他的夢想，氣現在這兩個牽單車的男生阻擋他準備留給世界的毀滅行動。穿單車騎士裝的那個男生走得好慢，把車牽在身邊，佔住了整條人行道——車就是要拿來騎的，不是像嬰兒車那樣推來推去！文恩直往前衝，心裡不顧後果，肩膀和那個男生相撞。

那個男生齜牙咧嘴，但他的朋友抓著他的手臂攔住他。

文恩喜歡被人畏懼。他喜歡在外面的世界受人害怕，但最喜歡在摔角擂台上被人敬畏。四個月前，文恩開始出現肌肉疼痛症狀，卻拒絕承認自己有了弱點。舉重成了折磨，成績慘不忍睹；本來做二十下的引體向上變成四下，那還是狀況好的時候；他的教練讓他無限期停賽，因為他根本不可能打了。他的家族一直有遺傳病史——父親幾年前被診斷出多發性硬化症後過世，阿姨死於子宮外孕破裂，等等——但文恩相信自己身體更好、更強壯。他深信自己注定會有偉大成就，例如贏得世界冠軍、享盡榮華富貴。但是慢性肌肉疾病把他壓在地上打趴了，他失去了一切。

文恩走進健身房，過去七年來，他都在這裡為了成為下一個舉重世界冠軍努力操練，汗水和髒運動鞋的氣味勾起了數不清的回憶。但現在唯一重要的回憶，是他的教練要求他清空置物櫃、建議他另謀高就，例如當個場外評論員，或是也當個教練。

太侮辱人了。

文恩溜進樓下的機房，從運動用品店裡拿出一個土製炸彈。

文恩要死在自己被造就出來的地方，而且他不會獨自一個人上路。

馬提奧

下午12點58分

我們經過一面商店櫥窗，裡面有經典小說和新書分別擺在兒童用的小椅子上，彷彿這些書正在等候室裡閒話家常，等人把它們買回家閱讀。跟那個揹運動用品袋的男人狹路相逢之後，我是可以放鬆一下。

魯佛斯拍了一張櫥窗的照片。「我們可以進去啊。」

「不會超過二十分鐘。」我保證。

我們走進了「開放」書店。我喜歡這個充滿希望的店名。

這是史上最妙的餿主意了。我根本沒有時間真的去讀任何一本書。但我以前沒有來過這家店，因為我的書通常都是網購的，或是學校圖書館借的。也許會有一座書架倒下來，而那就是我的死因——是很痛苦，但絕不是最糟的死法。

我看著書架頂端的古董時鐘，同時不慎撞到了一張及腰高的桌子，撞落了桌上開學書展的陳列書籍。我對書店店員——名牌上寫說他叫喬爾——道歉，他跟我說沒關係，並且幫我收拾。

魯佛斯把單車停在店門前，跟著我穿梭在書架間的走道。我看了員工推薦書區，各自不同的筆跡有的易讀、有的潦草，寫著各種類型書籍的讚美詞。我試圖避開悲傷輔導書區，但是被兩本書吸引了目光。一本是《哈囉，黛博拉，我的老友》，由凱瑟琳・艾佛列－哈斯汀執筆的傳記，引起了不小的爭議。另一本是大家討論個不停的暢銷指南書《大限突然逼近時，如何談論死亡》，是某個還活著的人寫的。我不懂。

他們的驚悚小說和青少年書區有許多本我的愛書。

我在羅曼史區前面停下來，那裡有十來本用棕色紙張包裹的書，上面寫著「與書來場盲目約會」。包裹外寫著一些關於書籍內容的小小線索來吸引你的注意，就像你在網路上遇到的人會寫的個人檔案。就像我的最終摯友。

「你跟人交往過嗎？」魯佛斯問。

答案應該滿明顯的。他還會有這個疑問，真是太好心了。「沒。」我只暗戀過別人，但是要承認暗戀對象都是書裡或電視裡的角色真的很丟臉。「沒這個機會。也許下輩子再說吧。」

「也許。」魯佛斯說。

我感覺他還有別的想說，他可能想開個玩笑叫我去「最終炮友」註冊，才不會以處男之身死掉，講得好像性跟愛可以混為一談似的。但他什麼也沒說。

我可能完全想錯了。

「艾美是你第一個女朋友嗎？」我問。我拿起書，包裝紙上畫著一個逃跑的壞人，手拿一張大得不成比例的撲克牌，牌上是一顆紅心：「偷心賊」。

「第一段認真的關係，」魯佛斯一面說，一面撥弄著陳列紐約市景明信片的旋轉貨架。「但我在之前的學校喜歡過別的同學。雖然沒有結果，但我嘗試過了。你有跟哪個人走得比較近嗎？」他從貨架拿下一張布魯克林橋的明信片。「你可以寄明信片給對方。」

明信片。

我一面微笑一面拿，拿了一張、兩張、四張、六張、十二張。

「你的暗戀對象可真多。」魯佛斯說。

我往結帳櫃檯移動，喬爾再度伸出援手。「你知道嗎，我們應該寄明信片給別人，」我講得很模糊，因為我不想讓這位店員知道他現在服務的兩位顧客，即將分別在十七和十八歲英年早逝。我不想毀了他的一天。「冥王星家族、還有同學……」

「我沒有他們的地址。」魯佛斯說。

「寄去學校吧。你畢業班上的每個同學，他們都有留地址。」

這就是我想要做的事。我買了那本覆面書和明信片，向喬爾道了謝，然後我們就離開了。魯佛斯說他的關係經營之道就是有話直說。我可以利用明信片辦到，但也需要用到我的聲音。

「我九歲的時候，纏著我爸問了一堆關於愛的事，」我一面說，一面重新翻看明信片，看著我住的城市裡那些我不曾去過的地方。「我想知道愛是在沙發下面，還是高高的衣櫃上面我還搆不著的地方。他沒有回答說『愛是在心裡』或者『愛就在你的四周』。」

我們經過健身房時，魯佛斯牽著他的單車。「我好奇起來了。他怎麼說？」

「他說愛是我們都擁有的超能力，但這種超能力不是我隨時都能控制的。尤其是我長大以後。有時候它的運作會很瘋狂，如果它作用在我沒預期到的人身上，我也不用害怕。」我的臉發熱起來，真希望常識也是我擁有的超能力，好讓我知道這事根本不該大聲說出來。「是件蠢事。抱歉。」

魯佛斯停下來，露出微笑。「哪有，謝謝你說的故事，我很喜歡，超人馬提奧。」

「其實是超能大師馬提奧，你要搞清楚哩，小跟班。」我從明信片上抬起視線。我真是喜歡他的眼睛——棕色，即使稍微休息後仍然帶著倦意。「愛發生的時候，你要怎麼知道它是愛？」

「我——」

突然間玻璃碎了，我們向後被抛進空中，同時有火焰湧向尖叫的群眾。原來就是現在。我撞上一台車的駕駛座側，肩膀被後照鏡重擊。我的視線逐漸模糊——黑暗，火焰，黑暗，火焰。我轉頭時頸部喀吱作響，魯佛斯在我旁邊，他漂亮的棕眼閉上了，四周圍繞著我的明信片：布魯克林橋、自由女神像、聯合廣場、帝國大廈。我朝他爬過去，對他伸出手時全身緊繃。他的心臟貼著我的手腕跳動；他的心臟跟我的一樣，堅決不願停止，尤其不願在這般混亂中停止。我們的呼吸狂亂，驚恐不安。我不知道發生了什麼事，只知道魯佛斯正努力掙扎著睜開眼睛，而其他人驚叫不已。但並不是每個人都在驚叫，地上有一具具屍體，臉朝著水泥路面，一個正在掙扎起身、髮色鮮豔的女人身邊就有一具。她的眼睛望向天空，血液染紅了雨水積成的水窪。

魯佛斯

下午1點14分

吻。十二個小時又幾分鐘前，有個負責死亡預報的傢伙跟我說今天我要掛點了。現在我坐在路邊，雙手抱膝，就像我家人死掉的時候我坐在救護車後面一樣。那場爆炸就是你只會在暑期強檔電影裡看到的那種，讓我整個人顫抖不停。警車和救護車的鳴聲震天響，消防員忙著處理起火燃燒的健身房，但是對裡面的人來說已經太遲了。末路旅客得要穿戴些什麼特別的領圈或是外套作為識別，提醒我們別聚集在同一個地方。如果我和馬提奧動作慢個一兩分鐘，遭殃的可能就會是我們。可能是也可能不是。但有一點我是知道的：十二個小時又幾分鐘前，我接到了一通電話說我今天會死翹翹，我以為我已經平靜接受，但是我這輩子從來不曾這麼害怕接下來要發生什麼事。

馬提奧

下午1點28分

大火已經撲滅了。

過去二十分鐘以來，我的肚子都在對我狂叫著要我餵飽它，講得好像我可以對自己的人生末日暫時喊停、不至於為了享用一餐而浪費寶貴的時間——好像我跟魯佛斯剛才沒有在一場帶走其他末路旅客的爆炸中差點喪命。

有目擊證人在跟警察說話，我不知道他們會有什麼好說的。這場把整間健身房炸毀的爆炸完全就是突如其來。

我坐在魯佛斯身邊，一旁還有他的單車和我的書店購物袋。明信片散落在我們四周，就讓它們留在地上吧。看到進了屍袋、準備前往停屍間的末路旅客，我再也沒有心情寫東西了。

我無法信任這個日子。

魯佛斯

下午1點46分

我得繼續動起來。

我最想要不過的，就是坐在冥王星家族的成員面前，什麼也不用說。但若要幫助我擺脫現在的心情，第二好的選項就是去騎車了。我爸媽和奧莉維亞死後、艾美和我分手以後、今天早上打了派克和接到死亡預報之後，我都是這麼做的。我們一離開那片混亂，我就騎上車子，按按煞車。馬提奧閃避我的目光。「拜託上車吧。」我說。從我們像摔角選手一樣被拋入空中之後，這是我說的第一句話。

「不要，」馬提奧說。「對不起。那樣不安全。」

「馬提奧。」

「魯佛斯。」

「馬提奧。」

「魯佛斯。」

「拜託，馬提奧，發生這種事之後，我就是得騎一下車，而我不想要留你落單。我們應該要一起過活，就是這樣。我們知道我們兩個的生命就要這麼結束了，但我不想在事後回顧的時候覺得我們浪費了任何一刻。這不是在作夢，我們不會從夢裡醒來。」

我不知道我還能做什麼。跪下來求他？這不是我的風格，但如果那樣就能讓他跟我一起走，我願意一試。

馬提奧看起來像暈船似的。「答應我，慢慢騎好嗎？不要騎下坡路，也不要騎過坑洞。」

「我答應你。」

我拿頭盔給他，他本來要拒絕，但他的出事風險才不可能比我低。他繫好頭盔，將書店購物袋掛在手把上，爬到後座，抓住我的肩膀。

「這樣會太緊嗎？我只是不想摔下車，不管有沒有戴頭盔。」

「不會，你會沒事的。」

「那好。」

「準備好了嗎？」

「好了。」

我緩緩踩踏板，載著兩個人前進，感覺腿肌在燃燒，就像騎爬坡路一樣。我找到了適當的節奏，然後將警察、屍體和炸毀的健身房拋在我們背後。

迪雅蕊・克雷頓

下午1點50分

迪雅蕊・克雷頓沒有接到死亡預報的電話，因為今天不是她的死期，但她會證明他們搞錯了。

迪雅蕊站在她八層樓高的公寓大樓屋頂邊緣，有兩個送貨員看著她，要不是打算用他們正在搬進公寓的沙發把她接住，就是在打賭她是不是末路旅客。等她的血和碎骨落在人行道上，他們的賭局就可以分出個勝負了。

這並不是迪雅蕊第一次居高臨下地看著全世界。七年前，當她還在念高中，死亡預報服務首度對一般大眾開放，當時迪雅蕊被人挑釁，要她放學後留下來打架。夏洛特・西蒙斯和同夥的挑釁者、還有只知道迪雅蕊是「死了爸媽的那個女同志」的其他學生，來到了他們拿來當戰場的地點，但同時迪雅蕊人在屋頂上。她從來不了解，為什麼她愛人的方式會引發其他人這麼強烈的憎惡，她也拒絕再留在世上尋找那份讓她受盡眾人憎惡的愛。只不過，當時還有她的童年摯友能夠把她勸下來。

今天的迪雅蕊孤身一人，雙膝發抖地哭著，因為她儘管想要相信有更好的明天，她的工作卻讓她無法這樣相信。迪雅蕊在精采一刻體驗站工作，對末路旅客收費，提供他們刺激、虛假的經驗和虛假的記憶。她不了解這些末路旅客為什麼不是在家裡跟親友相伴，特別是今天那兩個十幾歲的男生，他們離場的時候還在討論虛擬實境體驗有多麼令人失望，真是浪費時間。

那兩個男生讓她想起她今天早上寫完的一則短篇故事，只有她自己讀過，讓她在工作的空閒時間神遊消遣。她的故事設定在一個平行世界，在那裡，死亡預報有另一個分支服務叫作「重生預報」，會告訴末路旅客他們將在何時投胎重生，好讓他們的家人及朋友知道該如何找到下輩子的他們。故事的核心人物是一對十五歲的雙胞胎姊妹，安潔和絲凱拉，她們得知其中一人即將死亡之後哀痛不已，立刻尋求重生預報的協助，以得知絲凱拉將在何時重生。安潔很難過，因為她要七年之後才能夠跟自己的妹妹重逢，屆時絲凱拉會投胎變成澳洲某戶人家的兒子。絲凱拉為了救姊姊而死，故事結束於悲慟的安潔在舊撲滿裡存下一張百元鈔票，當作七年後遠赴澳洲迎接妹妹重回人世的基金——儘管她妹妹會以一個男嬰的身分回來。

迪雅蕊本來覺得她會繼續寫這個故事，但現在不管了。重生預報不存在，而她才不要等死亡預報來通知何時是她的死期。這個世界充滿了暴力、恐懼、還沒真正活過就要死去的孩子，她不想當這個世界的一部分。

要跳下去是多麼簡單啊……

她單腳站立，全身都在顫抖，現在隨時都可能往前一倒。有一次，她工作的時候在虛擬跑酷站爬過屋頂，但那只是幻覺。

迪雅蕊的名字裡就預言了死亡，這個名字取自愛爾蘭神話中一位自我了斷的女主角。

迪雅蕊往下看，準備要飛躍出去，此時兩個騎單車的男生轉過街角——看起來很像早先的那兩個男生。

迪雅蕊往自我的深處探尋，越過了輕易就充斥著謊言和絕望的地帶，甚至越過她坦誠無比、認定自己能夠躍下屋頂後在重擊中得到解脫的真心。她看到那兩個男生活著，而這讓她的內心感覺少了一點點死寂。

光是有意圖，並不足以導致她真正死亡，她在其他無數個早晨醒來面對世上的醜惡時，就明白了這一點。一旦眼前有機會證明死亡預報是錯的，迪雅蕊就會做出正確的選擇，活下去。

馬提奧

下午1點52分

腳踏車並不是最糟的部分。

魯佛斯急往左轉，避開不專心搬沙發進大樓、卻直往天上看的送貨員，我緊抓著他的肩膀，我們繼續沿著街道前行。

他剛起步的時候，我感覺非常不穩，但當他把速度加快、讓微風朝我們撲面而來，我就慶幸自己將控制方向的權力交到他手上。

這感覺是如此無拘無束。

我覺得我們的速度應該最多就是這麼快了，但這卻比精采一刻體驗站的高空跳傘還要刺激。沒錯，騎腳踏車比起什麼跳飛機還要爽呢。

如果我不是這麼個膽小鬼，或者不是末路旅客，我就會靠在魯佛斯身上，讓自己的重心貼著他，我就會伸出手臂擁抱他，閉上眼睛。但是那樣太冒險了，所以我只是繼續抓著他，對我來說也行。但是，等我們抵達終點的時候，我要來做一件勇敢的小事。

魯佛斯

下午2點12分

轉彎騎進奧席亞公園時，我放慢速度，馬提奧的手從我的肩膀滑開，腳踏車瞬間變輕了。我煞住車，轉身看他有沒有把臉摔得支離破碎、或者是否雖然戴了頭盔仍然頭破血流，但他只是小跑步朝我而來，臉上咧出笑容；他好得很呢。「你是跳車下來的嗎？」

「沒錯！」馬提奧說著脫下頭盔。

「你本來還不想讓我騎車，現在倒是毫不猶豫地從腳踏車上跳下來？」

「我在享受這一刻。」

我想說這都是我的功勞，但其實這是他心裡一直都有的渴望，總是想要做出什麼刺激的事情，只不過因為太過膽怯而沒有真正去做。

「你感覺比較好了嗎？」馬提奧問。

「好一點了。」我承認。我爬下車，跛行著走向廢棄的遊樂場，有幾個大學生年紀的傢伙在旁邊的球場打手球，每次有人漏接，其他人就會一面追著球、一面把地上的水窪踩得濺起來。去過墓園之後，我的棒球短褲又濕又髒，馬提奧的牛仔褲也是，所以我們不顧長椅上還有水，就坐了下來。「真討厭，我們在那裡遇到了那種事。」

「我懂。就算是你不認識的人，你也永遠不會想要看著他們死掉。」

「那把我拖出了我的狗屎狀態。我那種『不管接下來發生什麼事我都準備好了』的心態全是狗屁，我整個嚇到不行。我們是真的有可能在三十秒之後就死掉，像是被流彈打到什麼的，我討厭這樣。我只要陷入這種嚇壞的狀態，就會跑來這裡，毫無例外。」

「但有好事發生的時候，你也會來這裡，」他說。「像是跑完你的第一場馬拉松。」他深吸一口氣。「還有你第一次和女生接吻。」

「是啊。」接吻那件事讓他不太自在，嗯，我猜我的直覺沒錯。我安靜了好一段時間，只顧看著松鼠爬樹、還有小鳥跳行著彼此追逐。「你玩過『角鬥士』嗎？」

「那個遊戲我知道。」他說。

「很好。你有玩過嗎？」

「我看過別人玩。」

「那就是沒玩過了。」

「沒玩過。」

我站起來，拉著馬提奧的手腕，帶他到攀爬架旁邊。「我向你下挑戰。」

「我不能拒絕，對吧？」

「當然不行。」

「我們才剛逃過一場爆炸。」

「那麼再多受點疼又怎麼樣呢？」

遊樂場上的角鬥士遊戲當然不像古老的那種競技場戰鬥，但我也看過有同學玩到受傷。老天，有些人就是被我害得受傷的。遊戲裡的兩個玩家——也就是角鬥士——要吊在攀爬架上盪向對方，試圖把對手撞下來。這是我童年中最野蠻的遊戲，好玩爆了。我們都長得挺高的，所以只要踮起腳尖就能抓住攀爬架，但是我小小跳了一下，像做引體向上一樣把自己拉高上去。馬提奧也跳起來抓住架子，但是他上身完全無力，所以十秒鐘後就掉回地面。他再跳一次，這回撐住了。我數到三，然後我們越過彼此之間短短的距離，往對方盪過去。我伸腳踢他，他扭向旁邊閃避，差點掉下去。我把雙腿抬得更高，夾住他的上腹。我夾著他左搖右晃，他嘗試掙脫，但是鬥都沒有。我的手有點痛了，所以當他大笑著放手時，我就跟他一起落到地墊上。我重重撞上墊子，衝擊的震波竄遍我全身，但這點痛死不了人。我們並肩躺著，一面大笑一面按摩痠痛的手肘和雙腿。我們的後背又弄得更濕了，想要起身時還一直滑倒。白痴喔。馬提奧打起精神，幫我爬起來。

「我贏了，對吧？」我說。

「我覺得是平手。」他說。

「再比一次？」

「別了。我們掉下來的時候，我肯定已經看到人生跑馬燈了。」

我笑了。「我跟你說真格的，馬提奧，」雖然很明顯我就是在跟他說話、沒有別人，但我就是很常喊他的名字，以為真的聽起來很酷——馬提奧。「過去這幾個月真的太折磨了。就算沒有死亡預報，我也感覺自己的生命要結束了。有些日子，我會相信自己可以證明死亡預報不準，騎著腳踏車衝進河裡。但是現在，除了害怕之外，我還覺得生氣，因為世上還有那麼多我絕不可能擁有的事物。時間……還有其他的，像是——」

「你今天沒有要自殺，對吧？」馬提奧問。

「我不會自尋死路，我保證。我不想要一切結束。請答應我，你不會比我先死。我沒辦法看著那種事發生。」

「除非你也答應我一樣的事。」

「我們不可能都答應同一件事。」

「那我就不能答應我想答應的事了，」馬提奧說。「我不想要你看著我死，但我也沒辦法看著你死。」

「這太爛了。你死前真的要當一個不肯答應完成別人遺願的末路旅客嗎？」

「逼我自己看著你死掉，可不是我能夠答應你的事。你是我的最終摯友，我會崩潰的。」

「你不該死，馬提奧。」

「我不覺得有任何人該死。」

「除了連環殺手之外，對吧？」

他沒有回答，也許因為他覺得我不會喜歡他的答案。真要說的話，這一點更進一步證明了我的看法無誤：馬提奧不該死。

一顆手球朝我們的方向彈過來，馬提奧跑過我身邊去接。有個傢伙跑來追球，但是馬提奧先接到了，把球丟還給他。

「謝了。」那個人說。

這位老兄膚色非常蒼白，看起來好像出門活動的時間相當不足。還在這天出門打球，實在天氣太爛、風雨太大了。我猜他是十九或二十歲，但也不排除可能是跟我們同年。

「沒事。」馬提奧說。

他轉身時看到我的腳踏車。「讚耶！是Trek牌的嗎？」

「對。為了越野賽買的。你也騎這牌的嗎？」

「我的車爛了──煞車線壞掉，座管快拆也怪怪的。等我找到時薪超過八塊錢的工作，就要買一輛新的。」他說。

「把我這輛拿去吧。」我說。我做得到。我走向我那輛曾伴我度過嚴酷賽事、載我去任何地方的腳踏車，把它牽給那個人。「今天你走運了，真的。我朋友不喜歡我騎這個，就給你吧。」

「你認真？」

「你確定？」馬提奧問。

我點頭。「這是你的了，」我告訴那個人。「去騎騎看吧。我反正很快就要搬走了，也沒辦法把車帶去。」

那位老兄把手球丟回去給他朋友，他們在叫著找他回去打球。他騎上車，轉著變速檔玩。

「等等，這車不是你跟別人偷來的吧？」

「不是。」

「也沒壞嗎？你不是因為車壞掉才把它留下來？」

「它沒壞。欸，你到底要還是不要？」

「就這樣啦，就這樣啦。我可以付點什麼跟你換？」

我搖頭。「就這樣啦。」我也用同一句話答回去。

馬提奧把頭盔交給那個人，他沒戴上就騎車回去找朋友了。我拿出手機，隨手拍了他騎著我的車的照片，他背對我，站著踩踏板，他的朋友在打手球。畫面裡的是一群年輕到還不需要擔心死亡預報這種事的孩子——比我大一點，但還是孩子，別跟我爭。他們知道這一天會像平常一樣安然結束。

「你做了件好事。」馬提奧說。

「我用它騎了很棒的最後一趟，我滿意了。」我又拍了更多照片：進行中的手球比賽、我們玩角鬥士遊戲的攀爬架、長長的黃色溜滑梯、鞦韆。「來吧。」

我差點要回去找車，然後才想起來我剛剛已經把車送人了。我感覺輕盈了一點，彷彿我的內心陰影辭掉了日間工作，一面走遠一面擺出和平手勢。馬提奧跟著我走到鞦韆邊。

「你說你以前會跟你爸一起來這裡是嗎？來幫雲取名字什麼的？我們來盪鞦韆吧。」

馬提奧坐在鞦韆上，像是抓救命索一樣抓得死緊——我就知道——然後踩了幾步，再放開推向前，他的雙腿在空中的樣子彷彿要把大樓踢倒。我拍了張照片，然後才跟他一起坐上鞦韆，雙臂繞著鏈子，又設法拍了幾張照，讓我和我的手機都險象環生——對，我知道——但是每四張模糊的影像之間，我也會拍到一張好照片。馬提奧指著陰暗的積雨雲，而我發自內心地驚嘆，我竟能夠跟一個不該死的人一起活在這一刻之中。

暴風雨很快又要來了，在我們前後晃盪的同時，我好奇他是不是在想兩個末路旅客可能會害整座鞦韆倒塌、把我們壓死，或是我們可能會盪得太高摔下來一命嗚呼。但我感覺很安全。

我們慢下速度，我對他喊道：「冥王星家族可以把我的骨灰撒在這裡。」

「你要改地方！」被鞦韆往後盪去的馬提奧大喊。「你今天還打算來個什麼大改變？除了最大的那個之外？」

「有！」

「什麼？」

我們的擺盪停下來時，我對他微笑。「我把腳踏車送掉了，」我知道他真的想問的是什麼，但我沒有上鉤。他得自己主動出擊，我不會搶走他體驗那一刻的機會，那個時刻太重大了。他站起來，而我繼續坐著。「真奇怪，這就會是我最後一次來這個公園了——最後一次帶著血肉之軀和還在運作的心臟來。」

馬提奧四下環顧；這也會是他最後一次來這個公園。「你聽說過那些變成樹的末路旅客嗎？

聽起來很像童話故事，我知道。『生機罈』這種服務讓末路旅客有機會把骨灰放在可生物降解的骨灰罈裡，裡面還會有一顆樹種子，吸收骨灰裡的養分，我本來以為這只是空想，但不是喔，是很科學的耶。」

「也許，比起把骨灰撒在地上給狗拉屎，我不如以一棵樹的形式繼續存活？」

「對，然後別的年輕人就會在你身上刻愛心，你還可以產生氧氣。大家都喜歡空氣。」馬提奧說。

一陣小雨下了起來，於是我從鞦韆上起身，鍊條在我背後吭啷作響。「我們去個乾爽的地方吧，怪咖。」

變成一棵樹重回人世應該挺酷的，那就會像我又在奧席亞公園裡重新長大一次。但這可不是我會大聲嚷嚷的事欸，因為啊，你要是到處跟人說你想當一棵樹，你怎能期待人家認真把你當一回事。

戴米安・利法斯

下午2點22分

死亡預報沒有打電話給戴米安・利法斯，因為他今天沒有要死掉，他覺得挺可惜的，因為最近他的日子實在過得讓他不怎麼滿意。他一長到符合身高限制，就每年都找新的雲霄飛車搭。他去藥妝店偷糖果，從爸爸的錢包偷現金。他像大衛挑戰哥利亞一樣找強勁的對手打架。他成立了一個幫派。

跟自己玩射飛鏢實在不是什麼刺激的事。

跟派克講電話也不怎麼令人興奮。

「報警這種事也太賤了，」戴米安說，音量大到讓他開擴音的手機能收到。「叫我去報警就是違背了我所有的堅持。」

「我知道，你只喜歡別人報警來抓你。」派克說。

戴米安點頭，好像派克看得到他似的。「我們當初應該自己處理那件事的。」

「你說得對，」派克說。「警察根本也沒抓到魯佛斯。他們可能乾脆放棄了，因為他是末路旅客。」

「我們來幫你討回公道吧。」戴米安說。他的體內湧起一陣興奮和使命感。他這整個夏天都過得太安全了，現在他終於一步一步走近他在世界上最喜歡的地方。

他想像魯佛斯的臉就在標靶的位置，然後他擲出飛鏢、正中紅心——正中他想像中的魯佛斯雙眼之間。

馬提奧

下午2點34分

雨又下了起來，比稍早在墓園時更大。我感覺自己就像我小時候照料過的那隻被雨水打落的小鳥，還沒準備好就離開了鳥巢。

「我們該到室內去。」我說。

「怕感冒嗎？」

「怕變成雷擊案例的統計數字之一。」我們逗留在一間寵物店的遮雨棚下，櫥窗裡的小狗讓我們分心而無法決定下一步行動。「我有個主意，可以讓你發揮你探險家的一面。也許我們可以來來回回搭地鐵。我住的城市裡還有好多我沒見過的地方，也許我們會不經意碰上什麼超讚的東西。哎算了，這太蠢了。」

「一點都不蠢，我完全懂你的意思。」魯佛斯領頭走向最近的地鐵站。「我們住的城市這麼巨大，可能有人在這裡住了一輩子，都還沒走遍每個行政區裡的每個街區。我作過一個夢，是我參加了某個超酷的單車賽程，我的輪胎上塗了夜光漆，然後我的目標是要在午夜前讓整個城市都亮起來。」

我露出微笑。「你有成功嗎？」這個夢實在很有跟時間賽跑的緊繃張力。

「沒，我想我後來就開始夢到一些色色的事情什麼的，然後就從那個夢裡醒過來了。」魯佛斯說。他應該不是處男了吧？但我沒有問，因為那不關我的事。

我們回頭往市中心方向而去。天曉得我們能走多遠。也許我們會搭到地鐵的最末站，攔一台巴士，搭去更遠的站點。也許我們會跑到另一個州去，比如說紐澤西。

月台上有一班列車開著門，我們跑上車去，找到了角落的一排空座椅。

「我們來玩個遊戲。」魯佛斯說。

「別再玩角鬥士了。」

魯佛斯搖了搖頭。「不是。這個遊戲叫作『旅人』，我以前會跟奧莉維亞一起玩。幫別的乘客編故事，說他們要去哪裡、他們是什麼樣的人。」他移了移位置，身體靠向我，小心翼翼地指著一個手拿購物袋、外套下穿了藍色刷手服的女人。「她要回家打個盹，然後大聲放流行歌，準備迎接她九天以來的第一個休假日。雖然她還不知道，但她最喜歡的酒吧在歇業整修。」

「真慘。」我說。魯佛斯轉向我，扭扭手腕，鼓勵我接著說。「噢。她回到家會發現某個有線電視台正在播她最喜歡的電影，然後她會在進廣告的時候收發朋友的電郵。」他咧嘴笑了。

「怎樣？」

「她展開這個夜晚的方式還真是充滿冒險。」他說。

「她要睡覺啊。」

「是為了讓她有精神徹夜跑趴！」

「我猜她會想看看朋友們都在幹嘛。她平常可能漏接了他們的簡訊和電話，因為她都太忙著拯救病人、接生嬰兒。她需要這麼做，相信我。」我朝著一個女孩點頭，她戴著比拳頭還大的耳機，頭髮染成白金色，拿藍色觸控筆在平板電腦上畫著某些色彩繽紛的圖畫。我朝著她的方向點了一下頭。「那台平板是她上星期收到的生日禮物，她本來超想拿它來玩遊戲，還有跟朋友視訊聊天，但她後來發現了一款圖像設計APP，無聊的時候試了幾下，現在她就迷上了這個新歡。」

「這我喜歡。」魯佛斯說。列車停下來，那女孩手忙腳亂地收拾她的彩繪托特包，於車門關閉之際跑出車廂——就像動作電影的片段。「她現在要回家了，到家之後她會太忙著把她的一個靈感好好畫出來，然後跟朋友約好的視訊聊天就遲到了。」

我們一直玩這個旅人遊戲。魯佛斯指著一個拉行李箱的女孩，覺得她是要逃家，但我糾正他說其實她是跟姊妹大吵一架之後正要回家，她們會重修舊好。我的意思是說，你只要有長眼睛就一定看得出來是這麼回事。另一個全身濕透的乘客則是車子出了問題，不得不丟下他的廂型車——不，魯佛斯糾正說，應該是丟下他的賓士，搭地鐵對這個有錢人來說太屈辱了。幾個紐約大學的學生身邊帶著雨傘跳上列車，可能是剛結束新生訓練，他們的大好人生正要展開，我們快速輪了一圈，一一預測他們會成為什麼人物：出身藝術家家族的家事法庭法官、在洛杉磯以交通路況笑話廣受讚賞的喜劇演員、蟄伏幾年之後大器晚成的演藝經紀人、幫一部關於怪獸體育選手的兒童電視節目寫腳本的編劇，還有一個高空彈跳教練，這特別逗趣，因為他留著八字鬍，每次往下跳的時候，他的鬍子在風中看起來一定都像在微笑。

如果有其他人在玩旅人遊戲，他們會對我和魯佛斯做出什麼預測呢？

魯佛斯拍拍我的肩膀，在車門打開時指向出口處。「嘿，這不就是我們莫名其妙拿到健身房會員資格的那一站嗎？」

「啊？」

「對啊，就是這裡！有個混蛋在歡樂看台樂團的演唱會上撞了你，然後你就想練成肌肉男。」魯佛斯在車門關上的同時說道。

我沒去過歡樂看台的演唱會，但現在我摸清楚我們這個遊戲是怎麼玩的了。「錯了，不是那一晚，魯佛斯。那個傢伙是在歡樂樂團的演唱會上撞我的。嘿，這就是我們跑去刺青的那一站。」

「對啊。那個刺青師，叫巴克萊的——」

「是貝克，」我糾正他。「記得嗎？從醫學院休學的刺青師貝克？」

「對——喔。我們碰上貝克心情好，給我們買一送一優惠。我在前臂上刺了單車輪胎——」他拍拍手臂。「你刺的是……？」

「一隻公海馬。」

魯佛斯的表情十分困惑，好像想要喊聲暫停，確認我們是不是還在玩同一個遊戲。「呃……再跟我說一次你是為什麼刺了那個。」

「我爸真的很喜歡公海馬。他是自己一個人把我帶大的，記得吧？我真不敢相信你忘了我肩膀上這個海馬刺青的意義——不對，是手腕上，是在我手腕上。這樣比較酷。」

「我真不敢相信你還忘了自己的刺青刺在哪裡。」

抵達下一站的時候，魯佛斯帶我們奔向未來。「嘿，這裡就是我通常下車去上班的地方，在我需要進辦公室的時候，而不是待在世界上某個我被派去評等的旅遊勝地。太扯了，我竟然在你建築設計的大樓裡工作。」

「太扯了，魯佛斯。」

我低頭看著海馬刺青應該在的位置。

在未來，魯佛斯會是旅遊部落客，我會是建築師。我們身上有一起去刺的刺青。我們一起看過好多演唱會，多到他都記不清楚哪一場是哪一場了。我幾乎要希望我們此刻的創意沒有這麼豐富，因為這些捏造的友情回憶真是讓人感覺太美妙了。你想像看看——重新體驗這些你根本不曾經歷過的生活。

「我們得留下屬於我們的標記。」我說著從座位上站起來。

「是要去外面消防栓上尿尿嗎？」

我把那本覆面書放在座位上。「我不知道會是誰撿到這本書。但是，想到這本書留在這裡會被某個人發現，這樣不是很酷嗎？」

「真的。這個位置就是貴賓席了。」魯佛斯一邊說一邊從座椅上起身。

列車停下來，車門開啟了，人生應該不僅止於幫自己幻想未來。我不能只是想望；我必須冒險創造未來。

「有一件事情我真的很想做。」我說。

「我們出去吧。」魯佛斯微笑道。

我們趁車門關閉前下了車，差點和兩個女生撞個正著，然後出了地鐵站。

柔伊・蘭頓

下午2點57分

死亡預報在中午十二點三十四分打電話給柔伊・蘭頓，通知今天就是她的死期。柔伊很孤單，搬到紐約來、開始在紐約大學上課才八天。她幾乎都還沒拆開行李，更來不及交朋友。但謝天謝地，最終摯友APP可以一鍵下載。她的第一封訊息是傳給一個叫作馬提奧的男孩，但他始終沒有回覆。也許他死了。也許他無視她的訊息。也許他已經找到了最終摯友。

就像柔伊最終也找到了。

柔伊和嘉柏瑞拉在車門關閉的前一刻上了車，途中閃過兩個男生。她們奔向角落的座位，看見座位上用紙包裹的物體時停了下來。是個方形的包裹。柔伊每次進地鐵站的時候，都看到標語鼓勵她看到異狀要勇於反映——她現在就看到了異狀。

「真糟，」柔伊說。「妳應該在下一站下車。」

嘉柏瑞拉無所畏懼地拿起那個物體，因為她今天並沒有接到死亡預報。

柔伊瑟縮了一下。

「這是一本書啦，」嘉柏瑞拉說。「噢！是神秘驚喜書呢！」她坐下來看了看包裝紙上畫的逃犯。「我超愛這個圖。」

柔伊坐在她旁邊。她覺得那圖畫得還算可愛，但她尊重嘉柏瑞拉的意見。

「輪到我跟妳說秘密了，」嘉柏瑞拉說。「如果妳想聽。」

今天柔伊把她所有的秘密都告訴了嘉柏瑞拉——她小時候要她的童年摯友發誓絕不講出去的秘密、因為太難啟齒而不曾向外人透露的心碎秘密。她們兩個一起又哭又笑，彷彿已經當了一輩子的好朋友。「妳的秘密會跟著我進棺材。」柔伊說。她沒有笑，嘉柏瑞拉也沒有，但她輕輕捏了捏對方的手，讓她知道自己沒事。這個承諾除了直覺再無其他根據。管他有沒有證據證明死後有來生。

「不是什麼大秘密啦，但我是……曼哈頓塗鴉界的蝙蝠俠。」嘉柏瑞拉說。

「噢，這可真是太讓我興奮了，曼哈頓塗鴉界的……蝙蝠俠。」柔伊說。

「我的專長是幫最終摯友畫塗鴉。有些地方我會用奇異筆畫，像是菜單和地鐵海報，但噴漆塗鴉才是我的真愛。我幫自己遇到的最終摯友們畫簽名塗鴉。上個禮拜，我在一間麥當勞、兩間醫院和一間湯品店外牆上畫滿了APP裡看到的可愛側面人像剪影。我希望大家可以好好利用。」嘉柏瑞拉用手指敲敲那本書。柔伊乍看以為她指甲四周的顏色是嚴重失敗的指甲彩繪造成的，但現在柔伊知道是怎麼回事了。「總之，我喜歡藝術，我會把妳的名字畫在信箱之類的東西上做簽名塗鴉。」

「也許畫在百老匯大道的某個地方？我永遠不可能成名了，但至少我的名字可以留在那裡。」柔伊說。她想像著自己要求的畫面，她的心同時感到盈滿又空虛。

乘客紛紛從報紙或手機遊戲抬起視線，看著柔伊，有人表情漠然，也有人面帶憐憫。一名留著醒目爆炸頭的黑人女子則是露出純然的哀傷神情。「很遺憾妳要離開了。」那名女子說。

「謝謝妳。」柔伊說。

那名女子回去看著手機。

柔伊往嘉柏瑞拉挨近了一點。「我覺得我把情況弄得怪怪的。」她說，聲音比先前微弱了些。

「妳要趁還能說話的時候暢所欲言。」嘉柏瑞拉說。

「我們來看看這本是什麼書，」柔伊說。她很好奇。「打開來吧。」

嘉柏瑞拉把書遞給柔伊。「妳來開。今天是妳的……」

「今天是我的末日，不是生日，」柔伊說。「我不需要禮物，我也沒有真的要看這本書，在接下來的……」柔伊看看手錶，感到一陣暈眩。她最多只剩下九個小時了——她看書又看得非常慢。「就把別人留下來的這份禮物當成我送妳的禮物吧。謝謝妳當我的最終摯友。」

坐在對面的一名女子抬起頭，睜大了眼睛。「抱歉打擾了，但是聽到妳們是最終摯友，我真的很高興。很高興妳在妳的末日找到了這麼一個人。」她以手勢比向嘉柏瑞拉。「妳們幫助了我把自己的日子過得更圓滿。這真是太美好了。」

嘉柏瑞拉將一隻手臂搭在柔伊肩上，把她拉近，兩人一起向那名女子道謝。

當然嘍，柔伊非得要到她的末日來臨才遇得上這麼暖的紐約客。

「我們一起開吧。」嘉柏瑞拉說，將她們的注意力拉回那本書。

「好。」柔伊說。

柔伊希望嘉柏瑞拉在有生之年還是會繼續跟末路旅客交朋友。

人生不應該孤單度過，末日也是。

馬提奧

下午3點18分

跟莉蒂亞見面要冒很大的風險，但這個險我願意冒。

巴士靠站停車，我們先等其他人都上了車才跟上。我問巴士司機今天有沒有接到死亡預報，他搖搖頭。這趟旅程應該會很安全。我們還是有可能死在巴士上，沒錯，但是巴士全毀、害死我們、導致其他乘客重傷的機率似乎滿低的。

我借了魯佛斯的手機打給莉蒂亞。我的手機快沒電了，電量掉到接近百分之三十，我想確保醫院在我爸醒來時能聯絡得上我。我移動到巴士後方的另一個座位，撥了莉蒂亞的號碼。

莉蒂亞幾乎立刻就接起電話，但是她出聲答話之前還是停頓了一下，就像在克里斯欽死後的幾週那樣。「喂？」

「嗨。」我說。

「馬提奧！」

「抱歉！」

「你封鎖了我的號碼！那功能還是我教你的耶！」

「我不得不——」

「你怎麼可以不告訴我?」

「我——」

「馬提奧,我他媽是你最好的朋友——佩妮,別偷聽媽媽講話——而你竟然他媽的沒打算告訴我你要死了?」

「我不想讓——」

「閉嘴。你還好嗎?你現在怎樣了?」

我一直覺得莉蒂亞就像一枚拋向空中的硬幣,反面是惱火到像是要棄你於不顧的她,正面是把你看得再透澈不過的她。我覺得我們這次翻到的是反面,但誰知道呢?

「我沒事,莉蒂亞。我跟一個朋友在一起,一個新朋友。」我說。

「是誰?你是怎麼認識她的?」

「在最終摯友APP上,」我說。「他叫作魯佛斯。他也是末路旅客。」

「我想見見你。」

「我也是。所以我才打電話來。妳有沒有可能找個地方放著佩妮,跟我在旅程體驗館見面?」

「她阿嬤已經來了。我幾個小時前打電話給她——我那時他媽嚇得要死——,她就從上班的地方回家了。我會去體驗館,現在就去,但拜託你路上小心。別用跑的,慢慢走,除了過馬路的時候。等到變綠燈、視線內沒車的時候再走,就算車子停在紅燈後面或是人行道旁邊都不行。說實在的,你還是別移動好了。你現在在哪?我去找你。動也別動,除非你身旁有人看起來意圖不軌。」

「我已經跟魯佛斯一起在巴士上了。」我說。

「兩個末路旅客在同一台巴士上？你是想死嗎？馬提奧，出事的機率高到瘋掉，那台巴士可能會翻車。」

我的臉有點發熱。「我不想死。」我低聲說。

「抱歉，我閉嘴就是了。拜託小心一點，我得要見你最後——我得要見你，好嗎？」

「妳會見到我，我會見到妳，我保證。」

「我不想掛電話。」她說。

「我也不想。」

我們沒有掛斷。我們可以，也應該利用這段時間談談我們的回憶，或是想想值得向對方道歉的事，以免我無法依約跟她見到面，但是我們沒有，我們聊的是佩妮的頭撞到一個大玩具卻沒有哭，像個勇敢的小兵。我想，為一段新記憶而歡笑和追想舊時回憶是一樣美好的。也許還更美好。我不想把魯佛斯的手機電池用完，以免冥王星家族的成員要聯絡他時打不通，所以我和莉蒂亞說好同一時間掛斷。按下「結束通話」讓我的好心情瞬間消滅，整個世界又再次變得沉重起來。

派克

下午3點21分

派克正在把他的幫派重新集合起來。

他的無名幫派。

派克之所以被取了這個綽號，是因為他出拳一點力氣也沒有，煩人的成分遠比傷害性大，就像一隻鳥在啄你[5]。如果你想把哪個人放倒，那要找拳王來出手。偶爾有需求的時候，派克也能踹人幾腳，但是戴米安和肯卓克不會把他帶在身邊，因為他是備用人力。他的價值在於他能夠取得一項終極武器。

他走向他的衣櫥，感覺到戴米安和肯卓克的視線落在他背上。這裡的收納方式像是一組俄羅斯娃娃，是派克刻意設計的。他打開衣櫥，好奇著自己是否真有勇氣。他打開置物籃，好奇自己能否接受再也見不到艾美、接受她一旦發現他幹的事就永遠不會原諒他。他打開最後一個盒子，一個鞋盒，心裡知道這次他真的要給自己一點敬意。

他對著那個不尊重他的人開槍的時候，也會從對方身上得到一點敬意。

---

[5] 派克的原文Peck作動詞時即為啄食之意。

「我們現在怎麼辦？」戴米安問。

派克打開Instagram，點進魯佛斯的個人檔案，惱怒地發現艾美又發了更多則表示想念他的回覆。他不斷重整頁面，一次又一次。

「我們就等吧。」

馬提奧
下午3點26分

巴士在三十街和第十二大道交叉口的環遊世界體驗館停車時，雨勢變成了毛毛細雨。我先步下巴士時，背後傳來一陣嘎吱聲和一句「幹！」的咒罵。我及時轉身抓住階梯扶手，才沒讓魯佛斯面朝地跌下巴士、把我也一起帶下去。魯佛斯挺有肌肉的，體重撞得我肩膀發疼，但他幫我們兩個穩住身子。

「地面濕滑，」魯佛斯說。「是我的錯。」

我們到了這裡。

我們很安全。

我們照顧著對方。我們會把這一天盡可能延長，就像白晝最長的夏至。

環遊世界體驗館總是讓我想起自然歷史博物館，雖然它的大小只有一半，而且圓頂的周圍掛滿各國國旗。哈德遜河離這裡只有兩個街區遠，我沒有對魯佛斯指出這一點。體驗館的最高容納人數是三千人，這對末日旅客、和他們同行的客人、絕症患者，還有單純來享受這個體驗的任何人而言，都是再好不過的消息。

我們決定在等待莉蒂亞的同時先買票。

一名工作人員來協助我們，排隊人龍按緊急程度分成三排：病人、我們這些會在今天之內因神秘力量而死的人，還有閒得發慌的遊客。只要看一下其他人，就能輕鬆分辨出我們該排的隊伍在哪裡。我們右邊隊伍裡的人都在嬉笑、自拍、傳訊息，左邊的隊伍則完全沒有這些動作。有個包著頭巾的年輕女人倚靠著自己的氧氣筒，其他人發出淒慘的吁喘聲，有些人顏面傷殘或是嚴重燒傷。一股哀傷令我喘不過氣，不是為了他們而哀傷，甚至也不是為了我自己，而是為了排在我們前面的那些人，他們從安全的人生中被喚醒，在接下來的幾個小時——甚或幾分鐘內——就要跌入險境。還有那些根本沒活到今天這個時候的人。

「為什麼我們不能有機會？」我問魯佛斯。

「做什麼的機會？」他正在四下環顧，拍攝體驗館和排隊人龍的照片。

「爭取另一個機會的機會，」我說。「為什麼我們不能去敲敲死神的門，看是跟祂求饒、討價還價、比腕力或是比賽互瞪，來爭取繼續活下去的機會？就算只能決定自己要怎麼死，我也想要為這個機會而戰。我想在睡夢中死掉。」而且，我會先勇敢地活，讓某人想要將我攬在臂彎裡，也許還會蹭蹭我的下巴或肩膀，不停地聊著我們一起活著有多麼快樂，兩人都對此毫無疑問，然後我才會睡去。

魯佛斯放下他的手機，與我四目相對。「你真的覺得你比腕力可以贏過死神嗎？」

我笑出來，從他身上轉開目光，因為跟他眼神接觸讓我的臉變得溫熱起來。有一台優步靠邊停車，莉蒂亞從後座衝了出來。她慌亂地四下找我，雖然今天不是她的末日，一個單車騎士差點撞到她時我還是緊張不已，怕他會撞得她失去意識，她會跟我爸一樣進醫院。

「莉蒂亞！」

我跑出隊伍，她的視線找到了我。我興奮得差點絆倒，彷彿我跟她已經多年不見。她伸出雙臂緊抱住我，像在把我拖出下沉的車子，或是在我掉出墜毀的飛機時接住我。她用這個擁抱道盡了一切——每一句「謝謝」、每一句「我愛你」、每一句「抱歉」。我也回以緊抱，表示感謝，讓她能感受到我的愛，也對她道歉，並且訴盡這些話語之中深藏的、言語之外徘徊的所有訊息。繼她將剛出生的佩妮抱給我之後，這是我們的友誼中最窩心的時刻——然後莉蒂亞後退一步，打了我一巴掌。

「你應該告訴我的。」莉蒂亞再次把我拉進她的擁抱中。

我的臉頰刺痛，但是我將下巴靠著她的肩膀，她聞起來像是她今天稍早餵給佩妮的某種肉桂口味食物，因為她還沒換下我上次看到她時穿著的寬版襯衫。我們抱著對方輕輕搖晃，我同時尋找著魯佛斯在隊伍中的身影，他顯然被那一巴掌嚇著了。真奇怪，魯佛斯不知道莉蒂亞骨子裡就是這樣，就像我說的，她像一枚不停翻面的硬幣。也真奇怪，我竟然才認識魯佛斯一天而已。

「我知道，」我告訴莉蒂亞。「妳知道我很抱歉，我只是想要保護妳。」

「你應該永遠跟我在一起的，」莉蒂亞哭道。「你應該要在佩妮第一次帶約會對象回家的時候扮黑臉。你應該要在她離家上大學的時候陪我玩卡牌遊戲和看垃圾節目。你應該要和我一起投票選佩妮當總統，因為你知道她已經是這麼個小小控制狂，不統治整個國家她不會滿意的。天曉得她會為了統治全世界而出賣靈魂，你應該要在我身邊幫助我，別讓她跟惡魔做交易。」

我不知道該說什麼。我一下點頭、一下搖頭，因為我不知道該怎麼做。「對不起。」

「這不是你的錯，」莉蒂亞捏捏我的肩膀。

「也許是喔。也許如果我沒有那樣躲躲藏藏，我就會學到一些街頭智慧什麼的。現在要自責還太早，但也許到頭來真的是我的錯，莉蒂亞。」這一天感覺有點像被拋棄在荒野中，各種所需的求生裝備一應俱全，但我連該怎麼生火都不知道。

「閉嘴，」莉蒂亞施壓道。「這不是你的錯。是我們辜負了你。」

「妳才閉嘴。」

「這是你說過最粗魯的話呢，」莉蒂亞帶著微笑說，彷彿我承諾過要使壞。「這個世界不怎麼安全，看看克里斯欽和每天其他那些死掉的人就知道了。但我應該為你示範，有時候冒點風險是值得的。」

有時候，你會有個讓你出乎意料地愛到勝過世上一切的孩子。這是她為我示範的方式。「我今天就在冒險，」我說。「而且我想要妳來陪著，因為妳的生活中有了佩妮之後，要打破框架去冒險就困難多了。妳一直想看看世界，既然我們這輩子沒有機會一起上路旅行了，我很高興我們現在可以一起環遊世界。」我握著她的手，向魯佛斯點了一下頭。

莉蒂亞轉向魯佛斯，臉上帶著的緊張表情跟我們坐在她家浴室裡等待驗孕結果時如出一轍。就像那時她把驗孕棒轉過來看結果時一樣，她現在說：「我們來吧。」她捏捏我的手，魯佛斯也注意到了。

「嘿，現在是什麼狀況？」魯佛斯問。

「超慘的，很明顯吧，」莉蒂亞說。「這真是他媽的爛透了。對不起。」

「不是妳的錯。」魯佛斯說。

莉蒂亞直盯著我，彷彿還是很訝異我就在她面前。

我們到了隊伍前方。穿著鮮豔黃色背心的櫃檯人員肅穆地微笑道：「歡迎光臨環遊世界體驗館。很遺憾三位即將離開。」

「我沒有要死掉。」莉蒂亞糾正他。

「噢，陪同顧客的入場費是一百元，」櫃員說。他看著我和魯佛斯。「末路旅客的建議捐款金額是一元。」

我付錢買了我們所有人的票，額外又捐了兩百元，希望這個體驗館能繼續營運很多很多年。它為末路旅客提供的服務似乎是無與倫比的，遠遠勝過精采一刻體驗站。櫃員感謝我們的捐獻，並不顯得驚訝；末路旅客總是把錢到處撒。魯佛斯和我拿到了黃色腕帶（代表健康的末路旅客），莉蒂亞拿到橘色的（一般遊客），我們向前進場。

我們挨得很近，不想走得離彼此太遠。大門入口有點擁擠，末路旅客和一般遊客抬頭看著巨大的螢幕，上面列出你可以造訪的所有地區，還有各種不同的行程：環遊世界八十分鐘、荒野萬哩路、美國中部之旅等等。

「我們要參加行程嗎？」魯佛斯問。「我都有興趣，除了『你我與藍色深海』之外。」

「『環遊世界八十分鐘』再十分鐘就要開始了。」我說。

「我贊成，」莉蒂亞勾著我的手臂說。她困窘地轉向魯佛斯。「對不起，天啊，對不起，真的，不管你們兩個想要什麼都行。我沒有投票權。對不起。」

「沒事的，」我說。「魯佛斯，你可以嗎？」

「呦，我們就環遊世界去吧。」

我們找到第十六號房，跟其他二十人一起上了一台雙層電車。戴著黃色腕帶的末路旅客只有魯佛斯和我。另外有六個末路旅客是戴藍色腕帶的。我在網路上追蹤了許多患有不治之症的末路旅客，他們趁還有時間，真的去了各個國家和城市旅行。但其他負擔不起旅費的人就會和我們一起接受這個第二好的選項。

司機站在走道上，透過頭戴式耳機說話。

「午安。感謝你們跟我一起展開這趟美妙的旅程，我們會在八十分鐘——誤差時間正負十分鐘——內遊遍全世界。我是蕾斯莉，擔任你們的導遊，並代表環遊世界體驗館的所有人對你們和你們的家屬致上慰問。希望我們今天的旅程能夠讓你們重展笑顏，並且在所有陪同的遊客心中也留下美好的回憶。

「如果你們在某個地區想要多作停留，請盡量遊覽無妨，但也請記得，如果要在八十分鐘內走遍全世界，我們的行程就必須繼續往下。現在，麻煩各位繫好安全帶，我們要出發嘍！」

大家都扣上了安全帶，我們就此啟程。我不是地圖學家，但連我也看得出來座椅後面的路線圖——看起來像地鐵上的電子地圖——在地理層面上畫得並不精確。不過，這還是一段不可思議的時光，每個展示間裡都有逼真到不可思議的複製展品，莉蒂亞針對各個地點分享她個人研究中得知的趣事，讓人覺得更好玩了。我們循著軌道前進時，可以看到正在遊玩的末路旅客和陪同者，有些人還向我們揮手，彷彿我們不是觀光客。

在倫敦，我們經過西敏寺，傳說法律不允許有人在那裡死掉，但我最喜歡的還是聽見大笨鐘敲響，哪怕鐘上的指針讓我一看就猛然跌回現實。在牙買加，我們見到數十隻大蝴蝶，叫作巨型燕尾蝶，那裡的居民則坐在地上吃特殊的料理，例如阿開木煮鹹魚。在非洲，我們看到一個龐大的魚缸，裡面是馬拉威湖裡棲息的物種。我看著那些游動的藍色和黃色生物看得如此入迷，幾乎錯過了牆上直播母獅從後頸叼著幼崽的畫面。在古巴，我們看到遊客跟當地人比賽玩骨牌，沿著一條線排放方糖，魯佛斯為他的家族發源地加油。澳洲有充滿異國風情的花卉、放風箏比賽，還有送給每個小孩的無尾熊玩偶。在伊拉克，載著美麗絲巾與絲裙的商旅貨車後面精心藏了擴音喇叭，播放出他們的國鳥——石雞的鳴聲。在哥倫比亞，莉蒂亞告訴我們這個國家四季皆夏，我們忍不住想和果汁攤販買杯飲料。在埃及，只有兩座複製金字塔，由於展示間裡保持乾熱，體驗館員工會分送尼羅河瓶裝水給我們。在中國，莉蒂亞打趣地表示，她聽說投胎轉世是被禁止的，除非有政府允許，我不想思考這件事，所以我專注看著發光的複製摩天大樓和桌球選手。在韓國，我們看到兩個應用在學校教室裡的橘黃色機器人——它們叫作「機器老師」——末路旅客還可以在這裡接受化妝服務。在波多黎各，電車暫停四十秒休息，魯佛斯拉著我的手臂，帶我往別處走，莉蒂亞跟了上來。

「怎麼了？」我在迷你樹蛙的合唱聲中問道。不知道這裡是否真的有樹蛙，或者那只是錄音。野生動物的聲音聽起來是如此不和諧，習慣了警笛和汽車喇叭的我，聽到蘭姆酒攤車旁人們的對話反而倍覺撫慰。

「我們談過你如果有機會旅行，就要做些刺激的事，對吧？」魯佛斯說。「我一直在行程裡找靈感，你看，」他指著一個隧道旁的標示牌：「雨林跳躍！」「我不知道那是什麼意思，但肯定比之前的假跳傘好。」

「你們去跳傘？！」莉蒂亞問。她的語調同時是「你瘋了嗎？」和「我好忌妒。」她有那種最溫情、最像大姊姊的佔有欲。

我們三個走在卡其色的磁磚上，四周撒著真正的沙子，就這樣走向隧道。一位體驗館員工遞給我們「雲蓋雨林展示間」的介紹手冊，並且提供語音導覽，但也誠實告知我們如果聆聽導覽就會錯過一些自然樂音。我們放棄了導覽耳機，穿過空氣潮濕溫暖的隧道。

密集的樹木在微雨中聳立，人造陽光從厚厚的樹葉間灑下。我們繞過形狀扭曲的樹幹，沿著被踏平的小徑走向更響亮的樹蛙鳴聲。爸跟我說過他和我一樣年紀時，會跟朋友一起爬樹，抓青蛙賣給其他想要寵物的小孩，也有時候就只坐在樹上沉思。我們愈往深處走，蛙鳴愈被人聲和瀑布聲蓋過。我以為瀑布水聲只是錄音，直到我們經過一處空地，我才發現水是從一座二十呎的高壁上瀉進池子裡，池裡有脫了上衣的末路旅客和若干位救生員。這一定就是所謂的雨林跳躍了。不知道為什麼，我本以為會是某些比較蹩腳的東西，比如說在石頭或地上跳來跳去。

看了這麼多之後，離開體驗館比離開這世界的念頭更銳利傷人。感覺就像被迫從一個你等了一輩子的夢境裡醒來。但我不是在作夢，我很清醒，我要盡情體驗。

「我女兒討厭下雨，」莉蒂亞告訴魯佛斯。「她討厭所有她無法控制的東西。」

「她會調適過來的。」我說。

我們走到高壁邊緣，末路旅客紛紛從這裡躍下。一個戴藍色腕帶、綁頭巾、套著泳圈的嬌小女孩在跳躍前最後一秒做了個危險動作——她轉身往後倒，就像被人從高樓推下去。下方的一名救生員吹了口哨，其他人游到池子中央她入水的位置。她笑著浮出水面，救生員們看起來都在責罵她，但她毫不在意。在這樣的一個日子，誰會在意呢？

魯佛斯

下午4點24分

儘管我總是大言不慚說要勇敢，我對於這一跳卻不太篤定。自從我家人死後，我就不曾踏足海灘、甚或進入社區游泳池。在今天之前，我和大片水域最接近的一次，是跟艾美一起在東河釣魚，那導致我作了個在哈德遜河釣起我家車子的噩夢，我家人的骸骨仍穿著死亡時的衣服，被我用釣線捲上岸，提醒著我是如何拋棄了他們。

「你自己好好去吧，馬提奧。我要否決我自己，不參加。」

「你也該放棄這個，」莉蒂亞告訴他。「我知道我在這裡沒有發言權，但是否決、否決、否決、否決。」

馬提奧還是排了隊，太讚了，我希望他能享受這個經驗。現在沒有了蛙鳴，我知道他有聽見我的話。這小子已經變了個人。我知道你已經專心在看了，但你瞧瞧他——他在排隊準備跳下瀑布，我跟你說，他還不會游泳呢。他轉身向我們揮手，像在邀請我們一起排隊坐雲霄飛車。

「來嘛，」馬提奧看著我說。「或者，我們可以回去精采一刻體驗站，在他們的水池裡游，如果你想的話。我真的覺得，如果你下水看看，你對這一切的感覺都會好些……換成我引導你做事情很奇怪，對吧？」

「是有點反了，沒錯。」我說。

「我們長話短說吧。我們不需要精采一刻體驗站和虛擬實境。我們在這裡就可以創造我們自己的精采一刻。」

「在這片人工雨林裡？」我微笑回應。

「我沒有要主張這個地方是真的。」

體驗館員工告訴馬提奧說下一個就輪到他了。

「如果我的朋友跟我一起跳，不是很酷嗎？」馬提奧問。

「當然。」那位員工回答。

「我才不要！」莉蒂亞說。

「妳要，」馬提奧說。「如果不跳，妳會後悔的。」

「我應該把你從瀑布上推下去的，」我對馬提奧說。「但我不會這麼做，因為你說得對。」我可以面對自己的恐懼，特別是在像這樣有救生員和臂套泳圈的人工控制環境中。

本來沒人有計畫要游泳，所以我們脫到只剩內衣褲。呦，我都不知道馬提奧竟然瘦成這樣。他的視線避開我——讓我覺得挺奇怪的——，而只穿胸罩和牛仔褲的莉蒂亞倒是把我從頭到腳打量一番。

體驗館員工給了我們裝備——我把泳圈叫作「裝備」是因為這樣聽起來比較不會太可愛——，我們套上了。工作人員叫我們感覺可以了就跳，應該也沒法等太久，因為我們後面已經排了一隊人。

「數到三？」馬提奧問。

「好。」

「一，二……」

我抓起馬提奧的手，和他十指交扣。他滿臉通紅地轉向我，並且抓住莉蒂亞的手。

「三。」

我們全都往前、往下看，然後跳出去。我覺得我在空氣中下墜的速度更快，拖著馬提奧一起。馬提奧尖叫出聲，在接觸水面前的短短幾秒間，我也尖叫了，莉蒂亞則是歡呼。我入水時，馬提奧仍在我身邊，我們只沉入水下幾秒鐘，我睜開眼時就看見他。他沒有驚慌，讓我想起我的父母幫助我掙脫之後，看起來是多麼平靜。馬提奧和我浮回水面上，彼此的手依然交握著，救生員從我們身側經過。我笑著朝馬提奧靠近，我為了他強迫我接受的這份自由而擁抱他。感覺就像我經歷了洗禮，或是什麼鬼的，我把更多的憤怒、悲傷、自責和挫敗拋在水面下，不管它們會沉到哪裡去。

瀑布重重打在我們周圍的池水上，一名救生員導引我們走向山丘。

山腳下的一位工作人員給了我們毛巾，發抖的馬提奧把毛巾圍在肩上。「你感覺怎樣？」他問。

「還不差。」我說。

我們沒再提起牽手之類的事，但如果他起了什麼疑心，希望他會明白我的意思。我們爬到山丘上，用毛巾擦乾身體，拿回衣服穿上。我們經過紀念品販賣部離館，我在那裡發現馬提奧跟著廣播的歌曲一起唱。

馬提奧拿起一張店裡的「珍重再見！」卡片，我過去找他講話。「剛才你逼我跳了，現在換你。」

「我跟你一起跳了啊。」

「我不是說那個。跟我一起去個地下舞廳吧，那裡是末路旅客跳舞、唱歌、找樂子的地方。要不要？」

安德雷警官

下午4點32分

死亡預報沒有打電話給艾利爾．安德雷，因為他今天沒有要死掉，但身為執法人員，每當時間逼近午夜，接到預報電話就是他最大的恐懼。尤其是在兩個月前失去他的搭檔之後。他和葛拉罕以前一起辦案、一起喝酒講冷笑話的樣子，簡直像電影裡的換帖兄弟警察。

葛拉罕一直在安德雷心頭揮之不去，今天也一樣。有幾個寄養家庭的小孩在拘留所裡大鬧，因為他們的兄弟成了末路旅客。就算沒有相同的DNA，兄弟仍然是兄弟，安德雷懂得這點。就算沒有血緣關係，某個人死去的時候肯定也能讓你失去自己的一部分。

那個末路旅客，魯佛斯．艾昧特里歐，是他在清晨時放棄追捕的對象。安德雷不覺得他會惹什麼麻煩——就算他現在還活著。他總是有第六感，感應得出那些會把人生中最後幾個鐘頭拿來作亂的末路旅客。例如害死葛拉罕的那些人。

葛拉罕接到死亡預報的那天，還是堅持要把他的末日花在工作上。如果他能夠為了救人性命而死，這種死法比尋常的最後一天好多了。當時，警員們在追一位末路旅客，他參加了「轟轟烈烈」這個線上串流，過去四個月來它的每日點擊數和下載數都高到令人心碎。每個鐘頭都有人透過它觀賞末路旅客用千奇百怪的方式自殺——死得轟轟烈烈。最受歡迎的死法能夠為該名死者的家屬贏得頗大一筆來源不明的獎金，不過，大部分的末路旅客都沒能用夠有創意的自殺方式取悅觀眾，而且這種事你也不會有第二次機會了。葛拉罕嘗試阻止一位末路旅客騎摩托車衝下威廉斯堡大橋，卻只害得他自己送命。

安德雷費盡全力，在那年年底把那個虐殺影片頻道給抄掉了。要是沒辦到這件事，他哪有臉在天堂跟葛拉罕一起喝啤酒。安德雷想要專注在真正的工作上，而不是當保母。所以，此刻他正在叫那些小孩的寄養家長簽署釋放文件。讓他們帶著嚴肅的警告回家，好好睡一覺。

也好好哀悼。

也許還能去找他們那個朋友，如果他還活著的話。

如果你在末路旅客死亡時跟他們待得很近，你會對任何事物都組織不出言語，很久很久。但是很少人會因此而後悔陪末路旅客度過還在世的任何一刻。

派崔克・派克・蓋文

下午4點59分

「也許他已經死了。」

派克關掉魯佛斯的Instagram追蹤通知，但還是死盯著頁面。「快點，快點……」

派克想要魯佛斯死掉，但他要當那個取他性命的人。

魯佛斯

下午5點1分

克林特墓園的隊伍排得不像昨晚我回去找冥王星家族時那麼長。我甚至不想猜測這是因為所有人都成功入場了，還是因為他們都已經各自走掉去死了。這裡對馬提奧來說絕對是最棒的夜店，就算我還要再過幾個月才滿十八歲，他們最好還是放我進去。

「五點就來夜店的感覺真奇怪。」莉蒂亞說。

我的電話響了，我本來以為是艾美打來，卻看見麥爾肯醜到爆的大頭貼照。「是冥王星家族！該死。」

「冥王星家族？」莉蒂亞問。

「是他最好的朋友！」馬提奧說。這話不足以表達他們之於我的意義之萬一，但我睜一隻眼閉一隻眼，因為連馬提奧都為我落淚，實在太扯了。如果他爸爸現在打給他，我敢說我也會有一樣的反應。

我接聽了FaceTime通話，從隊伍中走開。麥爾肯和塔格在一起，真心驚訝我竟然會接。他們對著我微笑，活像想要輪流上我。

「魯佛！」

「去你的喔。」我說。

「你還活著！」麥爾肯說。

「你沒有被關！」

「他們關不住我們，」塔格說，努力爭取空間讓自己也能入鏡。「你有看到我們嗎？」

「別管這些了，魯佛，你在哪？」麥爾肯瞇著眼看向我後方。我也完全不知他們人在哪裡。

「我在克林特。」我可以給他們一場更好的道別。我可以給他們一個擁抱。「你們可以來這邊嗎？快點？」我們在五點鐘趕到這裡已經他媽的算是奇蹟了，但是時間正在流逝。馬提奧握著莉蒂亞的手，我也希望我最好的朋友在這裡，希望他們全都在。「你們可以帶艾美一起來嗎？派克那個混帳就不必了，不然我還要揍他。」如果這之中有什麼我應該獲得的啟示，我也沒學到。那傢伙毀了我的喪禮，害我朋友被關，我要再扁他一頓，別跟我說我這樣不對。

「你還活著，算他走運，」麥爾肯說。「如果你沒活成，我們會花整個晚上把他揪出來。」

「待在克林特別走，」塔格說。「我們二十分鐘之內會到。感覺這次坐牢坐定啦。」真好笑，塔格現在會信誓旦旦地說自己是個老到的罪犯了。

「我哪裡都不會去。我跟一個朋友在這邊。你們快來就是了，好嗎？」

「你最好給我等著，魯佛。」麥爾肯說。

我知道他真正想說的是什麼。我最好給他活著。

我拍了一張克林特墓園的招牌照片，把彩圖上傳到Instagram。

派崔克・派克・蓋文

下午5點5分

「逮到他了，」派克說著從床上跳起來。克林特墓園。他把裝了子彈的槍放進後背包。「我們動作得快。走吧。」

第四部　終點

「沒有人想要死，就算是想上天堂的人，也不想為了抵達天堂而死。然而，死亡是我們所有人共同的宿命，誰也無法逃脫，而且本是應然，因為死亡極有可能是生命中最偉大的發明，它是促使生命改變的媒介，它清除了老舊積累，為新生之物開創空間。」

——史蒂夫．賈伯斯

馬提奧

下午5點14分

今天發生了好一些奇蹟。

我找到了魯佛斯這個最終摯友。我們各自的好友會來陪伴我們度過末日。我們戰勝了恐懼。現在我們在網路評價頗高的克林特墓園，這裡可以成為我完美的舞台——如果我在接下來幾分鐘內擺脫我的不安全感。

在我看過的電影裡，夜店保鑣通常都是強悍頑固、令人望而生畏，但克林特墓園這裡只有一位反戴棒球帽的年輕女子，迎接所有人進場。

那位年輕女子請我出示證件。「很遺憾你要離開了，馬提奧。進去開心玩玩吧，好嗎？」我點頭。我在塑膠捐款箱裡丟了些現金，等待魯佛斯付款進場。那名女子上下打量他，我的臉發熱起來。但魯佛斯接著就趕上我，拍拍我的肩膀，讓我感覺到一股不同的熱，就像他在環遊世界體驗館握我的手時一樣。

門的另一側傳來震耳欲聾的音樂，我們等著莉蒂亞。

「你還好嗎？」魯佛斯問。

「緊張又興奮。主要是緊張啦。」

「你後悔叫我跳瀑布了嗎？」

「你後悔自己跳了嗎？」

「沒。」

「那我也沒。」

「你會在裡面狂歡一番吧？」

「別太有壓力，」我說。跳瀑布和狂歡是不一樣的。你一旦跳下了瀑布，就無法回頭，也不能停在半空中。但是在陌生人眼前享受這種大膽又令人面紅耳赤的狂歡，也需要一種特別的勇氣。

「不用有壓力，」魯佛斯說。「只是想讓我們在這個星球上的最後幾個鐘頭不留遺憾。再說一次，不用有壓力。」

不留遺憾。他說得對。

我的朋友站在我背後，我拉開門，一走進門內的世界，我立刻後悔過去沒有把人生的每一分鐘都花在裡面。頻閃燈發出藍、黃、灰色的閃光，牆上的塗鴉出自末路旅客和他們朋友的手筆，有些是末路旅客留在世上的最後一項作品，讓他們化為永恆。我們的人生都有終點，不論終點何時來臨。沒有人能永遠活下去，但我們留在世上的事物，能讓我們繼續活在某人的心中。我看著室內擁擠的人潮，全是末路旅客和他們的朋友，他們都活著。

有一隻手覆住了我的手，跟不到一個小時前與我相握的那隻手並不相同。這隻手承載著歷史，我的乾女兒出生時，我握著這隻手；克里斯欽死後的許多個白天和夜晚，我也握著這隻手。

和莉蒂亞一起環遊世界的經驗十分不可思議，而現在有她在這裡陪著我，這是千金難買的一刻，即使有這麼多理由值得我感到低落，我仍然為了這一刻而快樂。魯佛斯過來我旁邊，伸出一隻手臂搭著我的肩。

「整個舞池都是你的，」魯佛斯說。「舞台也是，就等你準備好。」

「我在努力。」我說。我一定要辦到。

台上有一個拄拐杖的青少年在唱〈無法抵擋這感覺〉（Can't Fight This Feeling），用魯佛斯的慣用語來說，他真是震殺全場。他背後有兩個人在跳舞——沒人知道是朋友或陌生人，也沒人在乎——，這股能量讓我精神一振。我猜我可以把這種能量稱為自由吧。到了明天，再也沒有人會評論我。沒有人會傳訊息跟朋友抱怨這個節奏感零分的遜咖。在這一刻，我才意識到在乎這種事有多愚蠢，這股頓悟猶如一記迎頭痛擊。

我浪費了時間、錯過了歡樂時光，因為我在乎錯了事情。

「有想到什麼歌嗎？」

「沒有，」我說。我有很多首愛歌：比利．喬的〈維也納〉（Vienna）、艾略特．史密斯的〈明天，明天〉（Tomorrow, Tomorrow），還有布魯斯．史普林斯汀的〈為奔跑而生〉（Born to Run）是我爸的其中一首最愛。這些歌都有我不可能唱得到的音域，但讓我遲疑的並不是這一點。我只是想要選到一首對的歌。

吧檯上方的菜單點綴著骷髏頭和交叉白骨的插圖，骷髏頭竟然帶著笑容，真是驚人，上面寫的字樣是「只剩今天可以笑」。飲料全都是無酒精的，這也有道理，畢竟大限在即也不是販賣酒類給未成年人的藉口。兩年前，針對十八歲已上的末路旅客能否消費酒類一事，有過一場大型辯論。有律師搬出青少年死於酒精中毒和酒後駕車的百分比數據，於是結果還是維持現狀——在法律上是如此。就我所知，要弄到啤酒甚至烈酒都還是相當容易，過去如此，未來亦然。

「我們去喝一杯吧。」我說。

我們推擠著穿過人群，從貼在我們身邊跳舞的陌生人之間試圖開出一條路。DJ喊了一個名叫大衛的蓄鬍男子上台。大衛爬上舞台，宣布他要唱的是艾略特．史密斯的〈含笑告別〉（A Fond Farewell），我不知道他是不是末路旅客，或者是為了朋友而唱，但那是一首很美的歌。

我們到了吧檯。

我的心情不適合「葡萄墓園無酒精雞尾酒」，「死亡之泉」也肯定不要。

莉蒂亞點了一款叫作「終結者」的寶石紅無酒精雞尾酒，很快就送了上來。她啜了一口，臉整個皺起來，像是吃了一把超酸糖果。「你要來點嗎？」

「我不用。」我說。

「真希望裡面有點酒，」莉蒂亞說。「我沒辦法清醒著失去你。」

魯佛斯點了汽水，我也一樣。

飲料送到之後，我舉起玻璃杯。「致我們還能微笑的時光。」我們舉杯互碰，莉蒂亞咬著微微顫抖的下唇，魯佛斯則跟我一樣微笑著。

魯佛斯切進我們的小圈圈，跟我靠近得肩膀貼肩膀。由於音樂和歡呼的音量太大，他直接附在我耳邊說話。「這是屬於你的夜晚，馬提奧。真的。之前你對你爸爸唱過歌，在我進去的時候就不唱了。現在沒有人會評斷你。你在壓抑自己，你得勇敢嘗試一次。」那個叫大衛的傢伙唱完了歌，每個人都在鼓掌，不是稀稀落落的那種掌聲，而是會讓你以為台上有傳奇搖滾明星在表演。

「看到沒？他們只想看你開心玩樂，享受人生。」

我露出微笑，靠過去對著他的耳朵說：「你要跟我一起唱。你來選歌。」

魯佛斯點點頭，朝我湊過來。「好吧。就唱〈美國派〉（American Pie）。行嗎？」

我超愛那首歌。「行。」

我請莉蒂亞幫我們顧著飲料，然後跟魯佛斯一起跑去找DJ報名點歌。在我們走到DJ那邊以前，還有個名叫潔絲敏的土耳其裔女孩唱了派蒂．史密斯的〈因為今夜〉（Because the Night），真是太神奇了，個子那麼小的一個人能凝聚這麼多的注意力、引起這麼激昂的情緒。有個笑容可掬——那是你不會預期在將死之人的臉上看到的笑容——的褐髮女孩點完歌之後走了。我對DJ羅歐點了我們的歌，他稱讚我們的選擇。潔絲敏的表演有點動搖了我的信心，我趁合適的時機敲敲自己的頭。魯佛斯微笑地看著我，我困窘地停下動作。

我聳聳肩，重整旗鼓。

這次我想要被看見。

「魯佛斯，我現在，」我說。「就是在享受我的人生。」

「我也是啊，謝謝你在最終摯友上面找我。」魯佛斯說。

「謝謝你當了我這個悶騷鬼[6]夢寐以求的最終摯友。」

稍早的那個褐髮女孩貝琪被喚上台，演唱了奧蒂斯·雷丁的〈試著溫柔點〉（Try a Little Tenderness）。下一個就輪到我們了，我們在黏答答的舞台階梯旁等候。貝琪的歌快要結束時，一陣緊張終於朝我襲來——那種下一個就換我的感覺。在DJ羅歐說「歡迎魯佛斯和馬修上台」的時候，沒有任何事能幫我做好心理準備。而且是的，他把我的名字唸錯了，就像死亡預報的安德莉亞一樣。那通電話已經是好幾個鐘頭以前的事，感覺像是別的日子發生的——我在今天就活了整整一輩子，現在這一刻就是我的安可。

魯佛斯奔上台階，我追在他後面。貝琪露出無比甜美的微笑，祝我好運；我祈禱她可別是末路旅客，而如果她真的是，我希望她毫無遺憾地離世。

我在轉身之前大喊回應：「唱得好，貝琪！」為了我們這首格外漫長的歌，魯佛斯拖了兩張高凳到舞台中央。真是太好了，因為我頂著聚光燈和音響嗡鳴聲走過舞台時，膝蓋抖個不停。我坐在他身邊，DJ羅歐派了人拿麥克風給我們，讓我覺得充滿力量，猶如在一場即將落敗的戰役中拿到了亞瑟王的神劍。

[6] 原文為closet case，除了指害羞內向者之外，也代表未出櫃的同志。

〈美國派〉的前奏響起，群眾歡呼起來，彷彿那是我們自己的歌，彷彿他們都認識我們。魯佛斯捏捏我的手，然後鬆開。

「很久很久以前……，」魯佛斯開始唱。「我依然記得……」

「那段音樂曾經勾起我的微笑，」我也加入。淚水湧上我的雙眼。我的雙頰溫熱——不，是發燙。我看見莉蒂亞隨著旋律搖擺。就算是美夢也不可能捕捉到這一刻的激動。

「……今天就將是我的死期……今天就將是我的死期……」

整個空間裡的氣氛改變了。不只是我即使走了音也仍然堅定的自信，不，是我們唱的一字一句真正和聽眾中的末路旅客產生了連結，滲入他們的肌膚，傳進他們的靈魂。正在消逝的靈魂雖然猶如光源暗去的螢火蟲，卻還是非常有存在感。有些末路旅客跟著一起唱，我相信如果這裡允許帶打火機入場，他們就會舉起火光揮舞；有些人在哭泣，其他人閉眼微笑，希望他們是沉浸在美好的回憶裡。

整整八分鐘，我和魯佛斯歌詠著荊棘王冠、威士忌和麥酒、迷失在太空中的一整個世代、撒旦的魔咒、唱藍調的女孩、音樂逝去的那一天，還有其他許許多多。歌曲結束時，我喘了口氣，然後吸進眾人的如雷掌聲，吸進他們的愛戴，讓我在魯佛斯鞠躬時有動力握住他的手。我把他拉下舞台，我們一到簾幕後面，我就凝望著他的雙眼，他露出微笑，彷彿已經知道接下來會如何發展。他沒有想錯。

我吻了這個男生，他在我們將要死去的這一天讓我活了過來。

「終於！」魯佛斯在我給他機會呼吸時這麼說，現在換成他吻我了。「你怎麼等了這麼久？」

「我知道，我知道，對不起。我知道我們沒有時間可以浪費，但是我得確定你真的和我想的一樣。死亡帶給我最美好的東西就是你的友誼。」我從沒有想過我能找到一個人讓我說出這些話。這些話是如此抽象廣泛，但是也非常私密且個人，是我想要和所有人分享的感受，也是我認為我們全都在追尋的事物。「就算我永遠沒有吻你，你還是把我一直想要的人生給了我。」

「你也照顧了我，」魯佛斯說。「我過去幾個月天殺的那麼失落，尤其是昨晚。我痛恨自己心裡所有的懷疑，而且生氣到不行。但你給了我最棒的助力，幫助我重新找到自己。呦，你讓我變得更好。」

我準備要再次親吻他，但他的視線從我眼前移開，看向舞台和觀眾。他捏捏我的手臂。

魯佛斯的笑容更燦爛了。「冥王星家族來了。」

豪伊・馬德納多
下午5點23分

豪伊・馬德納多在凌晨兩點三十七分接到了死亡預報的電話，通知他今天就將迎接死期。

他在推特上的兩百三十萬個追蹤者非常無法接受。

這一天大部分的時間，豪伊都待在飯店房間裡，門外守著全副武裝的保全。他的名氣讓他得以享有這樣的生活，卻不能讓他活下去。獲准進房的只有他的律師，得來幫他立遺囑；還有他的出版經紀人，要趁他兩腿一伸之前跟他簽好下一本書的合約。真好笑，一本他沒有動筆寫的書，也能擁有比他更長的未來。豪伊會接電話，打來的有他的同行、靠他的成功在學校裡博得人氣的親戚、更多的律師，還有他的父母。

豪伊的父母住在波多黎各，他的事業起飛之後，他們就搬回去了。豪伊一心想要他們留在他現在居住的洛杉磯，提議要幫他們支付所有的帳單和大筆開銷，但是他們對聖胡安的愛太深了，那是他們初遇的地方。雖然豪伊的死會讓他的父母悲痛欲絕，但他們沒有他還是會好好的，這讓豪伊忍不住懊惱。他們已經習慣了沒有他的生活，習慣了從遠處旁觀著他的人生——就跟他的粉絲一樣。

就跟陌生人一樣。

此刻，豪伊正跟更多的陌生人一起坐在車上。《無限週刊》派了兩個女的來跟他做最後一場採訪。他受訪只是為了他的粉絲。豪伊知道，就算他再活十年，他分享的個人點滴對他的粉絲來說也還是不夠。他們對「內容」如飢似渴，他的公關人員和助理是這樣說的，包括他的每一個髮型、登上的每一份新雜誌封面、每一則推特，不管打錯了多少字。

豪伊昨晚發的推特是他的晚餐照片。

他已經送出了他的最後一則推特：**謝謝你們陪我度過這一生**。還附上一張照片，是他微笑著的自拍照。

「你出門是要去見誰呢？」年紀較大的那個女人問。他想她應該是叫作珊蒂吧。對，珊蒂，不是跟他第一個公關同名的莎莉。是珊蒂。

「這是訪談的一部分嗎？」豪伊問。不管是什麼時候，回答這些訪題都完全不需要專注，所以他通常是一邊滑手機、刷推特或Instagram。但是，現在要看完這些充滿愛意的回饋，包括《天蠍座．霍桑》的作者傳給他的私訊，難如登天的程度比平常更高上十倍。

「可能是喔，」珊蒂說著拿起錄音機。「由你決定。」

豪伊但願他的公關在這裡，親自幫他擋下這個問題。但是他已經開給她一張鉅額支票，寄到她的飯店房間，鼓勵她離他遠遠的，就當他是感染了喪屍病毒。

「下一題。」豪伊說。他要去見他兒時最好的朋友兼初戀情人麗娜，對方從阿肯色州飛來見他最後一面，這不關別人的事。如果他的生活不是這樣曝露在鎂光燈下，他們的關係或許可以不只是朋友。他一度想念這個女孩想念到在城裡到處寫滿她的名字，在公共電話和咖啡桌上。但這個女孩熱愛著她丈夫給予她的寧靜生活。

「很好，」珊蒂說。「你最引以為傲的成就是什麼？」

「我的藝術成就。」豪伊一邊說一邊忍住翻白眼的衝動。另外一個女生，叫荻萊拉的，則是直直盯著他，彷彿看穿了他這些狗屁空話。要不是豪伊分心看著她宛如極光的漂亮頭髮、還有額頭新貼的繃帶（下面蓋著一個和天蠍座．霍桑很像的傷口），一定會對她心生畏懼。

「如果沒有天龍星．馬許這個角色，你覺得你現在會在哪裡？」珊蒂問。

「真的嗎？跟我爸媽一起回聖胡安吧。至於職業層面上嘛……誰說得準呢。」

「下一個問題比較好，」荻萊拉提高音量說。珊蒂很氣惱荻萊拉蓋過她的話。「你有什麼後悔的事？」

「請包涵，」珊蒂說。「我這就開除她，遇到下一個紅燈她就會下車。」

豪伊將注意力轉向荻萊拉。「我熱愛我做的事。但除了作為一個推特帳號背後的聲音，和一部系列作品的反派代表人物之外，我不知道我還能是什麼人。」

「你想要做出什麼不同的選擇嗎？」荻萊拉問。

「我可能不會拍那部給大學生看的爛片，」豪伊微笑道，心裡訝異他在生命最後一天還有如此幽默感。「我會只做對我而言意義重大的事情。像是天蠍座的系列電影，那是很獨特的改編作品。但我應該利用那些財富與那些對我有意義的人共度時光，像是家人和朋友。我沉迷於重新塑造自己，好讓我能夠演出不同的角色，不會永遠只是那個邪惡的巫師小子。天殺的，我還進城來跟出版商見面討論又一本我根本沒寫的書。」

荻萊拉看了看豪伊那本沒有簽名的書，擱在她和她的老闆之間。

也許是前老闆，現在狀況還不明朗。

「有什麼事情原本可能帶給你幸福？」荻萊拉問。

他立刻想到了「愛情」，即使在這個已經得到清楚預報的日子，這答案還是像青天霹靂般讓他一驚。豪伊不曾感到寂寞，因為他隨時都可以上網，被無數的訊息淹沒。但是數百萬人的熱情仍然徹底不同於跟一個特別的人共享的親密。

「我的生活是一把雙面刃，」豪伊說。他沒有像其他喪氣的末路旅客，把自己的人生當成已經結束的過去式來講。「我之所以能夠處在如今的位置，就是因為我的生活運轉得這麼快。如果我沒有得到那個角色，也許我會和某個也愛著我的人墜入愛河。也許我能當個實實在在的兒子，而不僅止於當一台提款機。也許我可以花時間學學西班牙語，這樣我就能跟奶奶對話，不用我媽當翻譯。」

「如果你沒有功成名就，而是擁有了你說的這一切，那樣對你而言會是足夠的嗎？」荻萊拉問。她坐在座椅邊緣，珊蒂也聽得入神。

「我是這樣認為——」

豪伊閉上嘴，荻萊拉和珊蒂睜大了眼睛。

車子猛然一轉，豪伊閉上雙眼，胸中有一股深深的、下沉般的感覺，就像他每次坐著雲霄飛車愈爬愈高、無法回頭、以不可思議的速度下墜。只不過這一次豪伊知道自己並不安全。

無名幫派

下午5點36分

這群幫派男孩今天沒有接到死亡預報的電話，而他們過日子的方式彷彿只要沒接到預報，生命就永遠不會結束。他們在街頭奔跑穿梭，不在乎交通車流，宛如他們面對高速的車輛時有金剛不壞之身，法律更是完全管不了他們。一輛車衝向另一台打轉到失控、撞上牆壁的車子，此時兩個男孩大笑起來，第三個男孩則太過專注於他的目標，從後背包裡拿出了手槍。

荻萊拉・葛雷

下午5點37分

荻萊拉還活著。她不用去探豪伊的脈搏，就知道他已經不在了。她看到了他的頭撞向強化玻璃的樣子，聽到了那令人作嘔的碎裂聲，永遠都會揮之不去——

她的心跳狂亂。在這短短一天裡，接到她即將死去的通知電話的這一天裡，她不只在書店旁邊活過了一場爆炸，還從一場肇因於三個男孩穿越馬路的車禍中倖存下來。

如果死神要她的命，祂已經試了兩次。

荻萊拉和死神今天見不到面了。

魯佛斯

下午5點39分

我想要繼續握著馬提奧的手，但我得抱抱我的夥伴們。我穿過人群，推開末路旅客和其他群眾，到了冥王星家族身邊。我們彷彿同時對自己按了暫停鍵——然後又同時按下播放，就像四輛在綠燈時一同起步的車子。我們抱成一團，冥王星太陽系的四顆行星終於又團圓相擁，我等這個場面等了超過十五小時，從我衝出自己那場要命的喪禮之後就一直在等。

「我愛你們大家，」我說。沒有人再開同性戀玩笑。我們已經過了那個階段。他們根本不該來這裡，但冒險就是今天的遊戲主題，我要玩個痛快。「你們聞起來沒有監獄的味道啊，塔格。」

「你該看看我的新刺青，」塔格說。「我們遇到的事可爛了。」

「我們哪有遇到什麼爛事。」麥爾肯說。

「你們一點也不爛。」我說。

「連被禁足都沒有，」艾美說。「他媽超可惜。」

我們放開彼此，但還是靠得很近，彷彿在人潮中不得不擠成一堆。他們全都盯著我看。塔格看起來想要哄哄我，麥爾肯看起來像見了鬼。艾美看起來想再擁抱一次。我沒有讓塔格把我當成小狗般對待，也沒有對麥爾肯大喊「嚇死你！」，但我動身過去把艾美抱得好緊好緊。

「是我不對，小艾，」我說。直到看見她的臉，我才知道自己心懷歉意。「我不應該那樣把妳擋在外面。總不該他媽的在我的末日那樣做。」

「我也很抱歉，」艾美說。「我只在乎事情的其中一面，但我卻嘗試要兩面兼顧。我們擁有的時間實在太少了，但你永遠都是最重要的。就算是……」

「謝謝妳這麼說。」我說。

「抱歉，這麼明顯的事情，我還是非說出來不可。」艾美說。

「沒關係。」我說。

我知道，我幫助馬提奧好好體驗生活，但他也幫我把我的生活重整起來。我想要別人記得現在的我，而不是我犯過的那些愚蠢錯誤。我轉身看著馬提奧和莉蒂亞並肩站著。我拉著他的手肘把他拉過來。

「這是我的最終摯友，馬提奧，」我說。「這位是他的頭號死黨，莉蒂亞。」

普魯托兄妹跟馬提奧和莉蒂亞握手。不同的太陽系衝撞到一起了。

「你們害怕嗎？」艾美問我們兩個。

我抓著馬提奧的手，點點頭。「遊戲要結束了，但我們會先享受勝利。」

「多謝幫忙照顧我們家小子啦。」麥爾肯說。

「你們都是冥王星家族的榮譽成員，」塔格說，然後轉向麥爾肯和艾美。「我們應該去訂做徽章。」

我對著冥王星家族逐格回顧了我的末日，跟他們說我的Instagram上是怎麼又出現了色彩。

希雅的〈勇者之心〉（Elastic Heart）播到了結尾。「我們該下場了，對吧？」艾美說著朝舞池的方向點頭。

「那就來吧。」

馬提奧搶在我之前說。

馬提奧

下午5點48分

我抓著魯佛斯的手，把他拉向舞池，在此同時，一位叫作克里斯的年輕黑人男生上了台。克里斯說他要表演一首名為「結局」的原創曲。他用饒舌唱著最後的告別、令人想要醒來的噩夢、還有死亡不可避免的迫近。如果不是魯佛斯和我們最親愛的人們跟我一起站在這裡，我一定會感到相當抑鬱。但現在的我們反而跳著舞，這又是一件我從不覺得自己會做到的事——不只是跳舞，而是跟一個挑戰我好好去活的人一起跳。

音樂的節拍在我全身搏動，我跟著其他人甩頭搖肩。魯佛斯模仿了一段哈林搖，不知道是想讓我驚嘆還是大笑，總之兩種效果都達到了，主要因為他的自信是如此耀眼又迷人。我們拉近了彼此間的距離，手仍然放在身側或舉在空中，但我們的身體貼在一起舞動，雖然動作並不總是同步，但誰在乎呢。愈來愈多人湧進舞池，我們仍然緊貼著彼此。昨天的馬提奧會覺得這令人幽閉恐懼症發作，可是現在呢？誰都動不了我。

播放中的歌換了，換成一首超快的曲子，但魯佛斯讓我定住動作，搭了一隻手在我腰上。「跟我跳舞。」

我以為我們本來就在跳啊。「我做得不對嗎？」

「你做得很好。但我指的是慢舞。」

節拍又加快了，但我們將手搭在對方的肩上和腰際；我的手指緊按在他身上，我第一次像這樣觸碰另一個人。我們慢慢地跳，在今天的那麼多體驗之後，跟魯佛斯維持眼神接觸是很困難的，這無疑是我所經歷過最強烈的親密感。他往前靠向我的耳邊，讓我進入了一個奇異的狀態：離開他的目光讓我鬆了一口氣，卻也讓我想念起他看著我的樣子，彷彿我是夠好的。魯佛斯說：「真希望我們還有更多時間……我想騎腳踏車穿過空蕩蕩的街道，花一百塊玩街機遊戲，搭史泰登島渡輪，帶你去吃我最愛的刨冰甜筒。」

我也靠近他耳邊。「我想去瓊斯海灘，跟你一起在海浪裡賽跑，跟我們的朋友一起淋著雨玩。但我也想要安安靜靜的夜晚，我們會一邊看爛片，一邊瞎聊。」我想要擁有屬於我們的歷史，一段比我們實際有的相處機會更長的時光，還有更長的未來，但是死亡像房裡的大象般壓垮了我。我將額頭靠在他的前額，我們兩個都冒著汗。「我得去跟莉蒂亞講講話。」我又吻了魯佛斯一次，然後我們穿過群眾。他在背後拉住我的手，沿我開出的路跟著走。

就在魯佛斯要放手的那一刻，莉蒂亞看到我們牽手，我過去牽著她走向洗手間，那裡比較安靜點。「別甩我巴掌，」我說。「但我顯然喜歡魯佛斯，他也喜歡我，我很抱歉我沒告訴過妳，我會喜歡的是魯佛斯那種人。我以為我會有更多時間接納自己，妳知道的，儘管我從來不認為這件事有任何醜惡或是錯誤的地方。我覺得我只是在等一個理由——等一件美好又驚奇的事來陪伴我做出宣示。那就是魯佛斯。」

莉蒂亞舉起手。「我還是想甩你巴掌，馬提奧．托雷茲。」但她用雙臂將我環抱。「我不認識這個叫魯佛斯的，我也不確定你僅僅一天內對他了解有多深，但是——」

「我不知道他過往的所有細節。但是我在這一天之內從他身上所得到的，已經遠比我覺得自己值得的更多。我不知道這樣說有沒有道理。」

「沒有了你我要怎麼辦？」

這個沉重的問題就是我不想讓任何人知道我死期將至的原因。有些問題是我回答不了的。我沒辦法告訴你要怎麼在沒了我之後活下去。我沒辦法告訴你要怎麼為我哀悼。如果你忘了我的忌日，或是發覺你已經好幾週、好幾個月沒想到我，我沒辦法勸你不要有罪惡感。

我只想要你活著。

牆上用橡皮筋掛著許多彩色筆，大部分的墨水都乾了。我找到一支還能用的亮橘色彩色筆，踮起腳尖在一塊空白處寫下：**馬提奧到此一遊，莉蒂亞一如既往陪伴在側。**

我抱了抱莉蒂亞。「跟我保證妳會好好的。」

「那未免也騙太大了。」

「那拜託就騙我吧，」我說。「好嘛，告訴我妳會繼續往前走。佩妮百分之百需要妳，而我需要知道妳會夠堅強，能夠撫養這個未來的全球領袖。」

「靠，我不能——」

「出事了，」我說。我的心臟狂跳不已。艾美站在魯佛斯和冥王星家族、還有三個對她大喊大叫的男生之間。莉蒂亞抓住我的手，似乎想把我往後拉，趁我還沒捲入事端之前救我一命。她深怕自己即將看著我死掉，我也怕。那個臉上瘀青的矮個子男生拿出了一把槍——誰會想要這樣殺掉魯佛斯？

被他痛揍過的人會。

所有人都注意到那把槍，場內爆發了一陣混亂。我朝魯佛斯跑去，衝往門口的客人紛紛撞向我，我被撞倒在地，人群踩踏在我身上。這就是我的死法了，我死後下一分鐘魯佛斯也會被射殺，也許還不到一分鐘。莉蒂亞尖叫著要大家停下來退後，並且扶我起來。目前還沒有槍響，但所有人都在遠離這個圈圈。要穿過狂奔的人潮絕無可能，我無法接近魯佛斯，我沒辦法在他還活著的時候再觸碰到他了。

魯佛斯

下午5點59分

我本來想對艾美破口大罵，我以為是她把他引來的，但是她站在我和他的槍之間。我知道她今天不會死，但這不代表她刀槍不入。我不知道派克是怎麼曉得要帶著他的笨蛋朋友和槍來這裡找我的，但這是我自己的責任。

我不能幹蠢事。我不能逞英雄。

我不要平靜接受這種命運——也許，如果在我遇見馬提奧、跟冥王星家族團圓之前，有人拿槍指著我，我會想說好吧算了，就扣下扳機吧。但現在我的命沒那麼不值錢了。

「你現在說不出個屁來了吧？」派克問。他的手在顫抖。

「別這樣做，拜託，」艾美搖著頭。「這樣你這條命也完了。」

「妳在幫他求饒是嗎？妳根本沒把我放在眼裡。」

「如果你做了這種事，我永遠不會把你放在眼裡。」

她說這句話最好別只是為了安撫他，因為如果她真的跟他在一起的話，我絕對做鬼也要纏著他們。我想碰碰運氣，在麥爾肯背後躲個一秒，再衝向派克，但這樣也幫不了我多少。

馬提奧。

他從派克背後走近，我對著他搖頭，派克也看到了。派克轉過身去，而我大步衝向他，因為馬提奧的性命危在旦夕。馬提奧往派克的臉上揍，真是令人難以置信，雖然沒有把派克揍得倒地什麼的，但讓我們有了可乘之機。派克的同夥朝馬提奧出手，準備要把他的頭從肩膀上打下來，但他在最後一秒往後退，彷彿認出了對方——我不知道是怎麼回事，但總之馬提奧終於後退了。派克衝向馬提奧，我往他跑過去，但麥爾肯搶先我一步，像一列火車般撞飛了派克和他的兄弟，把他們往牆上摔，槍應聲落地。

槍沒有走火，我們都沒事。

派克的另一個同夥要去拿槍，我在他伸手的同時踢中他的臉，塔格則跳到他身上。我拿走了槍，我可以永遠把派克了結掉，讓艾美安全地遠離他。我持槍指著他，麥爾肯退開，馬提奧看著我，樣子就像他從我身邊跑走之後我追上他的時候。像是我很危險。

我清空了槍的彈匣，子彈全都朝著牆壁去了。

我抓著馬提奧，拔腿就跑，因為派克和他的同夥是要來置我們於死地的，而我們是最有可能脖子中刀、腦袋中彈的人。

今天就是不肯讓我好好說再見。

達爾瑪・楊

下午6點20分

達爾瑪・楊沒有接到死亡預報公司的電話，因為今天不是她的死期。但如果電話來了，她的這一天會跟她的同母異父妹妹一起度過，也許還會有個最終摯友——畢竟，這個APP就是她開發的。

「我保證妳不會想在我手下工作，」達爾瑪說，她跟妹妹手勾著手走過馬路。「連我也不想替我自己工作。這份工作已經變成了這樣。」

「但是這份實習蠢透了，」達麗亞說。「如果我在科技業要做得這麼辛苦，我的薪水也得是現在的三倍吧。」達麗亞是全紐約最沒耐心的二十歲年輕人，她不肯慢下腳步，總是準備邁向下一個人生階段。她跟上一個女朋友開始交往的時候，她不到一個禮拜就提起了結婚這回事。現在，她又要從技術實習奔向「最終摯友」公司的正式職缺。「隨便啦。妳的會開得怎麼樣？妳有見到馬克・祖克柏嗎？」

「會開得很順利，」達爾瑪說。「推特最快下個月可能就會發布這個新功能。臉書大概就需要多一點時間。」

達爾瑪來城裡跟推特及臉書的系統開發者見面。今天早上，她提案了一個叫作「最後留言」

的新功能，讓使用者可以事先預備他們的最後一則發推或動態內容，讓他們的線上遺產能夠更有意義，而非只是發表對熱門電影的意見，或是評論某人養的狗的爆紅影片。

「妳覺得妳的最後留言會寫什麼？」達麗亞問。「我可能會選《紅磨坊》裡那句台詞，講說世界上最偉大的事物是去愛與被愛，什麼什麼的。」

「是耶，妳聽起來真的對這段台詞很有感呢，老妹。」達爾瑪說。

當然，達爾瑪自己想過這個問題。這兩年來，從雛形開始發展的「最終摯友」是一項偉大的資源，但是去年夏天發生的十一件最終摯友連環凶案永遠會讓她心驚膽顫。

售出這個APP、洗去她手上的血跡，對她而言是個誘人的念頭。但是在許多狀況下，這個APP也做了好事，就像她今天下午在地鐵上，聽到兩個年輕女生的談話，她們微笑相對，其中一人說她好慶幸自己在「最終摯友」上徵了人，另一人則熱愛這個概念到想要在城裡到處塗鴉幫APP宣傳。

她的APP。

達爾瑪還來不及回答，兩個十幾歲的男生就從她身邊跑過，一個留著吋頭，棕色皮膚比她淺了幾階；另一個戴著眼鏡，膚色是像達麗亞一樣的淺古銅色。第一個人絆倒了，另一人扶起他，然後他們一同重新起步，不知道要跑去哪裡。她好奇他們是否也是同母異父的手足。也許他們是一輩子一起搗蛋的好友，不斷地扶持著對方。

也許他們才剛認識。

達爾瑪看著那兩個男生跑遠。「我的最後留言會是：『找到屬於你的人們，把每一天都當成一輩子來過。』」

馬提奧

下午6點24分

我們到了室外，靠著牆頹然蹲下，就像稍早我從莉蒂亞家跑掉之後崩潰的樣子。我想待在安全的地方，例如某個上鎖的房間，而不是在其他人可以追擊到魯佛斯的地方。魯佛斯握著我的手，攬著我的肩膀將我拉近。

「揍派克那一下揍得真好。」魯佛斯說。

「這是我第一次打人。」我說。我還因為各式各樣的第一次而處於震驚狀態——公開獻唱、跟魯佛斯接吻、跳舞、揍人、聽見那麼近的槍聲。

「雖然你真的不應該揍手上有槍的人，」魯佛斯說。「你可能會害自己沒命。」

我望向街道，仍在吃力喘氣。「你是在批評我救你一命的方式嗎？」

「我可能會轉身，然後你就死了。我可不要那樣。」

我毫不後悔。我回溯時光，想像自己要是動作慢了一點、要是絆了一跤，就會失去寶貴的時間，也失去我寶貴的朋友，讓他那顆美好的心被子彈撕裂。

我差點就失去了魯佛斯。我們只剩下不到六個小時，如果他先走，我會變成一具知道自己即將踏上斷頭台的喪屍。我和魯佛斯之間建立的連結，和我這天凌晨三點左右見到他時所預期的並不相同。

這一天充實得令人難以想像，而且感覺仍然是如此的不可思議。

我熱淚盈眶，怎麼也忍不住。我終於哭了出來，因為我還想要有更多個早晨。

「我想念大家，」我說。「莉蒂亞。還有冥王星家族。」

「我也是，」魯佛斯說。「但我們不能再冒生命危險了。」

我點頭。「每件事情都有懸念，真是要了我的命。我沒辦法忍受待在外面這裡。」我的胸口一緊。像我終於做到的這樣毫無恐懼地生活，和在生活的同時知道有值得自己恐懼的事，兩者是截然不同的。「如果我想回家了，你會討厭我嗎？我想躺在自己的床上休息，那裡的一切都很安全，我也想要你跟我一起來，這次要進到我家裡。我知道我在那裡躲藏了一輩子，但是我也盡我所能地去活了，我想要跟你共享這個地方。」

魯佛斯捏捏我的手。「帶我回家吧，馬提奧。」

冥王星家族

下午6點33分

冥王星家族的三位成員沒有接到死亡預報的電話，因為今天不是他們的死期，但是第四位成員接到了，這令人悲痛無比。他們最好的朋友魯佛斯被人拔槍指著，他們差一點就眼睜睜看著他死掉。魯佛斯的最終摯友不知從哪裡跑了出來，像個超級英雄似的痛揍派克，救了魯佛斯的命——至少讓他再活久一點點。冥王星家族知道魯佛斯活不過今天，但幸好他們沒有因為某人對他刻意施加的暴行而失去他。

冥王星家族站在克林特墓園外的路邊，一輛警車加速駛過街上，載走了無名幫。兩個男生歡呼起來，希望他們在牢裡蹲得比自己今天待得更久。家族中的那個女生對自己在這整件事中扮演的角色感到後悔。但她很慶幸她那個缺乏安全感又善妒的男友沒有真的下殺手。啊，是前男友。

雖然冥王星家族不用親自面對死神，但明天一樣會改變他們世界裡的一切。他們必須重新開始，這是他們已經習慣的事情——他們的青春歲月比大部分同齡的青少年承載了更多歷史。他們朋友的死亡，不論如何發生，都會成為他們永遠揮之不去的記憶。一輩子的人生不是拿來給別人當作教訓，但是人生中確實有些教訓可以學習。

你也許是透過誕生而進入家庭，但是友誼是你自己主動走入的關係。你會發現有些友誼是你應該放下的，但也有些值得你冒上所有的風險。

這三個朋友互相擁抱，他們的冥王星太陽系裡少了一顆行星——但那顆星永遠不會被遺忘。

魯佛斯

下午7點17分

我們經過馬提奧今天埋葬那隻小鳥的空地，當時我還只是個騎著單車的陌生人。我們現在應該要恐慌得亂七八糟，因為我們不久後也要登出人生了，但我在馬提奧身邊保持鎮靜，他看起來也挺冷靜的。

馬提奧帶路走進他住的大樓。「如果你沒有其他的事想做了，魯佛，我覺得我們可以再去探望我爸一次。」

「你剛剛是叫我『魯佛』嗎？」

馬提奧點頭，臉皺了起來，好像他剛講了個爛笑話。「我想說就叫叫看嘛。可以嗎？」

「絕對可以，」我說。「還有，那個計畫不錯。上路之前休息一下，我覺得很好。」我心中一部分忍不住好奇馬提奧帶我回家是不是為了要跟我上床，但也許假設他腦子裡沒想到性這檔事並不為過。

馬提奧正要按下電梯按鈕，才想起我們不該在離死期這麼近的時候搭這種東西。他打開逃生梯門，謹慎地往上爬。一步接著一步的同時，我們之間的靜默沉重到不行。但願我能提議跟他比賽誰先跑到他的公寓，就像他想像中去瓊斯海灘玩的我們一樣，但是也有可能這樣會害我們永遠到不了目的地。

「我想念……」馬提奧停在三樓。我想他接下來是要提起他爸，或者可能是莉蒂亞。「我想念我小到還不懂得要害怕死亡的時候。我甚至想念昨天，我滿腦子偏執幻想但還沒有真正要死掉的時候。」

我擁抱他，因為這個動作表達了我不知如何說出的千言萬語。他也回抱我，然後我們爬上最後一段階梯。

馬提奧打開前門門鎖。「我不敢相信，這是我第一次帶男生回家，家裡卻沒有等著見你的人。」

要是我們進了門去，他爸就坐在沙發上等他，那可就太狂了。

我們走進去，屋裡除了我們空無一人。

希望是如此。

我參觀了客廳。說實話，我把自己搞得有點緊張，彷彿某個跟他們家原是朋友、後來交惡的死對頭會突然跳出來，因為他們知道馬提奧的爸爸正在昏迷中，家裡無人防守。但一切看起來都好好的。我看著馬提奧的班級團體照，他在其中好幾張照片裡沒戴眼鏡。

「你是什麼時候開始戴眼鏡的？」我問。

「四年級，我只被嘲笑了大概一個禮拜，算是幸運的。」馬提奧看著他戴方帽、穿長袍的畢業照，就像凝視一面鏡子，發現鏡中有個科幻平行宇宙版本的自己。我應該把這一幕拍下來的，因為真是太鬧了，但是他臉上的神情讓我只想再抱他一下。「我敢說，我註冊線上課程一定讓我爸很失望。我畢業的時候他是那麼為我驕傲，我相信他一直希望我改變主意，不要再黏著網路，去體驗正常的大學生活。」

「你可以告訴他你做到的所有事情。」我說。我們不會在這裡逗留太久，再去見爸爸一面對馬提奧是意義重大的事。

馬提奧點頭。「跟我來。」

我們經過一段短短的走廊，來到他的房間。

「所以你就是躲在這裡讓我找不到啊。」我說。地板上滿滿都是書，活像有人曾經想要來這裡打劫。馬提奧看起來沒被這幅景象嚇到。

「我沒有躲你，」馬提奧蹲下來，把書疊成一堆一堆。「我早些時候是恐慌症發作。我不想要我爸回家的時候發現我在害怕。我希望他相信我自始至終都很勇敢。」

我屈膝蹲跪，拾起一本書。「你的書有照什麼系統歸類嗎？」

「現在沒有了。」馬提奧說。

我們把書放回架上，撿起地上的一些小東西。

「我也不喜歡想到你擔驚受怕的樣子。」

「其實沒有那麼糟。別替以前的我擔心了。」

我環顧他的房間，有一台Xbox Infinity、一架鋼琴、幾個音響喇叭，還有一幅我幫他從地板上撿起的地圖。我用拳頭把地圖壓平，回想著我和馬提奧一起去過的那些超瘋的地方，此時我看到衣櫥和床鋪之間的地板上有一頂路易吉的帽子。我拿起帽子，戴上的時候逗得他咧嘴而笑。

「今天早上搭訕我的男生就是這一位啊。」我說。

「路易吉？」馬提奧問。

我笑著拿出手機。他沒有對著鏡頭笑，而是確確實實只對著我笑。自從跟艾美分手之後，我就不曾這麼自我感覺良好了。

「拍照時間到。你去床上跳一跳，或是做些什麼別的動作吧。」

馬提奧往床的方向衝過去一跳，面朝下墜落。他爬起來跳了又跳，又迅速地轉向窗戶看一眼，彷彿這一跳會造成什麼離奇的意外，讓他像被投石機發射一樣彈出窗外。

我不可自拔地幫這個光采四射、和過去判若兩人的馬提奧拍了一張又一張照片。

馬提奧
下午7點34分

我變得完全不像我自己，魯佛斯愛死了。我也是。

跳完之後，我坐在床緣喘氣，魯佛斯坐到我旁邊，握著我的手。「我要唱首歌給你。」我不想放開他的手，但我對自己保證，我要用我的兩隻手好好發揮一番。

我坐到鋼琴前面。「準備好嘍。這是此生絕無僅有的表演。」我轉頭看了看。「感覺是不是很特別啊？」

魯佛斯假裝無動於衷。「還可以啦。其實有一點累。」

「嗯，那就醒醒，感受一下這有多特別。我爸以前都會唱歌給我媽聽，雖然他的歌聲比我好多了。」

我忍著狂亂的怦怦心跳，演奏起艾爾頓・強的〈屬於你的歌〉（Your Song），不過我的臉不像在克林特墓園時那麼燙熱了。我跟魯佛斯說這有多特別的時候，絕不是在開玩笑。我唱得走了音，但因為他，我根本不在乎。

歌裡有巡迴表演調配魔藥的男人，我唱著作為禮物的歌曲，唱著坐在屋頂上的模樣，唱著讓太陽繼續轉動的人，唱著我所見過最甜美的眼眸，還有許多許多。我在稍微中斷時轉過頭，看到魯佛斯在用手機為我錄影。我朝他微笑，他過來吻了我的前額，我在他身邊接著唱：「希望你不介意，希望你不介意，不介意我用歌詞寫下……你在這個世界上，讓我的人生多麼美妙……」

我唱完了，魯佛斯的笑容就是我贏得的勝利。他熱淚盈眶。「你果然在躲我，馬提奧。我一直想跟像你這樣的人不期而遇，我竟然還要透過一個蠢到家的APP才找得到你，真是太爛了。」

「『最終摯友』那個APP我很喜歡耶。」我說。我懂他的感受，但我不會想要改變我跟魯佛斯相遇的方式。「你看，我在那裡找人陪，我就找到了你，你就找到了我，直覺讓我們決定出來見面。不然還有什麼別的方案呢？在別的狀況下，我沒辦法保證我在僅剩的這一天裡會不會離開這個房間，或者我們的人生道路會不會交錯。那也會是個很棒的故事，沒錯，但是那個APP讓你出現了。對我來說，那個APP代表的是我承認自己的寂寞，想要與人建立連結。我只是當時並不敢奢望我跟你現在有的這種連結。」

「你說得對，馬提奧．托雷茲。」

「我偶爾會說對一句，魯佛斯．艾味特里歐。」這是我第一次把他的姓氏唸出來，希望我的發音是對的。

我去廚房拿了些點心回來。這挺幼稚的，但我們玩了扮家家酒。我幫他在餅乾上抹花生醬——先確認過他不會過敏——，然後端給他一杯冰茶。「你今天過得如何，魯佛斯？」

「好到不能再好。」他說。

「我也是。」我說。

魯佛斯拍了拍床緣。「過來吧。」我在他身邊坐下，我們舒服地和對方手腳交勾。我們聊了更多彼此的過去，例如他小時候一發脾氣就會被爸媽叫去跟他們一起坐在房間中央，就有點像我爸會叫我去沖個澡冷靜一下。他跟我說了奧莉維亞的事，我則跟他聊到莉蒂亞。

然後我們聊的不再只是過去。

「這裡是我們的避難所，我們的小島，」魯佛斯在我們周圍畫出一個看不見的圓圈。「我們不會離開這裡。如果我們不離開，就不會死掉。懂我意思嗎？」

「也許我們會害對方窒息而死。」我說。

「總比離開我們的小島之後可能會發生的不知道什麼鳥事好多了。」

我深吸一口氣。「但是，如果某種原因導致這個計畫沒能成功，我們要保證會在死後世界裡找到對方。一定會有死後世界的，魯佛，要不然這麼年輕就死掉太不公平了。」

魯佛斯點頭。「我會讓你很容易找到我，用霓虹燈和樂隊。」

「很好，因為我可能不會戴眼鏡，」我說。「不知道眼鏡會不會跟著我一起升天。」

「你那麼肯定死後世界會有電影院，卻不確定你會不會留著眼鏡？感覺你的天堂藍圖有點設計缺失。」魯佛斯拿下我的眼鏡戴在自己臉上。「哇，你的視力真爛。」

「拿走我的眼鏡可幫不了我，」我的視線一片模糊，只能辨識出他的膚色，但完全看不清他的五官。「我敢說你的樣子一定很蠢。」

「讓我照張相。真的，靠過來我這邊。」

我什麼也看不見，但我往前直視，瞇眼微笑。他把眼鏡戴回我臉上，我看了看照片。我的樣子像是剛睡醒，魯佛斯戴著我的眼鏡，這股親密感令人開心，好像我們已經認識了很久，要這種寶易如反掌。又是一件我以前不敢奢望的事。

「假如我們還有更多時間，我還是會愛上你。」這句話脫口而出，因為這就是我在當下這一刻，還有許多個片刻、許多分鐘、許多小時之前的感受。「也許我已經愛上你了。我希望你不會討厭我這麼說，但我知道我很快樂。

「大家都用他們的標準來規定你要認識一個人多久才有資格這麼說，但不管我們剩下的時間有多短，我都不會騙你。大家都在浪費時間，等待對的時間點，可是我們沒有這個餘裕。如果我們未來還有一輩子的時間，我保證你會聽我說『我愛你』聽到膩，因為我肯定我們一定會一起走這條路。但是，因為我們就快要死了，我現在能說幾次就要說幾次——我愛你，我愛你，我愛你，我愛你。」

魯佛斯
下午7點54分

「呦，你明明很清楚，我也愛你。」天啊，我這句話認真的程度簡直令我心痛。「這不是下半身思考，你知道我不是這種人。」我想再親他一次，因為他讓我重獲新生，但是我緊繃起來。如果我沒有合於常理的判斷力，如果我沒有為了成為我自己而這麼努力奮戰，我會再度因為憤怒而再度做出某些愚蠢的行為、再度痛毆某個東西。「這個世界殘酷到不行。我的末日以揍人為開始，因為對方在跟我的前女友約會，現在我又跟一個認識不到二十四小時的優質男生一起躺在床上……這真是太扯了。你覺得呢……？」

「我覺得什麼？」十二個小時間，馬提奧連向我問個問題都緊張不已；他還是會問，但同時會轉開視線。現在的他並沒有中斷我們的眼神接觸。

我不想問這個問題，但他的心裡可能也在疑惑這件事：「我們是因為找到了彼此才會死的嗎？」

「我們還沒認識對方的時候就被預告了死期。」馬提奧說。

「我知道。但也許這一直都是我們注定的某種命運：兩個男生相遇了。他們為對方傾倒。然後他們就死掉了。」如果這就是我們命運的真相，我非得死命猛捶某面牆壁不可。別想阻止我。

「我們的故事不是那樣，」馬提奧捏捏我的手。「我們不是因為相愛而死。不管如何，我們今天就是會死掉。你不只讓我活著，更讓我好好去生活。」他爬到我腿上，拉近我們之間的距離。他把我抱得好緊，他的心臟就抵在我的胸口跳動著。我相信他也感覺到了我的心跳。「兩個男生相遇了。他們相愛。他們一起活過。這才是我們的故事。」

「這個故事好多了。雖然結局還需要一點修飾。」

「別管結局了，」馬提奧在我耳邊說。他從我的胸前退開，直視著我的眼睛。「我不認為這個世界會賜給我們奇蹟，所以我們知道永遠幸福快樂那種事不能期待。我只在乎我們活過今天之後的結果。比如說我會怎樣不再害怕這個世界和他人。」

「還有我會不再當一個自己不喜歡的人，」我說。「本來的我你是不會喜歡的。」

他笑中帶淚。「本來你也不會等著我鼓起勇氣。也許，在這麼一天裡做出對的選擇、過得快快樂樂，好過一輩子都在犯錯。」

全都給他說對了。

我們的頭一起靠在他枕頭上。我希望我們會在睡夢中死去，那樣似乎是最好的死法了。

我吻了我的最終摯友，因為這個世界如果帶著我們走到一起，那麼它肯定不會跟我們作對。

馬提奧

下午8點41分

我醒來的時候，感覺自己所向無敵。我沒去看時間，因為我不想讓任何東西破壞這種劫後餘生的感覺。在我腦海裡，我已經活到了新的一天。我已經推翻了死亡預報的預測，成為史上第一人。我把眼鏡戴回去，親了親魯佛斯的額頭，看著他休息。我緊張地伸手摸他的心口，還好他的心臟仍在跳動，我鬆了一口氣：他也是無敵的。

我從魯佛斯身上爬過去，他要是發現我離開了我們的安全小島，一定會殺了我，但我想介紹他給我爸看看。我離開房間，去廚房幫我們倆泡茶。我把水壺放在爐子上，查看廚櫃裡的茶葉選項，最後挑了薄荷茶。

我把爐子的旋鈕轉開的同時，整顆心後悔地一沉。就算你知道死亡即將逼近，爆發的火光還是這麼猝不及防。

魯佛斯

下午8點47分

我被煙嗆醒。震耳欲聾的火災警報聲讓我整個難以思考。我不知道發生了什麼事，但我知道這就是注定的時刻了。我伸手過去要搖醒馬提奧，但我的手在一片黑暗中什麼也沒摸到，只找到我的手機，我將它放進口袋。

「馬提奧！」

火災警報聲淹沒了我的叫喊，我被嗆得喘不過氣，但我還是呼喚著他的名字。月光從窗戶灑入，我就只能靠這點光源行動了。我抓起絨毯蓋住臉部，一面貼著地板爬行，一面摸索著馬提奧，他一定在地上的某處，不會在靠近濃煙來源的地方。我甩開想像中馬提奧身上著火的畫面，不，不會發生這種事的。不可能的。

我抵達前門，把門打開，讓一些黑煙散出去。我又嗆又咳，需要新鮮空氣，但是恐慌感拚命把我壓得毫無還手之力。連呼吸都他媽的困難。門外有些鄰居，都是馬提奧沒跟我提過的人。還有那麼多事他沒機會告訴我。沒關係；等我找到他之後，我們還會有幾個小時可以共度。

「我們已經打給消防隊了。」有個女人說。

「有沒有人幫他拿點水來。」某個男人說，並且在我繼續嗆咳的同時拍著我的背。

「我稍早接到馬提奧的一張便條，」另一個男人說。「他說他要走了，不用擔心爐子的事……他是什麼時候回家的？我之前敲過門，他還不在啊！」

我竭盡所能把一陣咳嗽從我體內擠出去，然後用力把那個男的推開，我都不知道自己的力氣有這麼大。我跑回起火的公寓裡，直接衝向冒出橘光的廚房。整間公寓迸發著我前所未見的高熱，我最接近的經驗只有跟我家人一起去古巴度假時的瓦拉德羅海灘。我不知道為什麼馬提奧沒有留在床上，幹，我們不是說好了嗎？我不知道爐子出了什麼問題，但是如果我夠了解馬提奧——媽的，我當然了解——，那他肯定是在幫我們倆做些什麼很棒的事，但絕對不值得他賠上小命。

我衝向火焰之中。

正要跑進廚房時，我的腳碰到某個實心物體。我蹲下來抓住那個東西——是我醒來時應該環繞著我的那隻手臂。我緊抓住馬提奧，手指深陷進他燙傷的皮膚，然後找到他的另一隻手臂，一面大哭著一面把他拖出火海和濃煙，拖向那些在門外對我大喊大叫、卻不敢衝進來救人的混帳。

走廊的燈光照到馬提奧身上。他的背燒傷得很慘，我把他翻過來，他半邊臉嚴重燒傷，其餘部分呈深紅色。我用手臂繞過他的脖子攬著他，來回輕輕搖晃。「醒醒，馬提奧，醒醒，醒醒，」我哀求道。「你為什麼要離開床……我們，我們說好不要……」他根本不應該下床，也不應該把我丟在那間滿是火焰和濃煙的屋子裡。

消防隊來了。鄰居們試圖把我跟馬提奧分開，我朝其中一人揮了一拳，希望如果打退一個人，其他人也會閃開，不然就等著被踢進馬提奧著火的家裡。我想把馬提奧打醒，但是他的臉已經遭受過火焰的接觸，我不應該再打他。但是馬提奧這個笨小子還是不醒來，媽的。

一位消防員在我旁邊蹲下。「讓我們送他上救護車。」

我終於投降。「他今天沒有接到預告，」我撒謊，「趕快送他去醫院吧，拜託。」

他們將馬提奧推進電梯下樓，穿過門廳，送往外面的救護車，我陪在他身旁。一名救護員檢查了馬提奧的脈搏，用同情的眼神看著我，真是他媽的狗屁。

「我們要送他去醫院，你懂不懂啊！」我說。「拜託！他媽的不要再拖了！快走啊！」

「我很遺憾，他已經不在了。」

「幹，把你的工作做好，把他送去醫院！」

天啊不要。

另一名救護員打開救護車後門，但他沒有把馬提奧送進車廂。他拿出了一個屍袋。

我從他手上把屍袋搶走，丟進樹叢，因為屍袋是給屍體用的，馬提奧又沒有死。我回到馬提奧身邊，又咳又哭，就快死了。「拜託，馬提奧，是我，魯佛。你聽得見，對不對？我是魯佛啊。快醒醒。拜託快醒醒。」

下午9點16分

我坐在路邊，救護員在把馬提奧．托雷茲裝進屍袋。

下午9點24分

被送往史特若斯紀念醫院的途中，我在救護車車廂裡接受照護。坐在這裡又讓我回想起我家人死掉的時候。我的心在灼痛，我好氣馬提奧比我先死。我不想待在這裡，我應該去找一輛出租單車，或是跑步，就算我呼吸時會痛，但我不能這樣離開他。

我對屍袋裡的男孩講了每一件我們說過要一起做的事，但他聽不見我。

抵達醫院時，他們把我們分開。他們帶我去加護病房，把馬提奧推去停屍間做檢驗。

我的心在灼痛。

下午9點37分

我躺在醫院病床上，從氧氣罩吸進乾淨的空氣，在我的Instagram照片下看著冥王星家族充滿愛意的回覆。沒有哭臉表符那種狗屁，他們知道我不吃這一套。他們在我和馬提奧最後一張照片下的留言觸動了我：

@tagoeaway：我們會幫你好好活，魯佛！#永4冥王星 #永遠的冥王星家族

@manthony012：愛你，老弟。下個生命階段再見。#永4冥王星

@aimee_dubois：我愛你，我每天都會找尋著你。#冥王星座

他們沒有跟我說小心安全之類的話，因為他們知道事情就是這樣了，但他們毫無疑問對我深深同情。

他們在我所有的照片下都留了言，希望他們有跟我們一起去環遊世界體驗館、精采一刻體驗，還有墓園，所有的地方。

我打開冥王星家族的聊天群組，送出一則痛徹心腑的文字訊息：馬提奧死了。

他們的慰問整個超快塞滿視窗，令人頭昏腦脹。他們沒有多問細節，雖然我相信塔格一定在壓抑想問我事發經過的衝動，我很慶幸他沒問。

我得閉眼休息一陣子。不用太久，因為我也沒這麼多時間。但為防某種併發症讓我醒不過來，我傳給他們最後一則訊息：「不管我發生什麼事，把我撒在奧席亞公園。給我好好繞著彼此公轉。我愛你們。」

下午10點2分

我從噩夢中驚醒。噩夢裡的馬提奧全身著火，責怪我害死他，說如果他沒遇到我就不會死了。那句話鑽進我的心中，但我把它甩開，不過是場噩夢，馬提奧永遠不會為任何事怪罪任何人。

馬提奧死了。

他不該這樣離開的。馬提奧應該要為了拯救某個人而死，因為他是這麼慷慨無私。不，即使他沒有得到英雄式的死法，死去的他也仍然是個英雄。

馬提奧・托雷茲絕對拯救了我。

莉蒂亞．瓦格斯

下午10點10分

莉蒂亞在家裡的沙發上，吃著撫慰人心的糖果，讓佩妮醒著。莉蒂亞的阿嬤顧佩妮顧累了，已經上床睡覺，佩妮也漸漸放完電。她沒有胡鬧也沒有哭叫，簡直像是知道要給媽媽時間休息。

莉蒂亞的手機響了。是馬提奧之前用來打給她的同一個號碼，魯佛斯的。她趕忙接聽：「馬提奧！」

佩妮看向門口，但是沒有找著馬提奧的身影。

莉蒂亞等著他出聲，但他什麼也沒有說。

「……魯佛斯？」莉蒂亞的心跳飛快，閉上了眼睛。

「對。」

出事了。

莉蒂亞的手機掉到沙發上，撞到靠墊，嚇著了佩妮。莉蒂亞不想知道事情是怎麼發生的，今晚不想。她的心已經碎了，她不想讓每一片殘骸再碎成齏粉。一雙小小的手把莉蒂亞的手從臉前拉開，就像之前一樣，因為看到媽媽哭了，佩妮的眼淚也奪眶而出。

「媽咪，」佩妮說。對莉蒂亞而言，這個字眼傳達了一切。她雖然整個人分崩離析，但還是把自己拼回原狀。就算不是為了她自己，也為了她的女兒。

莉蒂亞親了親佩妮的額頭，拿起手機。「你在嗎，魯佛斯？」

「對，」他又說一次。「很遺憾妳失去了他。」

「我也很遺憾你失去了他，」莉蒂亞說。「你在哪裡？」

「我跟他爸爸在同一間醫院。」魯佛斯說。

莉蒂亞想問他是否還好，但她知道他很快就會不好了。

「我要去看他，」魯佛斯說。「馬提奧想要出門去看他，但……我們沒去成。我該跟他爸爸說嗎？由我來說會很怪嗎？妳是最了解他的。」

「你也很了解他，」莉蒂亞說。「如果你沒辦法去說，我可以。」

「我知道他聽不見，但我想告訴他，他兒子生前多麼勇敢。」魯佛斯說。

生前。馬提奧已經要用「生前」這個詞來描述了。

「我聽得見，」莉蒂亞說。「你先告訴我吧。」

莉蒂亞把佩妮抱在腿上，同時魯佛斯對她說了馬提奧今晚沒有機會親自告訴她的每一句話。明天，她會把馬提奧買給佩妮的書架組裝起來，在她房間裡到處擺設他的照片。

莉蒂亞會用她唯一能辦到的方式讓馬提奧活下去。

荻萊拉．葛雷

下午10點12分

荻萊拉在根據訪談內容寫訃文，到頭來她老闆並沒有為了那段訪談而炒她魷魚。豪伊．馬德納多也許曾經想要另一種不同的人生，但荻萊拉從他身上學到的一課十分重要——人生就是平衡的藝術。如果人生像一個各區塊佔比相等的圓餅圖，那就是最大的幸福。

荻萊拉確定她今天不會和死神相見。但也許死神只是對她另有計畫。現在離午夜還有將近兩個小時。在這段期間內，她就會明白，在這一整天像陣陣波浪般來回推動她的，到底是巧合或是宿命。

荻萊拉在奧席亞餐館，這地方以對面的公園作為店名，也是她和維克多的初遇之地。她已經快要為一個她多半只從遠處認識的男人寫完訃文，而沒有在她生命可能告終前的幾小時去面對她愛的那個男人。

她把筆電推到一旁，留下空間讓她旋轉昨晚維克多不肯取回的那枚訂婚戒指。荻萊拉決定玩個遊戲。如果戒指上的祖母綠對向她，她就會投降，打電話給他。如果轉到戒臂那一面，她就會寫完訃文，回家，好好睡一覺，明天再想接下來該怎麼走。

荻萊拉旋轉戒指，結果祖母綠正對著她，甚至沒有半點歪向她的肩膀或是其他客人。

荻萊拉掏出手機，打給維克多，希望他只是在耍她。或許死亡預報的諸多秘密之一，就是他們自己會決定誰該死掉，就像抽出沒有人想贏得的樂透。或許維克多去上班時把她的名字呈在大老闆桌上，然後說：「選她吧。」

或許心痛也會致人於死。

維克多・加拉赫

下午10點13分

維克多・加拉赫沒有接到死亡預報的電話，因為今天不是他的死期。如果要向員工通知他們的末日將至，標準程序是行政管理人員要將此人叫進辦公室「開個小會」。其他員工絕對無法明顯看出來，這個人是要死了還是要被解雇——他們就只是再也不會回到座位上。但維克多不太擔心這件事，因為今天不是他的死期。

維克多的心情相當抑鬱，比平常更甚。他的未婚妻——他還是稱荻萊拉為未婚妻，因為她還是戴著他祖母的戒指——昨晚想跟他分手。雖然她聲稱是因為她沒辦法打入他的內心世界，但他知道真正原因在於他最近變得不像自己了。自從三個月前來死亡預報公司工作開始，他就處於一種——沒有強度更高的字眼可以形容的——驚恐狀態。他正要去見公司內部為所有死亡預報員工提供的心理師，因為除了荻萊拉想跟他一刀兩斷之外，他也被這份工作的重量壓得奄奄一息：那些他愛莫能助的懇求、他完全無法回答的問題——全都讓他無法招架。但是薪水超好，醫療保險也超好，而且他真的很想讓自己跟未婚妻的關係也恢復到「超好」。

維克多走進大樓（地點當然不能透露），跟他一起的是安德莉亞・唐納修，一位同事，不停讚賞黃色牆上那些笑容滿面的維多利亞時期人物和歷任總裁。死亡預報公司的審美觀跟你想像的不同，這裡沒有恐怖陰暗的氛圍，他們決定採用開放式格局，比較隨性、明亮，像日間托育中心，這樣傳達末日警報的信使們才不會擠在辦公隔間裡把自己逼瘋。

「嗨，安德莉亞。」維克多說著按下電梯按鈕。

打從死亡預報服務開始，安德莉亞就在這裡工作，維克多知道她迫切需要這份差事，儘管她討厭職務內容，因為她需要那筆超好的薪水幫她的孩子付天價學費，也需要超好的醫療保險，因為她的腿廢了。「嗨。」她說。

「小貓還好嗎？」死亡預報的管理階層鼓勵員工在交班前後閒聊；還有明天的人可以利用這些小小的機會聯絡感情。

「還是隻小貓。」安德莉亞說。

「好喔。」

電梯來了。維克多和安德莉亞走進去，維克多迅速按下關門鈕，以免他們在毀掉別人的人生的路上，還要跟某些言不及義、只會聊名人八卦和垃圾節目的同事一起搭電梯。維克多和荻萊拉管那些人叫「開關」，他們都痛恨世界上有像那樣的人存在。

他的手機在口袋裡震動。他試著別讓自己因為想像荻萊拉打來而激動過度，然後看到來電顯示是她的名字時，心臟狂跳起來。「是她，」維克多對安德莉亞說，轉頭對著她，彷彿她也知情。然而她對他個人生活的興趣，就像她對她的小貓的關心一樣貧乏。他接起電話：「嗨，荻萊拉！」他是有點太急切了，沒錯，但這可是愛情啊。

「是你幹的嗎，維克多？」

「幹什麼？」

「別跟我裝了。」

「妳在說什麼？」

「死亡預報電話。你是不是生氣了就找人打來騷擾我？如果是，我不會告發你，你只要現在誠實告訴我，我們就可以忘了這回事。」

抵達十樓的同時，維克多的心直往下墜。「妳接到通知？」安德莉亞正準備出電梯，但是現在留在門內。維克多不知道這是因為她關心還是好奇，他也不在乎。維克多知道荻萊拉不是在整他。他總是可以從她的音調聽出她是否在說謊，而他知道她指控的這件事是一項真實的威脅，而且她肯定會去告發。「荻萊拉。」

電話另一頭的荻萊拉默不作聲。

「荻萊拉，妳在哪裡？」

「奧席亞。」她說。

是他們初遇的餐館——她還是愛著他，他知道的。

「別離開，好嗎？我這就過去。」他再次按下關門鈕，把安德莉亞一起困在電梯裡。他按了大廳層的鈕大概有三十次，雖然電梯已經在向下了。

「我浪費了這一天，」荻萊拉哭道。「我以為……我太笨了，我他媽的太笨了。我浪費了這一天。」

「妳不笨，妳會沒事的。」在今天以前，維克多從來沒對末路旅客說過謊。噢靠，荻萊拉現在成了末路旅客。電梯在二樓停下來，他奪門而出，跑下樓梯，在途中失去手機訊號。他衝出大廳，告訴荻萊拉自己有多愛她，說他馬上就要過去了。他看看手錶：剩兩個小時，不多不少。但是就他所知，一切也可能在兩分鐘內就結束了。

維克多上了車，加速開往奧席亞。

魯佛斯

下午10點14分

我上傳到Instagram的最後一張照片是我和最終摯友的合照，是在他房間拍的其中一張，照片裡的我戴著他的眼鏡，他瞇著眼，我們微笑著，因為在我失去他之前，我們贏得過一些幸福。我瀏覽了我的所有照片，整個很感激馬提奧在我的末日帶給我這些色彩。

護理師要我在床上躺好，但是我有身為末路旅客拒絕醫療協助的權利，而且我才不會龜縮在這裡，我要去見馬提奧的爸爸。

我只剩不到兩個小時可活，我想不到有什麼安排會好過執行馬提奧的遺願，去見他爸爸，這一次是認真正式的。我要去認識的這名男子，將馬提奧教養成我在一天之內愛上的人。

我隨同那位固執的護理師前往八樓。對，她是出於好意想要幫忙沒錯，我懂。只是現在我沒什麼耐心。我抵達病房時，便毫不遲疑地大步走進去。

馬提奧的父親不盡然像是我想像中馬提奧未來會變成的樣子，但也夠接近了。他還在熟睡，渾然不知他的兒子已經無法在他醒來時迎接他回家了。我甚至不知道他們家燒得還剩多少。希望消防隊有阻止火勢擴散。

「嗨，托雷茲先生，」我在他身邊坐下。這是馬提奧稍早唱歌時坐的同一個座位。「我是魯佛斯，馬提奧的最終摯友。我成功讓他走出家門了。我不知道他有沒有告訴你這件事。他真的很勇敢。」我從口袋拿出手機，看到它順利開機時鬆了一口氣。「我相信你一定非常以他為傲，你知道他內心一直都有這股勇氣。我跟他只認識了一天，但我非常為他驕傲。我看著他長成了他一直想要成為的人。」

我滑動到我今天最早拍的照片，跳過那些遇到馬提奧之前的，從我的第一張彩色照片開始講。「我們今天活得好精采。」我用一張接一張的照片，對他分享了完整的回顧：在愛麗絲銅像上偷拍到的馬提奧，我一直沒給他看過；我們在精采一刻體驗站裝扮成飛行員來了場「高空跳傘」；我們在公共電話墳場討論死亡的必然；馬提奧抱著樂高庇護所在地鐵上打盹；馬提奧坐在他挖到一半的墓穴裡；我們僥倖逃過爆炸前幾分鐘拍下的開放書店櫥窗；一個傢伙騎走我不要的腳踏車，因為馬提奧害怕騎車會害死我們，但是在此之前我們還是一起騎了第一趟、也是最後一趟；我們在環遊世界體驗館的冒險；我和馬提奧在克林特墓園唱歌、跳舞、逃命，也在夜店外留影；馬提奧聽我的話在床上跳來跳去；還有我們的最後一張合照，我戴著馬提奧的眼鏡，他瞇著眼，但是那麼地快樂。

我也很快樂。即使現在我又被摧毀了一次，馬提奧還是修復了我。

我播了那段我可以一直循環聆聽的影片。「還有這是他為我唱〈屬於你的歌〉，他說你也唱過。馬提奧表現得像是他只為了讓我有特別的體驗而唱給我聽。我當然覺得很特別，但我知道他也是為自己唱的。他很愛唱歌，雖然他唱得不怎麼樣，哈哈。他愛唱歌，也愛你，愛莉蒂亞和佩妮，愛我和所有人。」

托雷茲先生的心律監控螢幕對馬提奧唱的歌和我講的故事都沒有反應。沒有起伏，什麼也沒有。這整件事都令人好心碎。托雷茲先生活生生被困在這裡，哪兒也不能去。也許比起英年早逝，這樣更像被命運賞了一巴掌。但也許他會甦醒。失去了兒子之後，他肯定會感覺像是世上只有他孤零零的一個，儘管身邊每天都圍繞著成千上百的人。

托雷茲先生的床頭櫃上擺著一張照片，是兒時的馬提奧跟爸爸和一個《玩具總動員》造型蛋糕。兒時的馬提奧看起來超快樂的，讓我希望自己打從小時候就認識他。

或就算多認識他一個星期也好。

多一個小時也好。

只要能有多一點時間就好。

照片背面寫著：

一切都要謝謝你，爸。

我會勇敢，我會沒事的。

從這裡到另一個世界我都愛你。

馬提奧

我看著馬提奧的筆跡。這是他今天寫的，他把訊息傳達到了。

我得讓馬提奧的爸爸知道他兒子原本的計畫。我掏掏口袋，裡面有我和馬提奧今早第一次坐在我最喜歡的餐館時，我畫的世界地圖。紙張破破爛爛、有點弄濕，但還是派得上用場。我從床頭櫃抽屜裡抓了支筆，在世界的周圍寫下：

托雷茲先生，

我是魯佛斯．艾昧特里歐。我是馬提奧的最終摯友。他在他的末日這天整個超勇敢的。我一整天都有拍照傳到 Instagram 上。你應該看看他這一天的生活。我的帳號是 @RufusonPluto。我真的很開心你的兒子在這個原本會糟糕透頂的日子聯絡了我。

很遺憾你失去了他。

魯佛斯（9/5/17）

我摺起便條，把它跟照片放在一起。

我顫抖著走出病房。我沒有去看馬提奧的遺體。他不會希望我在生命最後的幾分鐘做這種事。

我離開了醫院。

晚間10點36分

沙漏裡的沙子差不多要漏完了。氣氛感覺愈來愈恐怖。我想像死神跟在我背後，藏在車子和樹叢後面，準備對我揮出祂可惡的鐮刀。

我整個累爆，不只是身體的累，而是情感上也被掏空了。這就是我失去了家人之後的感受。我無法讓自己掙脫這股強度滿點的悲傷，除非有足夠的時間，但我知道我沒有。

我正在走回奧席亞公園，等待這一夜結束。不論這個舉動對我而言有多麼平凡正常，我都無法止住自己的顫抖，因為就算我再警覺，都改變不了很快就要發生的事。我也好想念我的家人，和馬提奧那小子。而且，呦，死後世界最好給我真的存在，馬提奧也最好遵守承諾，讓我輕鬆找到他。我在想馬提奧不知道找到他母親了沒有。我在想他有沒有跟她說到我。如果我先找到我的家人，我們會好好抱一抱，然後我會拉他們一起協尋馬提奧。誰曉得再接下來會發生什麼事呢？

我戴上耳機，看著馬提奧為我獻唱的影片。

我看著遠處的奧席亞公園，我的重大改變發生的地方。

我將注意力轉回影片，他的聲音在我的耳裡大響。

我穿過馬路，沒有人伸手阻止我前進。

致謝

我又活著寫完了一本書！這肯定不是靠我一個人辦到的。

一如以往，大感謝我的出版經紀人布魯克斯・薛曼（Brooks Sherman），他放行了我這個令人胃痛的提案，為我這些長得像書的產品找到最好的歸宿。我永遠不會忘記他聽到我要寫一本叫作《死亡預報公司》的書時有多興奮，也不會忘記我寫完初稿時他在清晨六點回我訊息。謝謝我的編輯安德魯・哈威爾（Andrew Harwell），他幫助我把這個長得像書的產品變成「暗黑疊疊樂遊戲」（這是他的天才說法，不是我想到的），他值得加薪一萬美金。我對這本書無數次的改寫並不容易，如果沒有安德魯專注的眼光和深思熟慮的心與腦，我絕不可能辦到。

大感謝哈潑柯林斯（HarperCollins）出版團隊整體，他們接納了我。蘿絲瑪莉・布洛斯南（Rosemary Brosnan）是宇宙中一股鮮活的喜悅之源。艾琳・斐茲西蒙斯（Erin Fitzsimmons）和藝術家賽門・普拉德斯（Simon Prades）共同打造了這款既漂亮又富有巧思的封面——真的讓人一見鍾情。瑪歌・伍德（Margot Wood）總是能施展史詩級的巫術和魔法。感謝蘿拉・卡普蘭（Laura Kaplan）在公關聯繫方面做的一切，還有貝絲・布拉斯韋（Bess Braswell）和奧黛麗・德斯特坎（Audrey Diestelkamp）在行銷方面的所有努力，還有派蒂・羅沙提（Patty Rosati）在學校和圖書館通路下的工夫。珍奈・弗萊徹（Janet Fletcher）和貝瑟妮・瑞斯（Bethany Reis）讓我看起來更稱頭。凱特・傑克森（Kate Jackson）在見到我本人之前就為這本書奮鬥。也感謝許許多多在這本書上留下指紋的人，我期待有朝一日認識你們、得知你們的姓名。

謝謝班特經紀公司（The Bent Agency）為我的書而奮鬥，尤其感謝珍妮・班特（Jenny Bent）。謝謝我的助理邁可・德安傑羅（Michael D'Angelo）持續地指揮我做這做那。也謝謝他哭哭的自拍照。

我的朋友圈因為我們寫出的文字而持續擴展，這在我心目中永遠是一件超酷的事。謝謝我的姊妹／工作伴侶貝琪・艾柏塔利（Becky Albertalli），和我的兄弟／假老公大衛・阿諾－席佛拉（David Arnold-Silvera）所提供的群聊和團抱。謝謝柯瑞・惠利（Corey Whaley），我在二〇一二年十二月想到這本書的點子時第一個分享的對象。我寶貴無價的朋友還包括潔絲敏・瓦嘉（Jasmine Warga）、莎芭・塔伊兒（Sabaa Tahir）、妮可拉・詠（Nicola Yoon）、安琪・湯瑪斯（Angie Thomas）、維多利亞・愛芙雅（Victoria Aveyard）、東妮爾・克雷頓（Dhonielle Clayton）、素娜・查萊波塔（Sona Charaipotra）、傑夫・桑特納（Jeff Zentner）、奧文・阿瑪迪（Arvin Ahmadi）、藍斯・魯賓（Lance Rubin）、凱瑟琳・霍姆斯（Kathryn Holmes）和艾蜜蕊（Amerie）。還有早在我寫《我，比不快樂更快樂》之前就在我身邊的朋友，像是亞曼達和邁可・迪亞茲（Amanda and Michael Diaz），打從我們人生之始就忍受著我，還有魯伊斯・里維拉（Luis Rivera），他真的是我的救命恩人。謝謝你們所有人，你們知道何時該把我從筆電前拉開，而最終還是鼓勵我回去創作每一個故事。

謝謝蘿倫・奧立佛（Lauren Oliver）、蕾薩・希耶爾（Lexa Hillyer）和玻璃鎮（Glasstown）的整幫人。我從來沒有體驗過集體創作一本書的榮幸，但我跟這個才華洋溢的團體合作讓我學到了好多關於寫故事的收穫。

感謝漢娜・佛格森（Hannah Fergesen）、達麗亞・艾德勒（Dahlia Adler）、翠絲提娜・萊特（Tristina Wright）等人初期提供的回饋意見。

感謝我的媽媽珀希・蘿莎（Persi Rosa）和我的雙子座靈魂姊妹西西莉亞・瑞恩（Cecilia Renn），她們是我的角色模範兼啦啦隊，總是鼓勵我去追逐每一個夢想（和每一個男生）。

謝謝基耿・史特洛斯（Keegan Strouse），他證明了一個人能在二十四小時內徹底改變你。

謝謝每一位讀者、書店從業人員、圖書館員、教育工作者和出版界強人，為我們貢獻了一切來維持書的命脈。因為你們所有人，這個宇宙變得沒有這麼糟。

還有，最後，感謝每一個被我問到「如果你發現你就要死了，你會做什麼？」而沒有去報警的陌生人。你們的答案完全沒有成為這本書的靈感，但在一個陌生人的影響之下思考自己壽命有限的事實，豈不是好玩得很？

國家圖書館出版品預行編目(CIP)資料

死亡預報公司/亞當.席佛拉作；葉旻臻譯. -- 初版. --
臺北市：春天出版國際文化有限公司, 2023.02
面；公分. --（春天文學；27）
譯自：They Both Die at the End
ISBN 978-957-741-646-9(平裝)

874.57 112001029

春天文學 27

死亡預報公司 They Both Die at the End

作　　者　亞當・席佛拉
譯　　者　葉旻臻
總 編 輯　莊宜勳
主　　編　鍾靈
出 版 者　春天出版國際文化有限公司
地　　址　台北市大安區忠孝東路四段303號4樓之1
電　　話　02-7733-4070
傳　　真　02-7733-4069
E－mail　frank.spring@msa.hinet.net
網　　址　http://www.bookspring.com.tw
部 落 格　http://blog.pixnet.net/bookspring
郵政帳號　19705538
戶　　名　春天出版國際文化有限公司
法律顧問　蕭顯忠律師事務所
出版日期　二〇二三年二月初版
定　　價　399元

總 經 銷　楨德圖書事業有限公司
地　　址　新北市新店區中興路二段196號8樓
電　　話　02-8919-3186
傳　　真　02-8914-5524
香港總代理　一代匯集
地　　址　九龍旺角塘尾道64號 龍駒企業大廈10 B&D室
電　　話　852-2783-8102
傳　　真　852-2396-0050

ISBN 978-957-741-646-9　Printed in Taiwan